산속의 가을 저녁 山居秋暝

빈 산, 새로 내린 비 막 갠 뒤
날 저물자 가을이 깊어졌다
밝은 달 소나무 사이로 비치고
맑은 샘물은 돌 위로 흐른다
대나무 숲 시끄럽게 빨래하는 아낙네들 돌아가고
연꽃 요동치게 고깃배가 내려가네
봄날의 향기로운 꽃 없어진들 어떠리
은자만 절로 머물만한 것을

空山新雨後 天氣晚來秋 明月松間照 清泉石上流
竹喧歸浣女 蓮動下漁舟 隨意春芳歇 王孫自可留

太極劍解

태극
검해

태극검해(太極劍解) 1

한성수 新무협 판타지 소설

초판 1쇄 찍은 날 § 2005년 4월 25일
초판 1쇄 펴낸 날 § 2005년 5월 4일

지은이 § 한성수
펴낸이 § 서경석

편집장 § 문혜영
편집책임 § 장상수
편집 § 이재권 · 한지윤

펴낸곳 § 도서출판 청어람
등록번호 § 제1081-1-89호
등록일자 § 1999. 5. 31
어람번호 § 제1-0588호

주소 § 경기도 부천시 원미구 심곡1동 350-1 남성B/D 3F (우) 420-011
전화 § 032-656-4452 팩스 § 032-656-4453
http://www.chungeoram.com
E-mail § eoram99@chollian.net

ISBN 89-5831-525-3 04810
ISBN 89-5831-524-5 (세트)

太極劍解

Fantastic Oriental Heroes
한성수 新무협 판타지 소설

1

반보붕권이 천하를 위진한다!

태극검해

도서출판
청어람

【目次】

작가 서문

  신록의 계절인 오월에 다섯 번째 글을 세상에 내보내게 되었습니다.

  이젠 슬슬 무던해질 만도 한데, 매번 새 작품을 내보내는 마음은 한결같이 불안하고 초조합니다. 최선을 다한 내 아이가 세상에 나가 다른 사람들에게 사랑을 받아야 할 터인데… 하는 노파심이 드는 겁니다.

  하지만 최선을 다해 키우고, 입히고, 사랑을 준 아이입니다. 남들에게 보이기에 전혀 부끄럽지 않을 정도로.

  이제 부모인 제 손을 떠난 태극검해란 아이는 전적으로 여러분들의 손에 맡겨졌습니다. 사랑을 받을 수도 있고, 미움을 받을 수도 있을 테지요. 하지만 부모인 제가 최선을 다했다는 것만큼은 알아주셨으면 합니다. 오직 독자 여러분들에게 보이기 위해서.

  그동안 인터넷 장르 소설 사이트인 고무림 판타지(http://www.gomufan.com)와 광협카페(http://cafe.daum.net/gocrazyhero)에서 연재한 이 글은 많은 독자 분들의 성원 하에 책으로 나오게 됐습니다. 이 자리를 빌어 그동안 꾸준히 성원해 주신 독자 분들에게 감사드립니다.

또한 미거한 글을 한 편의 멋진 책으로 내보내기 위해 노력해 주신 청어람의 서경석 사장님 이하 문혜영 편집부장님, 김율 실장님, 장상수 형 이하 직원 분들과 멋진 표지를 만들어주신 오태철 실장님께 역시 감사드립니다.

한성수 배상(拜上).

序 1

가나긴 묵상의 끝.

절대 끝날 것 같지 않던 어둠의 종언이 임박하자 노도는 희열에 몸을 떨었다. 드디어 때가 왔다. 세상을 울리던 명성을 뒤로하고 무당산 깊숙한 곳에 파묻혀 용맹정진한 지 십수 년이 지난 이때에야.

마음속에 기꺼움이 넘쳤다.

노도는 오랜 기간 동안 계속된 단식으로 피폐해지고 깡마른 자세를 바로 했다. 먼지 가득 내려앉은 도복 자락 역시 정갈히 다듬고.

일생의 목표이자 궁극의 지락이 바로 눈앞이었다.

먼지 뿌옇게 덮어쓴 모습으로 우화등선할 순 없었다.

후학들에게 뭔가 그럴듯한 모습을 보여야 했다. 이미 세속의 체면이나 명성, 위치 따윈 오랜 참오 끝에 모두 털어버렸다고 생각했는데, 아직 버릴 것이 남았다.

'쓸데없는!'

마음에 거리낌이 인 순간 노도는 고개를 흔들었다. 어둠 중에 도복 자락을 털던 손길이 멈췄다. 마지막 허상마저 털어버리는 데 성공한 것이다.

그렇게 광명은 이미 코앞까지 다가와 있었다.

등선의 희열에 노도는 몸을 떨었다.

이제 손가락 하나만 움직이면 되었다. 더 이상의 고련도, 더 이상의 고뇌도, 더 이상의 욕념도 남아 있지 않았다. 노도가 백수십 세가 넘도록 바라온 순간의 도래였다.

이미 모든 것을 떨쳐 버린 노도의 입가에 미소가 떠올랐다.

입가의 미소가 강퍅한 안면 전체로 넘쳐흘렀다.

이제 더 이상 노도는 세속의 사람 같지 않아 보였다.

그런데 바로 그때!

─조또, 시벌!

노도의 투명하던 마음을 흔든 건 이미 오래전에 잊었다고 생각했던 한 사람의 영상이었다. 아니, 그를 그저 한 사람이라 지칭한 건 노도에게 아직 세속적인 승부욕이 아주 조금쯤은 남았기 때문인지도 모른다.

평생의 대적수!

노도 평생에 단 한차례 승부를 결하지 못했던 그의 이름.

무상제일신마(無上第一神魔) 마선(魔仙) 담천위.

마교 역사상 최강, 최고, 최악의 마두이자 노도를 비롯한 정파인들로부터 나름대로 존경을 받던 절대고수.

천하제일인이라 불리던 노도조차 그와 십 일 밤낮을 싸워 간신히 반 초의 우위를 보인 게 전부였다. 그 당시 그는 전날까지 벌어진 정마대전으로 인해 십수 일이나 혈전을 계속했던 몸이었음에도.

그런 그가 기해혈이 파괴되어 죽음을 앞둔 시점에서 내뱉은 건 시정잡배나 내뱉을 말이었다. 어떤 부분에서 절대의 경지에 오른 사람들의 최후가 으레 그렇듯 세상에 대한 관조나 심득 따윈 아예 깡그리 무시한 발언이었다.

하긴 그 당시 그가 처했던 입장을 생각해 보면, 아예 납득이 안 가는 것도 아니다. 노도가 오랜 기간 내공을 가다듬으며 대결전을 대비한 데 비해, 그는 비무 직전까지 정파 십대고수의 합공에 의해 한시도 쉴 수 없었다. 정마대전의 승패를 떠나 마선이라 불릴 정도의 그에게 정파가 인정한 천하제일인인 노도가 패해선 곤란하다는 정파 수뇌진의 판단이었다.

하나 노도가 그 사실을 전해 들은 건 정마대전이 끝나고도 한참 후의 일이었다. 그 당시에는 알지 못했다. 알았다면 그렇게 실망한 표정을 짓진 않았으리라. 아니, 지을 수 없었다는 게 더 옳을 것이다.

비무가 시작되기 전 '천경(天境)에 들어 지루한 신선이 되느니, 마경(魔境)에 들어 세상을 종횡하리라!' 며 호기롭게 외치던 그의 최후에 대해서.

그렇기에 진실을 안 순간 노도는 더 이상 천하제일인으로서의 스스로를 용납할 수 없었다. 마음이 괴로웠다. 평생 이뤘던 세속의 영광이 한낱 덧없다 여겨졌다.

노도는 폐관에 들 수밖에 없었다.

깨달음을 얻지 않는 한 끝내지 않을 생각이었다.

그리고 비로소 우화등선의 때에 이르렀다.

모든 것을 다 이뤘다고 여겼다.

'한데, 어째서 지금 그의 마지막 말, 마지막 표정이 떠오르는가! 심마(心魔)에 빠졌단 말인가?'

노도는 고개를 가로저었다. 그럴 리가 없었다. 여전히 노도의 마음은 한겨울 거울처럼 깨끗한 호수와 같았다. 다만, 계속 떠오르는 생각이 있었다. 그 당시만 해도 분명 노도보다 위였음에 분명한 그, 마선 담천위가 최후의 순간 봤던 광경이 무엇이었는지에 관한 것이었다.

궁금증은 마음을 흔들리게 만들었다.

거울에 잔파문이 일었다.

빛은 바로 눈앞인데, 노도는 그 속으로 뛰어들기를 망설였다. 방금 전까지만 해도 있을 수 없는 일이었다. 하나 그만큼 담천위의 마지막 말이 노도에게 남긴 상처는 깊었다. 후일 전해들은 비열한 진실과 함께.

'조또, 시벌… 이라? 과연 그가 가고자 했던 길은 어떠했는가? 빈도는 지금 그것이 매우 궁금하도다!'

노도는 결국 눈앞의 찬연한 빛을 외면했다.

풀석!

깡마르다 못해 뼈 위에 거죽만 남아 있던 노도의 고개가 아래로 떨궈졌다. 한 벌의 도복과 뿌연 먼지 한 줌만을 남긴 채.

좌화?

무당파(武當派) 전대 대장로. 천하제일인 태극검선(太極劍仙) 허공진인(虛空眞人), 세수 백이십의 일이었다.

序 2

무당이 낳은 불세출의 고수인 허공 진인이 우화등선했다 하여 무당산(武當山) 일대에 난리가 난 지도 삼 년이 훌쩍 지났다.

무당산이 위치한 호북성 균현으로부터 남쪽으로 삼십 리 떨어진 죽산(竹山) 중턱의 초옥 안에서 찢어지는 비명이 터져 나왔다. 다 죽어가는 비명이었다.

"으으, 아아악!"

비명의 주인공은 젊은 여인, 그것도 이제 갓 십팔, 구 세나 됐을까 싶은 처자였다. 아직 젖살이 덜 빠져 귀염성이 남은 여인의 얼굴은 지금 잔뜩 일그러져 있었다. 그녀는 난생처음으로 느끼는 고통에 반쯤 까무라치고 있었다.

그도 그럴 것이 지금 그녀는 양손에 무명 천으로 만든 줄을 잡고, 두 다리를 벌린 채 다섯 시진이 넘도록 용을 쓰고 있었다. 이미 기력은 바닥을 드러낸 지 오래였고, 입술은 쩍쩍 갈라져 있었다.

그런데도 여인이 계속 비명을 질러대는 건 그녀가 지금 악밖엔 남지 않았기 때문이다. 순진무구하던 자신의 인생에 느닷없이 떨어진 날벼락에 대해.

'흐으윽, 난 처녀야! 처녀라구! 사내라곤 시커멓고 무식한 아비밖엔 모르는데, 어째서 내가 애를 배야 하는 거야! 이건 잘못됐어! 뭔지는 모

르겠지만 정말 무진장 잘못된 거야! 난 처녀란 말야! 그런데 왜…….'

그때 여인의 악을 돋우는 산파의 목소리가 들려왔다.

"아, 이년아! 힘 좀 팍팍 써봐! 담도 크게 도둑 시집가서 씨는 잘도 받더니, 어째 이리 힘을 못 쓰는 겨! 아비 얼굴도 모를 불쌍한 얼라 나오지도 못하고 죽겠네그랴!"

삐직!

여인의 다 죽어가던 얼굴에 핏대가 섰다. 산파의 말은 그녀의 가장 아픈 곳을 건드렸다.

분기가 치솟은 여인이 악다구니를 썼다.

"씨를 받다니! 누가 씨를 받았다는 거예욧!"

"이년아, 네년이지, 누군 누구여! 괜히 딴 데 힘쓰지 말고, 얼른 가랭이에 힘이나 줘! 진짜 이러다 얼라 잡겠다!"

"이익! 난, 난……."

산파의 잔뜩 주름진 얼굴에 일순 반가운 미소가 떠올랐다.

"오, 옳지! 얼라 머리가 보이기 시작했다! 이년아! 그렇게 조금만 더 힘을 줘봐!"

"난, 난… 아악! 나 죽네!"

"그렇지! 그렇지!"

산파가 여인의 가랑이 사이로 손을 집어넣었다. 아기가 빠져나오는 걸 좀 더 편히 해주려는 속셈이었다. 오늘 맡은 어린 산모는 경험이 없는 데다 난산까지 겹친 상태였다. 내심 아기가 뱃속에서 거꾸로 선 게 아닌가 걱정이 됐는데, 내심 꿍쳐 놨던 비장의 한 수, '산모 속 뒤집어 용쓰게 하기'가 성공하자 쾌재를 불렀다. 슬슬 현역에서 은퇴를 고려하고 있었는데 아직 산파계는 자신을 필요로 하고 있었다.

그때 아기의 머리가 순풍 빠져나왔다. 가장 큰 고비를 넘긴 셈이다. 이때를 놓치면 산모가 더욱 힘들어진다는 사실을 누구보다 잘 아는 산파가 위엄 넘치는 목소리로 소리쳤다.

"이년아! 처음으로 사내를 받아들이듯 가랭이에 힘 빼고 불끈 힘을 줘!"

"나는, 나는……."

"그렇지! 조금만 더!"

"나는 처녀였다구! 난 처녀였단 말야!"

"그려, 네년은 처녀였구먼. 처녀였어. 이 몸도 한때는 양귀비 같고 서시 같던 처녀였구 말씀이여!"

"그게 아니야! 그게 아니라구! 그게… 아아악!"

무아지경에 빠진 여인의 울부짖음과 동시에 산파는 최후의 순간이 왔음을 직감했다. 산파 경력 사십 년에 단 한 번도 자신을 실망시키지 않았던 느낌.

번뜩!

절반쯤 백태가 낀 눈빛을 생생히 빛내며 산파가 최후 절기를 펼쳐 보였다. 그녀의 자랑, 일명 '얼라 어깨 잡아 단숨에 확 빼기'를.

"응애! 응애! 응애!"

드디어 초옥 안에서 우렁찬 아기의 울음이 터져 나왔다. 얼마 전까지 꿈 많은 소녀였고, '처녀'였던 진가영의 통곡과 아직 산파계는 자신을 필요로 한다는 사실을 깨달은 유달숙 파파의 활짝 핀 미소와 더불어.

이로 아기의 탯줄을 끊은 산파가 아기를 준비해 둔 무명 천으로 닦고 안아 들었다.

"아이구, 고추여! 고추!"

"으흐흑! 흑흑!"

"이년아, 그만 뚝 그치지 못혀! 어미가 되어 얼라하고의 첫 대면을 울상으로 맞을 셈이여!"

"흑흑!"

"이년이 그랴도!"

그제야 진가영이 울음을 그쳤다. 그녀 역시 열 달 동안 자신을 집에서 쫓겨나게 만들었고, 괴롭혔던 원수덩이가 어떻게 생긴 괴물인지 궁금했다.

그때 포대로 두른 아기를 산파가 진가영의 품에 안겨줬다.

"이년아, 네 아들이여! 자알생겼다!"

"자알?"

진가영은 포대를 제치고 아기의 얼굴을 봤다.

방글!

방금 전까지 천지가 떠나가라 울어대던 아기는 진가영과 눈을 마주친 순간 해맑게 웃어 보였다. 마치 자신의 처지와 모친인 진가영의 착잡한 마음을 알고나 있는 듯.

"…쪼끄매!"

산파가 벙글거리며 웃었다.

"원래 그런 겨. 이제 니년이 젖을 물리고 잘 먹이면, 얼굴에 살이 올라 훨씬 더 예뻐질 게다. 지금도 이리 이쁘니, 얼마나 더 예뻐질까."

진가영이 눈물 젖은 얼굴로 산파를 올려다봤다.

혹한 얼굴이었다.

"정말 그럴까요?"

"그려, 이년아! 그러니까 괜시리 숭악한 생각 버리고, 잘 키우도록 혀. 지 어미 괴로웠던 걸 아는지, 태어나자마자 이리 곰살을 떠는 걸 보니, 필시 효자가 될 게야."

"피이, 그래 봤자 못된 놈인걸요! 날 잔뜩 힘들게 만든."

하는 말과 달리 진가영은 아기를 꼬옥 안고는 몇 차례 얼렀다. 아직 서툰 동작이나 방금 전처럼 질색하는 표정은 흔적도 없이 사라졌다. 낳자마자 멀리 산사(山寺)나 부잣집 앞에 내다 버리려던 마음을 고쳐 먹은 것이다.

흐르는 물과 같이

　무당산의 크기는 대략 팔백 리. 칠십이봉 주변에 옹기종기 모여 있
는 마을은 대략 십여 개가 넘었는데, 가장 큰 곳은 이가촌, 장가촌, 진
가촌이었다.

　이가촌이나 진가촌이 주로 화전을 일궈 살아가는 데 비해, 장가촌은
주민 중 상당수가 나무나 약초를 해서 먹고살았다. 이가촌이나 진가촌
과 달리 무당파가 위치한 자소봉과 가까운 탓에 함부로 산에 불을 질
러 화전을 넓힐 수 없는 까닭이다.

　그러니 비슷한 규모라 하나 장가촌이 자기들 마음대로 화전을 넓힐
수 있는 이가촌이나 진가촌에 비해 상대적으로 궁핍한 건 어쩔 수 없
는 일이다. 주변이 온통 산이고, 나무나 약초가 지천으로 깔려 있다 하
나 깊은 곳엔 야수가 종종 출몰해 들어가기 쉽지 않고, 들어가려는 사
람도 적었다.

화전을 만들지 못하게 하는 무당파 도사들에 대한 불평이 쌓이지 않을 리 없다. 그들이 자소봉에 자리를 틀기 이전부터 장가촌 사람들은 무당산 한쪽에 터를 잡고 살아왔거늘, 뒤늦게 굴러들어 온 돌이 박힌 돌을 밀어내니, 울화가 쌓였다.

죽일 놈의 도사 새끼들!

장가촌 사람들은 내심 종종 모습을 보이곤 하는 무당파 도사들을 볼 때마다 아니꼬운 심정을 팍팍 드러냈다. 지들이 뭐 해준 게 있다고 각 마을을 돌며 보호비—물론 절대 그들은 보호비라 하지 않고, 찬조금이라 말하곤 한다—를 걷느냔 말이다.

사실 무당산 부근엔 화전민을 터는 산적 하나 없다. 그게 다 자소봉에 들어앉은 무당파 덕분이긴 하나 장가촌 사람들이 그런 사실을 알 리 없다. 그냥 화전을 못 일구게 만드는 무당파 도사들에게 꼬인 속을 억지로 삭일 뿐이었다.

그저 못 배우고, 힘없는 게 죄지!

장가촌 사람들은 무당파에서 내려온 허여멀건한 얼굴의 도사들의 환한 미소를 피하며 몰래 침을 뱉었다. 정파든 사파든 검이나 칼을 차고 다니는 놈들 중 좋은 놈은 하나도 없다. 세상 물정 모르는 아이들이야 겉모양새에 혹해 환호성을 지르며 도사들 뒤를 졸래졸래 쫓아다니곤 하지만.

쾅쾅쾅!

장가촌에서 가장 담이 크다는 육 척이 훌쩍 뛰어넘는 키의 장철용도 감히 찾아들지 못할 깊은 산속. 지금 당장에라도 야수가 뛰어나올 듯한 배경을 무시하듯 울리는 도끼질 소리가 경쾌하다.

십여 세쯤 되었을까?

소리만으로도 족히 수령이 수백 년은 넘은 게 분명한 소나무의 밑둥에서 연신 진득한 수액을 뿜어내게 만들고 있는 건 오 척 두 치(156센치)쯤 되어 보이는 키의 소년이었다.

십여 세 소년이 힘이 있으면 얼마나 있을까 생각하겠으나 연신 휘둘러지는 도끼질에 담긴 힘은 보통이 아니다. 소나무는 도끼가 밑둥을 파고들 때마다 온몸을 부르르 떨며 울부짖었다. 그만큼 소년의 도끼질은 탁월했고, 조금의 망설임도 없었다. 오랫동안 인간의 침입을 허용치 않는 깊은 산속에서 기세등등하게 살아온 소나무로서도 오늘의 흉액은 피할 길이 없어 보인다.

끼이이!

결국 참다못한 소나무가 밑둥으로부터 기나긴 울음을 토해냈다. 도끼의 끝이 그새 분기점을 넘어 소나무의 깊은 곳까지 상처를 입힌 것이다.

"에헷, 망할 나무 녀석아! 이제야 항복한 게냐?"

소년은 그제야 도끼질을 멈추고 귀를 나무 밑둥에 가져다 댔다. 소나무가 최후로 토해내고 있는 신음을 확인하기 위함이다. 그 순간 가늘고 애절하게 울리던 소리가 조금 더 커졌다. 바로 소년이 기다렸던 때다.

후다닥!

재빨리 소나무에서 귀를 떼고 뒤로 물러선 소년이 큰 목소리로 소리쳤다.

"나무 넘어간다아!"

우두둑 소리와 함께 소나무가 최후의 최후 비명을 토해내곤 힘없이 무너져 내렸다. 지난 사흘간 소년이 들인 공이 결실을 맺는 순간이었다.

소년 진자운은 한동안 나무 주변을 둘레둘레 살펴보곤 바로 작업에 착수했다. 커다란 도끼로 큰 가지를 쳐내고, 작은 손도끼로 잔가지를 쳐내는 작업이 경쾌하다. 오늘은 그렇게 쳐낸 가지만으로도 나무 한 짐이 족히 될 듯싶다.

'제기랄, 오늘은 못된 어매한테 밥만 축낸다고 처맞지 않아도 되겠구나! 저녁은 얻어먹을 수 있을지 없을지 모르겠지만.'

진자운은 속으로 꿍얼거리면서도 손을 결코 쉬지 않았다. 산속의 해는 금세 진다. 나무 한 짐을 끝내고 내려가려면 시간이 조금 빠듯할 듯하다.

그때 진자운의 귓전을 때리는 지겨운 목소리가 있었다.

上善若水
水善利萬物而不爭
處衆人之所惡
故幾於道
가장 좋은 것은 물과 같다.
물은 온갖 것을 이롭게 하면서도 다투지 아니하고
뭇 사람이 싫어하는 낮은 곳에 처하나니
그러하기에 도에 가까운 것이다.

노자(老子)의 도덕경(道德經) 중 팔장에 속한 말로, 진자운으로선 이젠 자다가도 꿈에 나타나 외우곤 하는 어귀였다. 한마디로 지긋지긋하고, 다시 듣기 싫으며, 첫 마디만 들어도 짜증이 동반되는 말이다.

게다가 진자운을 더욱 진저리치게 만드는 건 산골에 사는 소년에겐 하등의 도움도 되지 않는 도덕경을 강요하는 사람의 존재를 알고 있다는 거다. 그것도 아주아주 오래전부터.

"씨발!"

진자운의 입에서 욕설이 튀어나온 것과 동시, 쓰러진 소나무와 비슷한 나무가 부지기수인 숲 속에서 노도사 한 명이 불쑥 모습을 드러냈다.

바람이 조금이라도 심하게 불면 날아갈 듯한 모습.

조금 더 정확히 표현하자면 대꼬챙이처럼 삐쩍 마른 몸에 수염과 눈썹은 죄다 하얗고, 도복은 좀 남루하지만 나름대로 깨끗한 자태의 선풍도골.

그렇다. 남들이 보기엔 분명 그리 보이는 모습이었다. 그리고 그 점이 나이 어린 과거의 진자운을 혹하게 만들었다. 그때만 해도 어미의 갖은 구박에도 불구하고 천진난만했던 진자운이었기에 눈앞의 노도사가 풍기는 기도에 깜빡 넘어가 '날 따르겠느냐?'는 말에 고개를 끄덕이고 만 것이다.

하지만 그게 진자운에겐 악몽의 시작이었다. 그냥 잠에서 깨기만 하면 그만인 가위눌림 따위가 아니라, 세 살 때부터 현재의 나이인 열 살에 이르도록 계속되었을뿐더러 결코 빠져나갈 수 없는 악몽.

진자운은 나이 세 살에 마보(馬步)를 익혀야 했다.

그것도 그냥 다리 벌리고 서서 시간이나 죽이는 그런 평범한 것이 아니었다. 진자운이 마보를 펼치는 동안 노도사는 채 뼈도 여물지 않은 세 살박이 꼬맹이의 다리를 거의 찢을 듯 내리눌러 댔다.

일단 몸을 단련한 연후에 마음을 단련한다나?

어쨌든 그런 후 이어진 건 모친의 눈을 피한 끊임없는 체력 단련과 귀를 따갑게 하는 도덕경 강론, 마음을 명경지수(明鏡止水)―물론 진자운은 마음을 그리 만들어서 뭐가 좋은지 알 재간이 없었다―처럼 맑게 만든다지만, 사실 졸음밖엔 주는 게 없는 도가경전 구술이었다.

한마디로 어린 진자운으로선 모친에게 물려받은 겉모습에 잘 혹하는 버릇 탓에 또래의 아이들로선 감히 상상키도 어려운 어린 시절을 보내게 된 것이다.

'게다가 저 망할 늙은이는 내게 자기 이름도 가르쳐 주지 않는다! 칠 년이 넘도록 정식 제자로 삼지도 않고. 그럴 거면 도대체 뭐 하려고, 툭하면 날 찾아와 못살게 구는 거냐구!'

진자운은 어느새 지척까지 이른 노도사에게 입을 쑥 내밀었다.

"이번에는 좀 방문이 늦으셨습니다?"

노도사가 물빛 눈동자로 진자운을 응시하며 무심히 말했다.

"방금 전에 빈도를 보고 뭐라 했더냐?"

"별로……."

"욕설을 내뱉지 않았더냐!"

'쳇!'

만약 눈앞의 노도사의 능력을 모른다면 진자운은 딱 잡아뗐을 것이다. 욕 듣고 좋아할 사람 없다는 건 충분히 알 만한 나이였다. 일단 상황이 불리하면 잡아떼고 보는 게 상책이라는 것도.

하지만 잡아떼는 것도, 모른 척 시치미 떼는 것도 다 사람을 봐가면서 해야 한다. 어떨 땐 가장 정직한 것이 가장 쉽사리 상황을 호전시키는 법이다.

"예, 제가 '씨발!' 이라고 했습니다."

"으음."

노도사의 미간에 가벼운 수심이 떠오른다. 그동안 진자운을 가르친 건 그였다. 당연히 그의 언행이 가볍고 경박한 것에 대한 책임도 크게 느낄 수밖에 없다. 칠 년간의 가르침으로 몸을 단련시키는 데 성공한 것과는 전혀 다른 결과였다.

그때 노도사의 눈치를 슬금슬금 살핀 진자운이 슬쩍 목소리를 낮춰 말했다.

"곧 날이 어두워지니, 저는 얼른 나무를 해서 내려가야 합니다만?"

노도사가 상념을 끊었다.

"그전에 빈도가 일 년 전에 전수해 준 동작을 보여보거라."

"그 춤 같은 거요?"

"설마 빈도가 한동안 찾지 않았다고 수련을 게을리한 건 아니렷다!"

노도사의 목소리가 올라가자 진자운이 몸을 가볍게 움찔거렸다. 항상 말의 고저가 없는 노도사가 목소리를 높이는 때는 꽤나 무서웠다.

어렸을 때의 경험을 통해 그런 사실을 충분히 알고 있는 진자운이 재빨리 자세를 잡았다. 그리고 열심히 몸을 움직이기 시작했다.

노도사는 모든 내가기공의 근원이라 했으나 진자운 스스로는 괴상하고 아무짝에도 소용없는 춤사위라 명명한 동작들이 술술 풀려 나왔다.

진자운은 달이 떠오르고서야 장가촌으로 돌아왔다.

모두 일 년 만에 모습을 드러낸 노도사 때문이었다. 그는 여태까지처럼 진자운의 자세를 꽤나 엄하게 잡아주었을뿐더러, 뜻밖의 명을 내렸다.

'무당파란 빌어먹을 말코도사 녀석들이 있는 곳에 들어가라고? 장가촌 어른들 말대로라면, 그 도사 녀석들은 그야말로 말만 도사지, 칼이나 검을 차고 다니는 불량배나 다름없다고 하던데…….'

사실 아무짝에도 소용없는 춤사위라고 폄하한 것과 달리 진자운은 노도사가 전수한 동작에 꽤나 심혈을 기울였다. 그만 보면 항상 투덜거리곤 하나 나름대로 존경심을 품고 있었기 때문이다.

그도 그럴 것이 어미와 둘이 살뿐더러, 장가촌 토박이도 아닌 진자운으로선 어려서부터 노도사에게 호되게 수련받은 덕을 톡톡히 봤다.

그는 어렸을 때부터 장가촌 꼬맹이들의 대장 노릇을 수월히 할 수 있었고, 어른이라 해도 감히 덤벼들 엄두를 낼 수 없는 드센 아이였다.

본래 자기가 잘났기 때문이라 당당하게 말하고는 했으나 노도사의 영향이 상당히 컸다는 걸 부인할 순 없었다. 물론 마음속 깊은 곳에 꽁쳐 둔 내심이었다.

그런 와중에 무당파에 대한 이야기를 들었다. 검을 든 신선들이 하늘을 날아다니고, 땅을 일구고, 나무를 하지 않고도 호의호식하는 곳이라 했다.

물론 그 뒤를 잇는 건 장가촌 어른들의 꼬인 심사가 반영된 불평불만이었으나, 그 정도를 가려듣는 게 진자운에게 어렵지는 않았다. 본래 못나고 멍청한 인간들이나 뒤에서 남의 흉을 보는 거라고 모친은 내내 어린 아들에게 말하곤 했다.

사실 맞는 말이다. 장가촌의 어른들 중 어느 누구도 무당파 도사들의 앞에 당당히 나서서 평소 내뱉던 말을 당당히 소리치지 못했다. 그저 몰래 침을 뱉을 뿐이다. 그것도 혹시라도 눈치챌까 싶어 도사들이 저만치 간 연후에나.

그런 탓에 진자운은 버릇처럼 도사들을 욕하곤 했으나 내심 무당파에 대한 동경이 없지 않았다. 여느 장가촌의 아이들과 다름없이 무당파의 제자가 되어 천하를 호령하는 천하제일고수가 되고 싶었다.

해서 진자운이 대충 사부라 생각하고 있는 노도사의 말을 대가리가 굵어진 이후에도 꼬박꼬박 듣고, 수련에 힘을 기울인 건 내심 꿍심이 있어서였다.

사실은 노도사가 십수 년 전 무당파가 배출한 천하제일인인 허공 진인처럼 대단한 고수이고, 우화등선하기 전 모든 걸 물려줄 후계자로 자신을 지목했다는 식의……

머리가 완전히 굵어지자 홀로 겸연쩍어져 '지랄' 하며 쓰게 웃을 정도의 꿈이었다. 점차 노도사의 방문이 드문드문해지며 더욱 확실해진 꿈.

그런데 오늘 무려 일 년 만에 진자운을 찾은 노도사는 평소처럼 낯빛 하나 바꾸지 않고 말했다. 무당파에 입문하라고. 꿈이 현실로 다가온 것이다.

물론 아직 노도사가 무당파의 숨은 고수라는 확증은 없지만, 굳이 지금 따지고 싶진 않았다. 중요한 건 무당파에 들어가게 됐다는 것이니까.

'으음, 어쩌지?'

고민하는 낯빛과 달리 진자운은 이미 내심 결정을 내렸다. 꿈이 현실로 다가왔는데, 그걸 잡지 않는다는 건 바보나 하는 짓이었다. 성공은 도전하는 자에게만 열린 것. 망설일 까닭이 전혀 없었다.

다만, 진자운은 한 가지 걱정되는 것이 있었다.

젊은 나이에 혼자 자신을 키운 모친.

성격은 더럽지만, 결코 좋은 어미는 아니었으나, 젊은 나이에 진자운을 내다 버리지 않고 뒤로 '호로자식을 낳은 년이니, 처녀가 애를 뺐니' 하는 소리를 묵묵히 참아준 여인이 걱정됐다. 평소 눈곱만큼의 정도 들지 않았던 장가촌을 떠나는 걸 망설일 정도로.

우뚝!

장가촌 어귀에서 걸음을 멈춘 진자운이 주먹을 불끈 쥐며 소리쳤다.

"아예, 이 참에 시집보내 버리자!"

                    *   *   *

진자운의 모친인 진가영이 장가촌에 들어온 건 지금으로부터 십 년 전, 진가촌에서 쫓겨나 발을 동동거리고 있을 때다. 마침 애를 받아준 유달숙 파파의 소개로 장가촌 한 켠에 집을 마련한 진가영의 고생은 이루 말할 수 없었다.

하긴 진가촌에서 그녀가 쫓겨난 원인은 처녀가 애를 뺐다는 것인데, 비록 장가촌이 꽤나 산속에 위치해 있다 해도 소문이 안 날 리 없었다.

젊은 나이에 애 하나 달랑 업고 나타난 미혼모.

주변의 시선이 고울 리 없고, 타박이 없을 리 만무하다. 그나마 근동에서 태어난 애란 애는 죄다 받아주고 다녔던 유달숙 파파의 은밀한 지원이 없었다면, 진가영 모자가 장가촌에 뿌리를 내리기란 여간해선 쉽지 않았으리라.

게다가 사람이 죽으란 법은 없다고, 진가영이 애지중지하는 아들 진자운은 아무 탈 없이 무럭무럭 자랐다. 가끔은 심통이 나서 아무런 이유 없이 몇 대 때려줄 정도로 건강했고, 드세기가 황소 같아 여남은 살이 되어서는 어미를 지켜주는 든든한 방패막이가 됐다. 다 박복하여 어려서 고난을 당한 진가영에게 하늘이 내려준 복이었다.

그런데 며칠 전부터다. 평소보다 한참이나 늦게 집에 돌아온 탓에 몽둥이로 몇 대 두들겨 팬 이후 아들 진자운이 변했다. 새벽같이 밥은 먹는 둥 마는 둥 하고, 동리를 싸돌아다닐뿐더러, 온갖 남정네들을 들볶아대기 시작했다. 평소 남이 자기나 어미인 진가영을 건들기 전엔 절대 못된 성질머리를 부리지 않던 것과는 사뭇 다른 모습이었다.

'필시 뭔가 못된 꿍꿍이를 꾸미고 있다!'

진가영은 텃밭에서 김을 매다 말고, 슥슥 소맷자락을 걷어붙였다. 평소 악다구니를 쓰며 싸우거나 아들 진자운을 두들겨 패기 전에 보이곤 하는 행동.

진가영은 벌써 어둑어둑해지기 시작한 산마루를 힐끔거리며 오늘만큼은 그냥 넘어가지 않겠다고 두 볼을 부풀려 올렸다.

아무리 애지중지하는 아들이라 하나 어미를 속이는 행동은 결코 용납할 수 없었다. 그게 뭔지는 아직 파악하지 못했지만, 평소 자랑하곤 하던 여자의 직감이 꾹꾹 뒤통수를 때려대고 있었다. 뭔가 일이 벌어졌다고.

진자운은 장가촌 유일의 대장간 앞에 털썩 주저앉아 있었다. 그는 지난 며칠간 장가촌의 사내들이란 사내들은 모조리 둘러보고 다녔으나 별다른 소득을 얻지 못했다.

아무리 에누리를 해 말해도 지랄맞은 성질머리를 가진 어미 진가영이다. 그런 드센 여자하고 궁합을 맞추려면 아무래도 몸집이 좋고—맷집은 필수였다—성격이 그야말로 관세음보살 같아야 한다.

그렇지 않다면 감히 갖다 댈 엄두조차 낼 수 없을 터.

진자운이 고심 끝에 결정한 상대는 장가촌에서 가장 몸이 좋고 바보같이 순진한 대장장이 장철용이었다. 비록 산골에 묻혀 살기엔 조금 아까운 미모인 모친 진가영의 눈에 차기엔 턱없이 모자란 외모이나 본래 사내는 힘이라고 하지 않던가.

떡 벌어진 어깨.

쇠를 담금질하며 잘 발달된 양팔의 근육.

너무 성격이 좋다 못해 바보 소릴 듣는 순박함까지 감안해 진자운은 장철용에게 그럭저럭 합격점을 주기로 했다. 나이 서른다섯이 훌쩍 넘었음에도 혼처를 찾지 못한 장철용이니, 꼬드기는 건 일도 아니란 생각에 진자운은 기분이 좋아졌다.

히죽!

그때 쇠스랑 하나를 열심히 담금질하고 있던 장철용이 갑자기 움찔 어깨를 떨었다. 타고난 대장장이란 사람들의 말처럼 정신을 온통 불에 달아오른 쇳덩이와 망치에만 집중하고 있던 터라 대장간 앞에 엉덩이를 깔고 앉은 진자운을 그제사 발견한 것이다.

"자운이… 왔구나!"

장철용의 붉게 달아오른 얼굴에 미소가 떠올랐다. 타고난 몸집이나 손에 든 망치와 집게만 아니라면 언제든 사람들에게 깔보임을 당할 준비 과정에 있는 헛점투성이의 미소다.

'그래서 최후의 최후까지 이 녀석은 후보에서 빼놨었지만, 일이 급하게 됐으니, 어쩔 수 없다.'

툭툭 앉았던 자리를 털고 일어난 진자운이 장철용 앞으로 슥 다가섰
다.

"일 대충 끝난 거야?"

장철용의 순박한 얼굴이 가볍게 꿈틀거렸다. 놀란 것이다. 하긴 진
자운의 이러한 의표를 찌르는 움직임은 아무리 두 배 이상 몸집 차이
가 나는 어른이라 해도 놀라게 하기에 충분하다.

놀란 소처럼 커다란 눈을 두어 번 꿈뻑거린 장철용이 우물거리며 말
했다.

"그게, 이제 이것만 물에 담그면 끝이긴 한데…….'

"그럼 뭐 해, 빨리 물에 담그지 않고."

진자운의 재촉에 장철용이 허겁지겁 붉게 달궈진 쇠스랑을 한 켠에
마련된 물통에 담갔다. 그러자 뿌연 물안개가 매캐한 쇠 내음과 함께
대장간 안을 가득 메웠다.

어린애에겐 조금 견디기 힘든 변화.

재빨리 대장간 밖으로 물러선 진자운이 장철용에게 호령하듯 소리
쳤다.

"시간 없으니까 빨리 나와!"

"아, 알았다."

장철용이 도살장에 끌려가는 소처럼 어그적거리며 진자운 쪽으로
걸어갔다.

"그, 그게…….'

얼굴을 잔뜩 붉힌 채 더듬거리는 장철용을 향해 진자운이 주먹을 쑥
내밀어 보였다.

"설마 그 나이에 처녀 장가를 가고 싶다는 건 아닐 테지?"

"아, 아니, 난 그게 아니라……."

"그게 아니면 뭐? 내 이런 말 하긴 좀 그렇지만, 우리 진가댁은 지랄 맞은 성미만 빼면 네 녀석한테는 과분하다 못해 아까워서 눈물이 날 정도로 예쁘다구! 그리고 너도 알겠지만, 그동안 장가촌에 들어온 후 우리 진가댁한테 걸떡대는 인간이 꽤 많았지만, 손목 한 번 잡아본 놈이 없어. 그런 놈들은 내가 다 아작을 냈으니까."

"그야 그렇지."

"그런데 너 같은 까마귀한테 봉황을 덥석 안기겠다는데, 왜 그렇게 머뭇거리고 있는 거야!"

진자운이 사뭇 눈까지 매섭게 부라리자 장철용은 안절부절못하다가 크게 한숨을 뿜어냈다. 무언가 말 못할 사연이 있는 얼굴이었다.

"자운, 네 말은 고맙지만, 아무래도 나는……."

"뭔데?"

"…그러니까 나는 여자가 무서워."

"뭐!"

진자운이 목소리를 높이자 장철용이 재빨리 주변을 둘러봤다. 해가 뉘엿뉘엿해질 무렵의 장가촌에는 개 짖는 소리와 밥 짓는 연기만이 모락모락 감돌고 있었으나 아무래도 개인적인 비밀을 털어놓자니 긴장이 되는 모양이었다.

'지랄!'

답답한 심정에 목구멍까지 치밀어 오른 욕설을 차마 입 밖으론 내지 못하고 꿀꺽 삼킨 진자운이 얼굴에 회유의 기색을 담았다.

"괜찮아! 나는 이래 뵈도 다른 애새끼들하고 달리 꽤 입이 무겁다구.

그리고 우리는 곧 한집안이 될 사이인데, 뭘 그리 경계하는 거야?"

장철용으로선 더 이상 비밀을 지키기 힘든 상황. 그의 입에서 다시 커다란 한숨이 흘러나왔다.

"후우, 그게 말야 내가 어렸을 때 누님들이 세 분 계셨는데, 그분들이 조금 짓궂으셔서……."

"막내인 널 장난감 취급하고, 툭하면 이유도 없이 몽둥이로 두들겨 패고, 밥도 굶기고, 옆을 걸어가면 슬쩍 발을 걸어 넘어뜨리고 그랬냐?"

"그걸 어떻게!"

장철용의 동그래진 눈을 바라보며 진자운은 내심 한숨을 토해냈다. 그가 방금 말한 일들은 모친 진가영에게 어려서부터 줄곧 당해왔던 일이다.

여자에 대한 얘기를 할 때 장철용이 보인 반응을 보고 대충 넘겨짚어 봤더니, 딱 걸렸다. 자신의 과거와 겹쳐진 장철용을 바라보자니 측은한 마음이 든다.

'그렇다고 몸집은 황소만한 사내가 여자한테 겁이나 집어먹고 있다니!'

내심 고개를 가로저은 진자운이 벼락같이 주먹으로 장철용의 배를 때렸다.

퍽!

보통 웬만한 장정이라도 참기 힘든 일격. 그러나 장철용은 몸집이 아깝지 않게 입을 딱 벌렸을 뿐 쉬이 쓰러지지 않았다. 다만 목소리에 가벼운 신음이 흘러나왔다.

"크윽, 자, 자운, 왜 그러는 거야!"

"미안하지만, 넌 오늘 내게 좀 맞아야겠다."

진자운은 장철용의 배에 다시 주먹을 꽂아 쓰러뜨리고, 냉큼 위에 타고 올랐다. 본격적으로 두들겨 패기에 돌입한 것이다. 그것도 맞을 때 가장 아픈 부위만을 골라 때리기에.

모친을 소도둑 같은 사내한테 넘긴다는 억울함까지 함께 담긴 진자운의 주먹질은 한 식경이 넘어서야 멈췄다.

이미 그의 밑에 깔린 장철용은 초주검이 된 상태였다. 소처럼 건장한 그가 아니었다면, 벌써 입에서 게거품을 물고 졸도해도 몇 번은 했을 터.

비로소 방석처럼 깔고 앉았던 장철용에게서 몸을 일으킨 진자운이 이마에 송골송골 맺힌 땀을 소매로 닦았다. 때리는 동안 지친다고, 하도 열심히 주먹을 휘두르다 보니 얼굴이 땀투성이였다.

꿈틀!

놀랍게도 기절하지 않은 장철용의 어깨가 조금씩 들썩이기 시작하자 진자운이 퉁명스레 말했다.

"많이 아파?"

장철용은 대답 대신 숨을 크게 헐떡였다. 진짜 죽을 만큼 아팠기 때문이다.

그 모습을 보고 진자운이 씨익 웃었다.

"그래, 아플 거다. 적어도 니 누나들한테 두들겨 맞았던 것 이상으로."

"……."

"그런데 말야, 고작 이깟 일로다가 사내새끼가 장가드는 걸 포기할 수는 없는 일이잖아? 그러니까 앞으로 다신 여자한테 겁먹지 않도록 한동안 내가 계속 밟아줄게. 뭐, 다 우리가 한가족이 되기 위한 진통이니까 너무 괴로워하진 말구."

그 말을 끝으로 진자운은 발길을 돌렸다. 벌써 어둠이 깔리기 시작했으니, 더 늦었다간 모친 진가영에게 치도곤을 당하리란 판단이었다. 그에게 얻어맞고 바닥에 뻗어 있는 장철용에 버금갈 정도로.

진자운이 집 앞 싸리문에 막 도착했을 때다. 더없이 친근하고 익숙하며, 별로 듣고 싶지 않은 째지는 목소리와 함께 장작개비 하나가 날아들었다.

'이크!'

진자운은 재빨리 신형을 옆으로 날려 장작개비를 피하곤, 대뜸 소리질렀다.

"이 아줌마야! 깜짝 놀랐잖아!"

"뭐, 아줌마!"

그렇지 않아도 잔뜩 화가 나 툇마루 앞을 서성이고 있던 진가영의 눈꼬리가 하늘로 치켜 올라갔다.

그녀가 세상에서 가장 듣기 싫어하는 말이 후레자식을 낳은 년이란 말과 아줌마였다. 그걸 누구보다 잘 알고 있는 진자운이 그런 말을 내뱉은 이상 죽고 싶다고 복창하는 것과 진배없었다.

휙휙휙!

대충 사정을 봐줬던 처음과 달리 진가영은 손에 잡히는 대로 장작개비와 집기들을 진자운에게 집어 던졌다. 마구 던졌다. 거의 집 안을 작살낼 기세였다.

사생결단을 낼 모양.

평소의 진자운이라면 냉큼 밖으로 달아났어야 마땅했다. 진가영의 더러운 성미에 발동이 걸린 이상 일찌감치 꼬리를 말고 죽는다고 엄살을 부리지 않으려면 그 수밖에 없었다.

한데 진자운은 도망치기는커녕 몇 차례 피하는 시늉을 하더니, 그냥 제자리에 멈춰 서는 게 아닌가. 잔뜩 날아드는 집기와 장작개비를 전혀 개의치 않고.

물론 그의 입에선 바로 연신 죽는다는 비명이 터져 나왔다. 당연한 귀결이었다. 진가영의 눈꼬리가 치켜 올라간 이상 적당히란 건 없었다.

그렇게 그 후로도 한참 동안 진자운을 죽이려는 기세로 물건을 집어 던지던 진가영이 입에서 색색 숨을 내쉬며 동작을 멈췄다. 분이 풀려서가 아니라 주변에 더 이상 집어 던질 게 남아 있지 않았기 때문이다.

"후우, 후!"

거칠게 숨을 몰아쉬는 진가영을 보고 진자운이 자연스레 얼굴 쪽을 막고 있던 손을 내렸다.

"더럽게 아프네. 이젠 화 풀린 거야?"

"오늘 저녁은 없다!"

"언제 저녁을 준 일은 있구?"

"시끄러! 제시간에 자고 싶으면, 주변 정리 끝내고 들어와!"

"쳇, 난장판을 만든 사람 다르고 정리하는 사람 다르고."

"더 맞고 싶냐?"

진자운은 이미 허리를 굽히고 주변 정리에 들어가 있었다. 평소와 달리 대거리를 하지 않고서.

바삐 움직이는 아들의 모습을 바라보며 이마를 소매로 훔친 진가영이 눈살을 가볍게 찌푸렸다. 아줌마란 소리에 격분해 요즘 진자운이 하고 돌아다니는 일에 대해 묻는 걸 깜빡했다는 걸 깨달은 것이다.

　'뭐, 내일이나 모레 다시 물어봐도 되겠지. 내 귀여운 아들이 어디 가는 것도 아니고.'

　조금 더 진자운이 일하는 걸 지켜보다 진가영은 방 안으로 냉큼 들어갔다.

　평소와 달리 진자운은 쉬이 잠이 들지 못했다. 괜시리 마음이 이상한 것이 자꾸 뒤척거렸다. 하루 종일 계속된 밭일로 피곤에 지쳐 곯아떨어져 있던 진가영이 눈치챌 정도로.

　"이 녀석, 요즘 일도 하지 않고 싸돌아다니더니, 밤이 깊었는데 안 자고 뭐 하는 거야!"

　진자운이 뒤척거리길 멈췄다. 그는 어둠 중에 눈을 깜빡거리다 갑자기 진가영 쪽으로 굴러왔다.

　"어매, 젖 좀 만져 보자!"

　"다 큰 녀석이 징그럽게!"

　진가영이 질색하며 밀어내자 진자운이 발끈 성을 내며 말했다.

　"나 어렸을 때는 깨 벗겨놓고 만지작거려 놓고, 젖 한 번 만지자니까 유세를 부리긴!"

　"깨 벗기긴 뭘 깨 벗겨! 네 녀석이 하도 씻지를 않으니, 때를 벗겨내느라 그런 거지!"

　"어쨌든 다 벗겼잖아! 그러니까 젖 좀 만지게!"

　대여섯 살 이후 처음 있는 일. 조숙하고, 자존심 강하고, 싸움질 잘

하는 아들의 행동이 이상하다는 걸 눈치챈 진가영이 밀어내던 손에서 힘을 뺐다.

"너… 나 몰래 사고쳤냐?"

대답은 않고 진자운은 진가영의 젖가슴에 포옥 안겨 바삐 손을 놀려 댔다. 모친의 흙 내음 은은한 젖가슴을 만지작거리자, 여태까지와 달리 마음이 크게 안정됐다. 이젠 잠을 잘 수 있을 것 같았다.

쌕쌕!

아들의 숨소리를 느끼며 머리를 끌어안아 준 진가영이 입술을 삐죽이며 말했다.

"다 컸다고 항상 큰소리치더니, 이렇게 어리광이나 부리고……."

반쯤 잠이 들려던 진자운이 눈을 떴다.

그가 은근히 물었다.

"어매, 사내 생각은 안 나?"

퍽!

진가영은 안고 있던 진자운의 머리를 때리고 휙 뒤로 밀어냈다. 어둠 속의 그녀의 눈에 독기가 흘렀다.

"누가 그 딴 말 가르쳤어!"

진자운이 볼록하게 혹이 솟은 머리를 쓰다듬곤 퉁명스레 소리쳤다.

"씨, 사내 생각이 없으면 그만이지, 왜 때리고 난리야!"

"씨라니! 이 녀석, 이젠 어미한테까지 욕을 하려는 거야!"

"내가 언제 욕을 했다구 그래!"

"방금 씨라고 했잖아!"

"그야, 머리를 때렸으니까 그렇지! 이젠 독수공방하는 것도 지겨울 것 같아서 말했더니만!"

"이 녀석이 그래도!"

"됐네! 됐어! 젊은 나이에 계속 독수공방하려거든 맘대로 해! 나도 시키면 새끼, 아부지로 부르고 싶지 않으니까."

진자운이 다시 제자리로 굴러가 돌아눕자 진가영이 분기로 붉어진 얼굴을 한 채 한참 씩씩거렸다. 그도 그럴 것이 여태까지 장가촌에서 그녀에게 집적거렸던 사내가 없었던 게 아니다. 적어도 대여섯 명은 넘었다.

그러나 그들 중 정식으로 청혼하고 달려든 사내는 하나도 없었다. 모두 재미 좀 보려고 달려들었다가 진자운에게 두들겨 맞고 달아나거나 지레 겁먹고 물러선 게 대부분이다. 여인으로서 한창때인 진가영으로선 낙심천만한 일이었다.

'그런데 이제 와서 사내 생각이 없냐고? 저 망할 녀석이 지금 어미 가슴에 염장 지르나!'

결국 그날 진가영은 뜬눈으로 밤을 샜다.

아들 진자운의 한마디에 잊고 있던 가슴의 천불이 되살아났기 때문이다.

*   *   *

약속대로 진자운은 며칠 동안 계속 장철용을 찾아갔다.

그를 진짜 사내로 만들기 위해서였다.

물론 장철용은 여자 없이도 서른다섯 해를 잘살아왔다. 이제 와서 진짜 사내가 되고 싶은 마음은 별로 없었으나 상대가 진자운의 모친인 진가영이라면 문제가 달랐다.

진자운의 말대로 그녀의 미모는 장가촌에서도 알아줬다. 이미 남편이 있는 부인네들은 물론이고, 한창 물이 오른 처녀들과 견줘도 전혀 손색이 없었다. 때문에 장철용 역시 가고 오는 동안 그녀를 종종 힐끔거리곤 했다. 아주 마음이 없다고 할 수 없는 것이다.

그래서 장철용은 진자운의 행패 아닌 행패를 묵묵히 참았다. 좋아하는 여자의 아들한테 손을 댈 수도 없고, 대고 싶지도 않았다. 어쨌든 진자운은 지금 모친 진가영과 자신을 짝 지워주려고 노력하고 있었다. 과연 이런 방법이 진짜 여자 공포증에 도움이 될진 알 수 없었지만.

그렇게 닷새가 지났다. 이젠 맞는 데도 이력이 붙어, 진자운의 그림자만 봐도 움찔거리던 장철용은 오늘따라 평온하게 그를 맞았다.

철커덩!

방금 전까지 만지작거리고 있던 쇳덩이를 바닥에 떨군 장철용이 진자운에게 이를 드러내며 웃어 보였다.

"오늘은 좀 늦었네."

"헤에, 내가 반가운 모양이지?"

"그야……."

장철용의 웃는 낯짝을 진자운은 발로 걷어차 주고 싶었다. 오늘은 그가 정한 장철용과 모친 진가영의 합방 날이었다. 눈앞의 소도둑 같은 사내에게 꽃다운 모친―이쯤에서 그동안 모친 진가영에게 당한 고난은 전혀 떠오르지 않는다―을 넘길 생각을 하자 속이 뒤틀려 왔다.

'씨발, 지금이라도 그냥 다 엎어버릴까?'

진자운은 한동안 심각하게 고민했다. 그만큼 눈앞의 장철용을 집으로 데려가기 싫었다. 딱 죽을 만큼 싫었다.

하지만 그러면 무당파에 들어가 천하제일의 고수가 되어 위진천하하는 걸 포기해야만 한다. 그건 있을 수 없는 일이다. 내심 떨떠름하더라도 이제 와서 계획을 바꿀 순 없다.

"맨날 두들겨 맞는 주제에 실실거리기는……."

장철용에게 한마디 쏘아붙이고 바닥에 침을 탁 뱉은 진자운이 눈에 잔뜩 힘을 주고 말했다.

"가자!"

"어딜?"

"어디긴 어디야! 동방화촉을 밝히러 가야지!"

"도, 동방화촉……."

장철용의 얼굴이 대번에 붉어졌다. 진자운이 가자는 곳이 어디인지 대강 눈치챈 것이다.

그 모습조차 못마땅한 진자운이 발로 장철용의 정강이를 걷어찼다.

픽!

"크으!"

비틀거리는 장철용을 보고, 가볍게 한숨을 내쉰 진자운이 신형을 돌려 성큼성큼 걸어가기 시작했다. 따라오란 한마디 말도 없이.

"자, 자운, 잠깐만 기다려어!"

놀란 장철용이 절룩이며 쫓아오자 걸음을 멈춘 진자운이 고개를 돌려 퉁명스레 물었다.

"아직도 여자가 무서워?"

"그, 그게……."

"여자가 힘이 있어봤자 얼마나 있겠어. 때리면 그냥 나한테 맞듯이 처맞고 있으면 되는 거야. 그러다 보면, 제풀에 지쳐서 나가떨어진다구. 물론 종종 울 진가댁은 몽둥이 같은 걸 잘 휘두르지만, 내 주먹만큼 아프진 않을 거야. 그러니까⋯⋯."

"알았다!"

장철용은 처음으로 진자운의 말을 중간에서 끊었다. 이젠 자기가 나
설 때가 됐다고 생각한 것이다.

진자운이 장철용을 빤히 쳐다보곤 고개를 끄덕였다.

"뭐, 그 정도면 오늘 동방화촉을 밝히기엔 부족함이 없겠네. 울 진가
댁이 좀 앙탈을 부리더라도 충분히 감당할 수 있겠고."

"지, 진가댁이 앙탈을 부려? 설마 진가댁이 나에 대해 모르고 있는
거냐?"

진자운이 히죽 웃었다.

"진가댁이야 당연히 모르지."

"나 간다!"

장철용이 뒤돌아서자 진자운이 대뜸 달려가 그 앞을 가로막아 섰다.

"이제 와서 발뺌하겠다는 거야?"

장철용의 얼굴 한쪽이 가볍게 일그러졌다.

"진가댁이 모르는데, 어떻게 동방화촉을 밝히란 거냐!"

"보쌈하면 되잖아."

"그런 말도 안 되는⋯⋯."

"사내새끼가!"

잔뜩 인상을 쓰고 장철용에게 소리친 진자운이 양손을 옆구리에 대
고 말했다.

"본래 과부댁을 얻으려면 보쌈을 하는 거야! 그럴 용기도 없다면, 어
떻게 미인을 쟁취하겠어! 물론 다른 때라면 절대 안 될 일이지만, 이번
엔 괜찮아. 진가댁의 아들인 나 진자운이 허락한 일이니까."

"그렇다곤 해도……."

"아, 거참, 덩치는 산만한 사내가 말 많네! 그래서 할 거야, 말 거야? 정 싫으면, 내 지금이라도 딴 사내를 알아볼 테니까."

"할게! 할게!"

장철용은 깜짝 놀라 진자운에게 소리쳤다. 스스로도 언제 이처럼 단호한 적이 있었나 싶을 정도로 확신에 차 소리쳤다. 한다면 하는 진자운의 성미를 아는 까닭이다.

'씨발, 결국 할 거면서…….'

장철용을 퉁명스레 쏘아본 진자운이 고개를 한차례 흔들어 보이고 다시 앞서 걸어갔다. 슬슬 어둠이 장가촌 전체에 깔릴 무렵이라 걸음이 조금 빨라져 있었다.

"확 덮치는 거야!"

"확?"

"응, 반항할 틈을 주지 말고 확 덮쳐서 끝내는 거야. 그래서 쌀이 익어 밥이 되고, 나무에서 열매가 열리면 일이 끝나는 거지."

"……."

장철용은 잠시 눈앞의 진자운을 물끄러미 바라봤다. 그 역시 나이가 나이이니만치 여자에 대해 아주 맹탕은 아니었다. 가끔 대도로 나갈 때 여자를 품을 기회가 없지 않았다는 뜻이다.

그러니 진자운이 말하는 바가 무언지 모를 리 없다. 충분히 이해가 갔다. 과연 눈앞의 꼬맹이가 어떻게 그런 남녀 간의 사정에 대해 알고 있는지 궁금할 정도로.

장철용이 잠시 말을 잊고 있자 진자운이 가볍게 헛기침을 했다.

"콜록, 뭔 생각을 하는 거야?"

장철용이 상념에서 깨어나 중얼거렸다.

"자운, 네가 너무 잘 아는 것 같아서……."

"아! 그거."

별거 아니라는 듯 어깨를 한차례 으쓱해 보인 진자운이 조금 작아진 목소리로 말했다.

"장가촌에는 대도에만 나갔다 오면, 별것도 아닌 무용담을 시끄럽게 떠들어대는 얼간이들이 몇 있으니까."

"그, 그렇구나."

"어쨌든 여기서 중요한 점은 앞에서도 말했다시피 초장에 기선을 제압하는 거야! 울 진가댁은 무척 드세니까. 그 점을 잊지 말고 가봐."

"아, 알았다!"

장철용은 잔뜩 긴장한 얼굴로 고개를 몇 차례나 끄덕여 보였다. 전장에 나서는 장수와 같은 모습으로.

피식!

자신도 모르게 웃어 보인 진자운이 응원하듯 외쳤다.

"넌, 이제부터 종마(種馬)가 되는 거야!"

"종… 마?"

"그래, 종마! 오직 앞만 보고 질주하는 종마! 한번 소리쳐 봐. 나는 이제부터 종마라고!"

"……."

"빨랑!"

진자운의 재촉에 장철용이 더듬거리며 외쳤다.

"나, 나는 이제부터 조, 종마다!"

"목소리가 작아! 큰 목소리로!"

"나는 이제부터 종마다!"

"더 크게!"

"나는 이제부터 종마다! 나는 이제부터……."

장철용의 목소리가 점차 높아지자 진자운이 재빨리 달려들어 그의 입을 막았다. 그리고 주먹으로 툭툭 그의 가슴을 두들겨 줬다.

"됐어! 그 패기로 가는 거야!"

모친 진가영이 잠들어 있을 방 안으로 몰래 숨어들어 가는 장철용을 배웅하며 진자운은 인상을 잔뜩 구겼다. 그가 들어가기 전 했던 말이 귓전을 울려 심히 기분이 언짢았다.

'뭐, 자기가 들어갔다 나오면, 그때부터는 내가 장자운이 된다고? 죽일 놈! 뻔뻔스럽게 그런 말을 하다니! 이 새끼, 그동안 나한테 순진한 척 내숭을 떨었던 거 아냐?'

진자운으로서도 장철용이 한 말이 호의에서 나온 거라는 걸 모르는 바 아니다. 그가 내숭을 떨거나 남을 속일 만한 위인이 아니라는 것도 알고 있고.

하지만 새 아버지—어차피 생부란 작자를 알지도 못하지만—를 들인다는 건 보통 일이 아니다. 특히 이날 이때껏 모친 진가영과만 살아온 진자운에겐 더욱 그러했다. 사실 갑자기 무당파에 들어갈 일이 생기지만 않았더라도 이렇게 직접 나서서 중매를 서는 일은 벌어지지 않았을 것이다.

운명(運命)!

무당파에 들어가 천하제일고수가 되어야 하는 운명이 문제였다. 본래 영웅이란 남들과 다른 삶을 살게끔 운명 지어져 있지 않다던가.

"퉤!"

쓰디쓴 내심을 담아 바닥에 멋지게 침을 뱉은 진자운은 살금살금 싸리문 앞으로 걸어가 귀를 기울였다. 그러자 그가 예상했던 것처럼 쿵쾅거리는 소리가 들려왔다. 장철용이 모친 진가영에게 돼지게 얻어맞고 있는 소리였다. 그것도 꽤나 장시간에 걸쳐.

'드센 여편네!'

내심 혀를 찬 진자운이 일이 실패할 것에 대비해 도망갈 준비를 하고 있으려니, 들려오던 소리가 바뀌었다. 뭔가 야릇하면서도 코맹맹이 소리가 섞인 비음, 그리고 밭을 가는 황소가 뿜어내는 것과 같은 콧김 소리.

"옳지! 드디어 그 덩치만 커다란 바보가 종마가 되는 데 성공했구나!"

진자운이 아는 모친 진가영은 상대가 마음에 들지 않을 경우, 차라리 혀를 깨물 여인이었다. 그 정도 대단한 성격이 아니라면, 혼자 몸으로 십 년 동안 진자운을 키우진 못했을 것이다.

진자운은 싸리문으로 다가들었을 때와 마찬가지로 살그머니 뒤로 물러섰다. 일이 성공한 걸 알았으니, 더 이상 집 앞을 지키고 있을 필요는 없다.

빠르고 은밀하게 뒷걸음질친 진자운은 집 앞을 한참 벗어나서야 굽혔던 허리를 폈다. 지금쯤 깨가 무더기로 쏟아지고 있을 모친 진가영과 종마 장철용을 생각하니 눈에서 눈물이 핑 돌았다. 갑자기 세상에 홀로 던져진 것만 같았다.

슥슥!

재빨리 소매로 눈가를 훔친 진자운이 어둠 속에 흐릿하게 서 있는 집을 향해 작은 목소리로 소리쳤다.

"씨발, 잘살아야 돼! 두 사람 모두."

그의 억울한 내심을 반영하듯 뒷말은 모깃소리만큼 작았다.

그것으로 끝.

냉큼 발길을 돌린 진자운이 품 안 깊숙한 곳에 숨겨놨던 철전(鐵錢) 하나를 끄집어냈다. 보통 시중에서 사용되는 동전과 달리 철전의 한쪽 면에는 태극 문양이 음각되어 있었다.

사부라 여기는 노도사에게 받은 철전.

흐릿한 달빛 아래 철전을 요리조리 비춰본 진자운이 어두운 하늘을 한차례 올려다보곤 히죽 웃었다. 이제 나 진자운이 무당파로 가니, 천하여 기다리고 있으라는 둥의 쑥스런 말을 중얼거리며.

◆ 第二章 ◆ 무당입문(武當入門)

맑고 청명한 날씨였다.

나들이를 떠나기엔 더할 나위 없이 제격이다.

험한 만큼 현기가 넘치는 무당산 칠십이봉 중 주봉인 자소봉을 내려
오는 현음(玄陰)의 발걸음은 가벼웠고, 목소리에 절로 신명이 일었다.

도(道)를 도라 할 수 있는 것은 떳떳한 도가 아니요, 이름을 이름이라 할
수 있는 것은 떳떳한 이름이 아니다.

이름이 없는 것은 천지(天地)의 처음이요.

이름이 있는 것은 만물의 어머니다. 그러므로 항상 욕심이 없는 것으로써
그 묘(妙)를 보고, 항상 욕심이 있는 것으로써 그 교[形而下學世界]를 본다.

이 둘은 같이 나와 이름을 달리하며, 같이 이를 현(玄)이라 이르나니, 현하
고 또 현한 것이 중묘(衆妙)의 문이다.

도가 제자라면 항시 입에 달고 사는 도덕경이 노래처럼 흘러나온다. 평상시 잔뜩 근엄한 얼굴을 할 뿐만 아니라 뭔가 도를 깨달은 것과 같이 사람들 앞에서 외우곤 하던 것과는 거리가 멀다. 지금 현음은 그만큼 기분이 좋았다.

'으하하, 이 얼마 만에 나가보는 외유던가! 이번 기회에 대도로 나가 삼 년 면벽 끝에 온몸에 덕지덕지 낀 때를 확실히 벗겨보리라! 좋다고 소문난 술도 좀 마셔보고!'

만약 삼 년 면벽을 끝낸 제자가 안쓰러워 행각이나 다녀오라 명했던 사부 운송자(雲松子)가 알았다면 혀를 찰 내심이다.

운송자라면 현 무당파의 장문진인인 운룡 진인(雲龍眞人)의 셋째 사제로 당당한 육대장로 중 한 명이다. 자연 그의 제자인 현음 또한 일대 제자 중 다섯 손가락 안에 드는 무재(武才)로 무당파 내의 위치가 작지 않았다. 종내 무당파의 미래가 될 사람이란 뜻이다.

한데 면벽 삼 년을 끝내자마자 술이라니!

현음은 천하 구대문파 중 수위를 다투는 무당파의 제자, 그것도 한 명도 빠짐없이 일류고수로 불리는 일대제자로서의 자각이 전혀 없는 생각을 하며 어깨를 으쓱거렸다. 전도 유망하던 자신이 삼 년 면벽을 해야 한 원인을 제공했던 게 바로 그 망할 놈의 술이었다는 걸 까맣게 잊고서.

현음의 어깨춤은 산을 내려오는 동안 계속됐다. 아니, 시간이 갈수록 더욱 심해지고 있었다.

그의 잘 단련된 몸은 입에서 연속적으로 흘러나오는 도덕경을 비롯한 도가경전의 어구에 자연스레 박자를 맞추고 있다. 오랜만에 갑갑한 자소궁을 벗어난다는 생각이 그를 흥분시켰다. 후끈 몸이 달아오르고 있었다.

그러다 갑자기 현음의 어깨춤이 멈췄다. 게다가 그는 어깨춤을 독려하던 도가경전 구술마저 멈췄다.

갑자기 사람이 달라진 것 같다.

건들거리던 걸음이나 몸동작은 어디로 가고, 자소봉으로 오르는 소로에는 근엄한 표정의 중년 도사 하나가 있을 뿐이다. 아니, 가만히 보니 현음이 내려오던 길 저만치 떨어진 곳에 털썩 쭈그려 앉은 지저분한 행색의 소년 하나가 보인다. 그러니 소로에는 근엄한 표정의 중년 도사와 소년 하나가 있다고 볼 수 있다.

'쯧, 이런 곳에 어찌 저런 거지 아이가 있는 거지?'

현음은 슬쩍 고개를 숙인 소년 쪽을 곁눈질하고 걸음을 빨리했다. 평소와 다른 표정과 동작. 내심 마음 한 켠에 찔리는 것이 있기 때문이다.

그때, 내내 땅바닥만을 향하고 있던 소년의 고개가 들렸다. 지저분한 땟국물이 흐르는 것에 비해 예상외로 반듯한 외관에 총명해 보이는 눈망울. 만약 장소가 장소인데다, 상황이 상황이 아니라면 현음의 눈길을 끌기에 충분해 보인다.

그러나 현음은 소년과 눈이 마주치자마자 재빨리 시선을 돌렸다. 은밀히 훔쳐보던 걸 들킨 탓에 그의 걸음은 더욱 빨라지고 있었다.

그렇게 막 현음이 소년의 앞을 지나칠 때다. 총명해 보이는 눈빛과 달리 아무 생각 없어 보이던 소년의 입술이 기다렸다는 듯 달싹였다.

"다 봤는데."

움찔!

현음의 어깨가 조금 전까지와 다른 까닭으로 들썩였다. 그리고 바삐 움직이던 걸음이 멈췄다. 소년의 한마디가 무당파 일대제자이자 일류 고수인 현음을 멈춰 세운 것이다.

자소봉으로 오르는 소로에 아무렇게나 주저앉아 있던 거지 소년은 장가촌을 떠난 지 딱 한 달이 된 진자운이었다.

그는 그동안 자소봉 주변을 돌며 무당파 제자들과 도사들을 면밀히 살폈다. 무당파에 입문하기 전의 사전 작업이었다. 영웅이 될 운명의 소유자로서 쉽사리 노도사의 말만 따를 순 없다는 판단 하에 벌인 일이다.

덕분에 한 달이 훌쩍 지나 진자운의 무당파에 대한 기대는 절반쯤 꺾인 상황이었다.

그도 그럴 것이 그는 무당파 제자들을 만날 때마다 몇 가지 수작을 부렸는데, 계속 변변한 반응을 얻지 못했다. 하나같이 멍청이들뿐이었다. 어린애라 불러도 어쩔 수 없는 십 세 소년의 잔꾀에도 쉽사리 속아 넘어갈뿐더러, 무공도 그저 그런.

하긴 그가 여태까지 만난 무당파의 제자라야 이대제자 이하의 젊은 이들뿐인지라 무공 실력에 한계가 있고, 고지식한 교육 탓에 사고가 단순했다.

온갖 풍파를 겪으며 큰 잡초와 달리 너무 올곧게만 자란 화초가 밖으로 내놨을 때 몰아치는 비바람에 쉬이 시드는 것과 같은 이치.

그래서 진자운은 슬슬 자소봉 주변을 굴러다니는 것도 지겨워진 터라 심각하게 집으로 돌아갈 것을 고려하고 있었다. 적어도 도사답지 않게 콧노래를 흥얼거리며 자소봉을 내려오던 현음을 만나기 전까진 그랬다.

'여태까지 만난 무당파 도사새끼들 중에선 그래도 제법 풍채가 있어 보이긴 하는데…….'

진자운은 자신의 한마디에 걸음을 멈춰 세우고, 눈에서 강한 정광을 뿜어내고 있는 현음을 찬찬히 살폈다. 본래 그가 귀에 매우매우 익어서 지겨울 정도인 도덕경을 흥얼거리지 않았다면 신경도 쓰지 않았을 터이나, 등골이 오싹해지는 눈빛을 보자니 마음이 혹했다.

히죽!

그때 진자운의 웃음을 물끄러미 살핀 현음이 위엄 넘치는 목소리로 물었다.

"이곳은 무당파로 향하는 길이니라. 너 같은 어린아이가 어찌 서성이고 있는 것이냐?"

진자운이 입가에 머물러 있던 미소를 거뒀다.

"좀 전까진 그냥 스쳐 지나가려고 했으면서 어째서 지금은 토를 다는 것이죠?"

"그건 빈도가 오늘 매우 중요한 일이 있어 대처로 나가던 중인지라……."

"그럼 빨랑 가보세요."

"그, 그럴까?"

"예, 지금부터 나는 쉬엄쉬엄 무당파의 검선들이 있다는 자소궁으로 올라가 볼 생각이니까……."

현음의 눈에 담겨 있던 정광이 더욱 강렬해졌다. 한낮이라 하나 애 하나쯤 눈빛만으로도 충분히 잡을 수 있을 정도였다.

하나 상대가 나빴다.

야수가 출몰하는 깊은 산속까지 나무를 하러 들어가던 진자운이다. 현음의 번뜩이는 눈빛은 신기하긴 하나 두려움의 대상은 아니었다.

"와, 신기하다! 눈빛을 그렇게 번뜩이게 하려면 얼마나 무공을 연마해야 하는 거예요?"

'이, 이 녀석이!'

현음은 잠시 당황했으나 곧 안색을 바로 했다. 무당파의 일대제자가 애새끼 하나한테 깔보임을 당할 순 없었다. 물론 눈빛만으로 겁을 주는 건 일단 포기하기로 하고.

평상시 눈빛으로 돌아온 현음이 방금 전보단 조금쯤 부드러워진 목소리로 말했다.

"방금 자소궁으로 올라가겠다고 했더냐?"

"예, 볼일이 있거든요."

현음의 얼굴에 일순 가소롭다는 기색이 슬며시 스쳐 지나갔다. 무당파는 크게 상궁(上宮)과 하원(下院)으로 나눠지는데, 자소봉 중턱에 위치한 자소궁과 그 밑의 집법원, 칠성원, 예원, 지객원, 약원의 오원(五院)을 말함이다.

그중 자소궁은 무당파의 상징으로 역대 열조의 영위를 모신 조사전과 장문인의 거처인 원무전, 장로들의 거처인 장생전, 일대제자 이상이 모여 무공을 연구하는 진무각 등이 있는 중지 중의 중지였다. 결코 뉘집 강아지 이름이 아니었다. 진자운 정도 나이의 꼬맹이가 오른다 하여 아무렇게나 어리광을 받아주거나 발길을 들여놓을 수 없는 게 당연하다.

간혹 무림의 영웅이 되기 위해 천하제일 무당파에 입문하겠다고 무작정 자소봉을 오르는 녀석들이 있으나, 자소궁은커녕 하원에도 이르기 전 혼쭐이 나 집으로 돌아가는 게 대부분이다. 예외는 없었다.

비웃음을 거둔 현음이 단도직입적으로 말했다.

"무당파는 너 같은 어린아이가 함부로 갈 수 있는 곳이 아니니 냉큼 집으로 돌아가거라."

"나는 집이 없는데요. 무당파에 오려고 살던 곳을 죄다 불태워 버렸거든요."

"뭐라?"

현음이 가볍게 눈살을 찌푸리자 진자운은 내심 흡족해졌다. 그를 놀라게 하고 곤란한 표정을 짓게 한 것만으로 이번 거짓말은 가치가 있다는 판단이었다.

그러나 현음은 여태까지 진자운이 상대했던 나이 어린 도사나 무당 제자들과는 전혀 딴판인 사람이었다. 그는 잠시 뜸을 들인 후 별반 달라진 게 없는 얼굴을 한 채 고개를 가로저었다.

"아이야, 너는 멍청한 짓을 한 것이다. 무당파는 고아들을 받아주는 곳이 아니니, 네가 사는 곳을 불태웠다 한들 변하는 건 아무것도 없다."

"도사가 너무 몰인정하게 말을 하시는 거 아닙니까?"

"몰인정하다?"

"예, 자고로 도사라면 나처럼 불쌍한 아이를 보면 측은지심을 느끼고 보살펴 주고 싶다고 생각해야 옳잖아요."

현음의 얼굴에 차가운 기색이 어렸다.

"네가 그리 생각했다면 그건 무당파나 도사에 대해 잘못 알아도 한참 잘못 안 것이니라. 적어도 빈도는 그럴 생각이 전혀 없으니."

"에이, 그렇게 빡빡하게 굴지 말고……."

진자운은 말을 끝맺지 못했다. 현음이 갑자기 가볍게 소맷자락을 털고는 걸음을 뗐기 때문이다. 더 이상 진자운과 나눌 말이 남지 않았다는 듯.

'쳇!'

내심 혀를 찬 진자운이 냉큼 일어나더니, 후다닥 뛰어 현음의 앞을 가로막아 섰다. 산을 뛰어다니는 사슴이나 잔나비처럼 재빠른 동작이다.

현음이 눈살을 찌푸리자, 진자운이 양팔을 활짝 벌리고 큰 목소리로 소리쳤다.

"이대로 날 버리고 가면, 지금 당장 자소궁으로 올라가서 방금 전에 무당파의 도사가 콧노래로 도덕경을 흥얼거리며 산을 내려가더라고 다 일러바칠 거예요!"

"흥!"

현음의 입에서 차가운 코웃음이 튀었다.

그리고 다시 털린 소맷자락.

후웅!

소매를 타고 일어난 한줄기 부드러운 경력이 진자운 쪽으로 파도처럼 밀려갔다. 족히 진자운 정도의 체구쯤은 날려 버릴 수 있는 위력이 담긴 일수.

당연히 진자운이 한 켠에 나뒹굴리라 생각하고 다시 걸음을 떼던 현음의 안색이 가볍게 변했다. 그가 손을 쓴 것과 동시, 순간적으로 마보 자세를 취한 진자운이 거의 찢어질 정도로 다리를 벌리고 바닥에 찰싹 달라붙는 광경을 목도한 것이다.

'무공을 알고 있었던가?'

상대에 대한 판단이 수정되면 대처 방법도 달라진다. 일견한 후 진자운이 범상한 꼬맹이가 아니란 판단을 내린 현음의 수장이 한 바퀴 회전을 일으켰다.

무당면장(武當綿掌)!

현음의 수장이 물결 모양의 파동을 일으키며 고양이처럼 자세를 낮춘 진자운의 어깨로 떨어져 내렸다. 산속을 휘도는 바람처럼 가벼우나 만약 조금이라도 저항이 있으면 단숨에 열 배나 스무 배로 파괴력이 증폭되는 고절한 수법.

바로 그 순간, 자세를 낮춘 채 눈을 빛내고 있던 진자운이 벼락같이 뛰어올랐다. 면면부절하고 현기가 어린 현음의 면장 속으로.

퍼퍽!

현음의 얼굴에 일순 기가 막히다는 표정이 떠올랐다. 일시지간 그가 펼쳐 낸 면장에 담긴 공력은 이성 내외. 처음보다 진지해졌다곤 하나 여전히 큰 의미를 담진 않았다.

하긴 무당파 일대제자의 자부심으로 어찌 어린아이를 상대로 진지해질 수 있으랴!

그러나 현음은 그 어린아이에게 방금 일권을 얻어맞았다. 그것도 요혈이라 할 수 있는 전중혈 부근을.

물론 그렇다고 현음쯤 되는 고수가 진자운의 주먹에 부상을 당할 리 없다. 그는 면장이 뚫리기 직전, 재빨리 내력을 운용해 전중혈을 때린 진자운의 주먹을 오히려 근육으로 단단히 옭아맸다. 마치 처음부터 덫을 놓고 사냥감을 기다리고 있던 사냥꾼과 같이.

진자운이 자신의 주먹을 삼킨 현음의 배를 살피며 탄성을 터뜨렸다.

"와! 이거 어떻게 하는 거예요?"

현음의 수장은 이미 진자운의 뇌호혈에 닿아 있었다. 이대로 장력을 뿜어내기만 하면 이곳, 자소봉으로 오르는 소로에는 다시 현음 혼자가 될 터였다.

'하지만 이 어린 녀석은 여전히 겁먹은 기색이 없구나. 무공을 익힌 이상 뇌호혈이 치명적인 사혈(死穴)이라는 것 정도는 알 터인데.'

현음의 얼굴에 엄중한 기색이 떠올랐다.

"어찌 네가 본 파의 건곤구공(乾坤球功)을 알고 있는 것이더냐?"

"건곤구공?"

진자운의 눈에 이채가 떠올랐다. 그는 칠 년간 노도사에게 몇 가지 몸을 단련하는 법을 배웠는데, 그중 하나의 이름을 오늘 비로소 알게 된 것이다.

그때 진자운이 딴청을 부린다고 판단한 현음의 표정이 더욱 엄중해졌다.

"네가 바른대로 이실직고하지 않겠다면 빈도의 손이 무정하다고……."

"항복! 항복!"

아직 자유로운 한 손을 번쩍 치켜 올리며 소리친 진자운이 입술을 쏙 내밀었다.

"쳇, 그리 겁주지 마세요. 나이 어린 내가 어찌 무당파의 대고수인 도사님 앞에서 저항할 수 있겠어요."

"으음."

현음의 안색이 가볍게 붉어졌다. 무당파의 일대제자라면 무당파뿐 아니라 무림 중에서도 꽤나 명망이 있는 위치로 진자운 같은 어린애를 무공으로 협박하는 건 있을 수 없는 일이다. 만약 진자운이 무당파 내가기공의 입문 기공을 능숙하게 펼쳐 보이지 않았다면, 절대 이와 같은 일은 벌어지지 않았으리라.

진자운이 살살 현음의 표정을 살피곤 안면을 찌푸렸다.

"도사님, 설명을 하자면 품에서 뭘 좀 꺼내야 하는데, 그만 내 주먹 좀 풀어주실래요?"

"도망갈 생각은 말아라."

"날 이 자리에서 때려죽인대도 달아날 생각 없네요."

스으!

현음이 배의 근육을 풀고, 뇌호혈에 닿아 있던 수장을 거둬들이자 진자운이 뒤로 털썩 주저앉았다. 계속 실실거리며 대거리하고 있었지만, 일류고수가 뿜어내는 살기에 아무렇지도 않을 리 없다. 안색이 창백한 게 내상이라도 입은 모습이었다.

'좀 심하게 손을 썼던가!'

현음이 내심 자책하는데, 바닥에 앉아 몇 차례 호흡을 가다듬은 진자운이 품 안을 몇 차례 더듬거리더니 냉큼 자리를 박차고 일어섰다.

"자, 받아요!"

진자운이 내민 손에 놓인 철전을 발견한 현음의 눈에서 처음과 같은 정광이 일었다.

"그건……."

진자운이 어깨를 한차례 으쓱해 보이고 말했다.

"태극철전(太極鐵錢), 내가 무당파에 들어갈 수밖에 없는 이유지요."

*　　　　*　　　　*

장생전.

애제자인 현음에게 행각을 허락한 운송자는 근엄한 표정을 한 채 태극 문양의 단(壇) 위에 앉아 눈을 반개하고 있다.

무언가 고심한 무학이나 도학의 깊은 체득에 빠져 있는 형상.

정적만이 내려앉은 내실 안, 운송자의 근엄함이 더해져 시간조차 멎은 듯하다. 진짜 시간이 멎을 리 있으랴만, 분위기로만 봐선 진정 그럴 듯해 보였다.

한데, 일순 정적조차 숨죽이고 있던 내실 안 분위기에 작은 파탄이 일었다.

휘청!

삽시간에 잃어버렸던 시간의 흐름이 돌아왔다. 그리고 고개를 꾸벅거리다 자칫 단 위에서 떨어질 뻔한 운송자의 눈이 번쩍 뜨였다.

휘휘!

운송자는 빠르게 주변을 둘러봤다. 장생전 안의 내실, 누가 있어 묵상에 빠진 장로의 거처를 훔쳐보랴만, 그의 눈빛은 세세한 곳까지 빠짐없이 살피길 게을리하지 않았다. 흡사 억지로 잘못을 들춰내 트집을 잡으려 하는 못된 계모와 같은 모습이다.

물론 운송자의 그러한 노력은 모두 수포로 돌아갔다. 그저 헛될 뿐이었다. 그가 가부좌를 튼 채 졸던 모습을 목격한 이는 아무도 없었다.

"후우, 이제 노도도 나이가 들었는가! 어찌 묵상 중에 실수를 범한단 말인가!"

설혹 옆에 사람이 있다 해도 듣지 못할 정도의 작은 목소리로 중얼거린 운송자는 가볍게 고개를 흔들었다.

단잠이었다.

정말 달게 잔 탓에 입가에 침 자국마저 조금 남아 있었다.

나이가 들면 잠이 없어진다는 세간의 말은 전혀 믿을 게 못 됐다. 적어도 평생을 꾸준히 무공을 닦아 절정고수에 올랐기에 아직 왕성하게 활동하는 운송자에겐 해당되지 않는다.

그때 조금 방심하고 있던 운송자의 어깨가 움찔하고 떨렸다.

그리고 일어난 맹렬한 기세!

파파팟!

바람 한 점 없던 내실 안에 일순 매서운 돌개바람을 일으킨 운송자의 목소리가 근엄하게 흘러나왔다.

"어느 방면의 고인께서 빈도 운송자를 찾아온 것이오?"

운송자의 눈이 향한 곳은 정면의 문이다. 방심하고 있던 그를 긴장하게 만든 인기척이 최후로 끊긴 장소.

그때 내실 문 너머에서 무심한 목소리가 말을 받았다.

"운송, 나이가 들어도 경망된 몸가짐은 여전하구나!"

'이 목소리는!'

운송자는 처음 인기척을 느꼈을 때보다 족히 두 배는 크게 놀랐다. 무당파 자소궁에서도 중지에 속하는 장생전 안에서 외인의 기척을 느낀 것보다 목소리의 주인이 그에겐 더욱 중요하게 다가왔다. 터져 나오려던 기함을 가까스로 참을 만큼.

무심한 목소리가 다시 들려왔다.

"다른 사질들은 지금쯤 사형이 면벽에 들기 전 남긴 심득에 아직도 매달려 있으렷다?"

이젠 확실해졌다. 더 이상 무당 장로란 이름과 체면을 내세운 채 뻗대고 있을 수 없게 된 운송자가 재빨리 가부좌를 풀고 태극단에서 뛰어내렸다.

"허무(虛無) 사숙……."

그때 들려온 목소리.

"빈도는 네게 얼굴을 보이고 싶지 않도다!"

운송자가 눈앞의 문을 향해 돌진하려던 동작을 멈추고 엉거주춤하게 섰다. 일시 목소리의 경고를 무시하고 문으로 달려가야 할지 그냥 오체투지해야 할지를 결정하지 못한 탓에 벌어진 현상이다.

목소리가 조금 부드러워졌다.

"운송, 너는 그래도 빈도를 아직 사숙이라 생각하고 있는 것이더냐?"

운송자가 결국 오체투지를 하고 고했다.

"사숙께서는 현재 무당파 제일의 어른이십니다! 어찌 운송이 사숙을 잊고 있었겠습니까?"

"그래, 운송, 너는 다른 사질들에 비해 무학에 대한 깨달음은 좀 떨어지고 성격 또한 경망되어 무학과 도학의 연마를 게을리했으나 마음만은 가장 순후했지. 네가 육대장로의 한자리를 차지했다는 말을 들었을 땐 빈도, 귀를 조금 의심했으나 사형께서 안배하신 일이 잘못될 리가 없었던 게야."

"……."

삽시간에 사부에게 꾸중 듣는 소도사 꼴이 된 운송자의 노안이 가볍게 상기됐다. 그가 지금 듣고 있는 말은 종종 애제자인 현음에게 하곤 했던 충고와 별반 차이가 나지 않았다. 그런데 이렇게 듣는 쪽 입장이 되자 기분이 썩 좋지 않았다. 사실 꽤 기분이 더러웠다.

'내 나이가 벌써 이순(耳順:60세)이 넘었거늘, 허무 사숙께서는 아직

도 어린애 다루듯 하시니…….'

그의 불만스런 내심을 읽은 듯 목소리가 엄해졌다.

"네가 아무리 나이가 들어 본 파의 육대장로 중 한 명이 되었다 해도 빈도에겐 그저 못나고 한없이 모자란 사질에 불과하다. 다른 사질들 역시 마찬가지니 운송, 너는 불만을 가질 것이 없느니."

"어찌 제가 감히…….'

운송자의 등으로 식은땀 한 방울이 흘러내렸다. 경외해 마지않던 대 사백 허공 진인과 달리 문밖에 있는 사숙 허무 진인에 대한 그의 기억 은 온통 불편함과 안타까움으로 얼룩져 있었다.

허공 진인이 천하제일인이자 무당제일고수라면, 허무 진인은 명실 상부한 무당제이의 고수였으나 세상에 알려진 바가 전혀 없었다. 무당 파 내에서만 그의 존재를 알 뿐, 일생 동안 세상에 출도하지도 않았고, 주목 또한 받지 못했다.

첫 번째와 두 번째의 차이.

한 사람은 천하의 모든 찬사와 영광을 얻었고, 다른 한 사람은 일생 동안 어둠 속에 숨어 있어야만 했다. 단 몇백 년에 한 명 날까 말까 하 다는 무골(武骨)을 두 사람이나 품에 안은 무당의 너른 품이 원인이었 다.

그러니 허무 진인의 행사가 도사답지 않게 괴팍해진 건 인지상정이 라 할 만했다. 천하를 떨어 울릴 만한 무(武)를 연마했으되 쓸 곳이 없 었고, 남들에게 인정받을 일도 없었다. 평생의 적공이 그저 헛될 뿐이 었다.

그래서 정마대전 이후 사형 허공 진인의 명성이 하늘을 치솟을 듯 높아진 이후 허무 진인은 점차 무학을 멀리하고 도학에 집중하기 시작했다. 무학이나 세속의 명성으론 이미 사형 허공 진인을 이길 방도가 없으니, 도인들의 오랜 꿈인 등선만은 먼저 하고 싶었던 것이다.

'하지만 그조차도 허공 사백께서 먼저 이루셨지.'

운송자는 내심 한숨을 토해냈다. 허공 진인이 우화등선했다는 말을 들은 순간, 하늘을 향해 광소를 터뜨리곤 자소궁을 박차고 떠났던 허무 진인의 마지막 모습이 떠올라 마음 한 켠이 처연해졌다.

그 역시 장문인인 대사형 운학 진인은 말할 것도 없고, 다른 사형제들과 무학이나 도학을 비교할 때 가장 처지는 터였다. 종종 육대장로라는 이름이 부끄럽다고 자책할 때가 많으니, 당년 허무 진인의 심정이 더욱 절절히 가슴을 때려왔다.

그때 다시 목소리가 들려왔다.

"빈도가 오늘 장생전을 다시 찾은 건 사질에게 한 가지 명할 일이 있어서라네."

얼른 축축이 젖은 가슴을 진정시킨 운송자가 진심을 담아 대답했다.

"명만 하십시오."

"고맙네."

운송자의 기억 속에 남아 있던 괴팍하고 오만한 성품과 달리 부드럽게 대꾸한 목소리가 명을 내렸다.

"빈도가 무당을 떠나 천하를 주유하던 도중 거둬들인 아이가 한 명 있다네. 사질이 할 일은 곧 무당에 입문할 그 아이에게 몇 가지 안배를 해주는 걸세."

"사숙께서 제자를 거두신 것입니까!"

"빈도의 제자는 아닐세. 그러기엔 연배가 어울리지 않을뿐더러, 그 아이에게 독이 될 뿐일 테니까."

'그건 그럴 테지.'

내심 고개를 끄덕인 운송자가 조심스레 물었다.

"그럼, 그 아이는 어떻게……."

목소리가 단호하게 답했다.

"사질이 생각할 수 있는 한 가장 심하게 굴리면 되네."

"예?"

"빈도가 거두긴 했으나 본 파의 제자가 되기엔 성격이 너무 강하고 교활한 구석이 있는 아이라네. 이대로 성장하면 허공 사형께서 어렵사리 이룩한 무림의 평화를 해치고, 세상의 독이 될 가능성이 많을 정도야. 그러니 사질은 사정 봐주지 말고 그 아이를 굴리게나."

"그야 어려운 일은 아닙니다만……."

"어렵지 않다니 됐네. 사질의 확답을 받았으니 빈도는 이만 자소궁을 떠나려네."

깜짝 놀란 운송자가 바닥을 향하고 있던 머리를 들어올렸다.

"또다시 떠나시렵니까!"

목소리에 처음으로 감정 비슷한 것이 담겼다.

"이미 무당파에 빈도의 자리는 없다네."

"그건……."

운송자가 말끝을 흐리는 사이 미약하게나마 느껴지던 문밖의 인기척이 사라졌다. 마치 처음부터 이곳 장생전의 심처에서 어떤 일도 벌어진 바가 없는 것처럼.

"…가셨는가!"

나직이 한숨을 토하고 엎드린 자세를 푼 운송자가 허리를 툭툭 두들겼다. 급하게 오체투지를 하다 보니, 허리에 무리가 왔다. 자고로 흘러

가는 세월 앞에 장사없다고.

해서 운송자는 한차례 노안을 찌푸려 보이곤, 평소와 달리 눈에 맑은 정광을 담았다. 장생전에 든 이후 할 일이 없어 대낮부터 꾸벅꾸벅 조는 게 일과였던 그의 삶 속으로 사숙 허무 진인이 돌멩이 하나를 던졌다.

그에 따라 일어난 작은 파문.

지금으로선 작은 삶의 활력소로밖엔 생각되지 않는 일을 손수 처리할 생각을 하자니 온몸에 불끈 힘이 솟았다. 마치 처음 다른 어떤 사형제들도 맡으려 하지 않던 사고뭉치 현음을 제자로 맞아들일 때와 같이.

"허허, 그 녀석을 앞으로 어떻게 손을 봐줄까나?"

장생전을 나서는 운송자의 얼굴은 족히 몇 년쯤 젊어 보였다.

다른 육대장로들의 부러움을 살 정도로.

*   *   *

'태극철전이라!'

맨 처음 자신만만하게 진자운이 내민 거무튀튀한 동전을 봤을 때 현음의 얼굴엔 가벼운 놀람과 고민이 함께 떠올랐다. 무당파의 일대제자인 그로서도 태극철전이란 말을 들어본 바 없을뿐더러, 진자운의 잔뜩 기대 어린 표정에 부담을 느꼈기 때문이다.

하나 본래 자신의 일을 제외한 모든 것에 별다른 관심이 없는 현음이다. 고민이 오래갈 리 없다.

슥!

손을 뻗어 태극철전을 뺏어 든 그의 눈매가 가늘어졌다. 별 생각 없던 것과 달리 비로소 태극철전이란 것의 특징을 발견하는 데 성공한 것이다.

'흠, 이 동전 자체는 태극 문양이 음각되어 있는 걸 제외하면 별다른 특징이 없으나 본 파의 암향회선(暗香回旋)의 흔적이 남아 있군.'

암향회선이란 천하에 그리 많이 알려져 있지 않은 무당파 독문의 암기 수법이다. 보통 수중의 동전을 이용해 상대방의 혈도를 공격하는 이 수법은 거의 무림 중에 쓰이는 일이 없고, 일대제자 이상이 아니라면 있는지조차 알지 못하는 이들이 대부분이다. 정파 중의 정파이자 구대문파에 속한 무당파의 자존심이 암기술과 같이 정정당당하지 못한 무공을 등한시한 결과이다.

하지만 정파 중에서도 이러한 암기로 명성을 날리는 유명한 문파인 사천당가(四川唐家)가 있고, 마도나 사도(邪道), 녹림(綠林)에는 부지기수로 많다. 그만큼 암기술이란 유용하고 방비가 어렵다는 이점이 있다.

그런 탓에 암향회선은 떳떳이 앞에 내놓지 못하는 것에 비해 나름대로 꽤나 독창적인 암기술이었다. 잘만 연습하면 내가기공을 실어 내던지는 암향회선은 강력한 회오리를 일으켜 적의 암기를 무력화시키는 데 꽤나 효과가 있는 것이다.

진자운이 내민 태극철전에는 분명 암향회선이 극성으로 발휘된 흔적이 여실했다. 철전 가외에 미세하게 남아 있는 톱니바퀴 모양의 홈집이 이를 증명한다.

그러니 눈앞의 소년은 적어도 무당파 일대제자 이상과 인연을 맺은 후 기본 무공과 암향회선의 공력이 남은 철전을 증표로 받았음이 분명했다. 한 대 때려주고 싶을 정도의 호언장담이 새빨간 거짓말만은 아니란 뜻이다.

'아쉽게 됐군.'

내심 혀를 찬 현음이 미미하게 고개를 끄덕였다.

"이건, 확실히 본 파의 물건이 분명하구나. 도저히 믿기 어려운 일이고, 네가 어디서 태극철전이란 말을 주워들었는진 알 수 없다만."

"그게 다예요? 무당파의 수많은 제자들이 한 번 보면 무릎을 꿇고 엎드려 명을 받아야 하는 신물이 아니고?"

"너, 지나치게 강호 이야기꾼들의 이야기를 많이 들은 거 아니냐?"

"그치만……."

"세상에 태극철전이란 말은 없다. 특히 본 파에는 더더욱! 필시 쪼끄만 네 녀석이 만들어낸 말이겠지?"

확실히 그랬다. 그러나 지난 한 달간 온갖 머리를 다 짜내서 만들어낸 자신의 작명이 무시받자 진자운이 아랫입술을 불쑥 내밀었다.

"그럼, 맞으면 맞는 거지 믿기 어려운 건 또 뭐예요?"

현음이 안색 하나 바꾸지 않고 대꾸했다.

"너 같은 말썽꾸러기에게 본 파와의 연이 닿았다는 사실이 믿음이 가지 않는다는 뜻이다."

"쳇! 내가 뭐 어때서……."

"감히 중요한 볼일이 있는 내 앞을 가로막았을뿐더러, 공격까지 하지 않았다냐? 네가 진실로 무당의 제자가 되고 싶다면 어찌 그리 경망되이 행동할 수 있단 말이더냐?"

'헹, 말코도사, 당신 외에도 이미 숱하게 많은 도사와 무당파 제자 나부랭이들을 건드렸다구! 이제 와서 중년 도사 한 명쯤 더 건드린다 한들 무슨 사단이 나겠어?'

진자운은 방금 전 현음에게 완벽하게 제압당했던 일도 잊고 속으로 잔뜩 떠들어댔다.

현재 보이는 겉모습은 뻣뻣하기 이를 데 없는 현음이나 얼마 전까지 도덕경과 도가경전을 흥얼거리며 어깨춤을 추던 모습을 목격한 터다. 마음 한 켠에 업신여김과 동시에 친근감이 들었다. 동류의 인간을 만났다는 판단이었다.

그때 현음이 진자운에게 태극철전을 돌려주곤 말했다.

"네가 무당파와 연이 닿았다는 걸 안 이상 빈도가 본 파의 하원까지 인도하는 게 마땅하겠으나……."

"어! 그럼 날 데리고 가지 않겠다는 뜻인가요?"

"그러니까 빈도는 지금 아주아주 중요한 일로 행각을 나가는 중인지라……."

"나, 따라갈래요!"

"뭐?"

현음이 진자운의 말뜻을 못 알아들었을 리 없다. 그런데도 그는 다분히 위협을 담아 한쪽 눈썹을 치켜떴다. 어디까지나 진자운을 떼어놓으려는 의도였다.

그러나 이미 현음의 확답을 받은 직후이다. 그 이전에도 자기 하고 싶은 대로 하던 진자운이 이제 와서 겁을 먹을 리 없다. 사실 씨도 안 먹힐 시도였다.

히죽!

징그럽게 웃어 보인 진자운이 한마디 한마디를 끊어 다시 말했다.

"그 아.주.아주. 중요하다는 행.각.에 나도 따.라.가.겠.다.고.요!"

'이 못된 녀석이!'

바람도 없는데 현음의 소맷자락이 바르르 떨었다.

결국 현음은 행각—향기로운 술—을 포기하고 진자운을 대동한 채 발길을 돌려야만 했다. 어디로 튈지 모를 악동을 데리고 행각을 나설 수 없을뿐더러, 더 이상 약점을 잡힐 수도 없는 노릇이었다.

물론 하원 중 문파의 예법과 규율을 담당하는 집법원으로 향하는 그의 발길은 한없이 무거웠다. 본래의 계획이 벗어난 것도 기분 나쁜데, 삼 년 전 술 마시고 주사 한 번 부린 걸 가지고 가차없이 삼 년 면벽을 통보한 집법원을 찾아가야 한다는 사실이 짜증나는 것이다.

'그 얼음장같이 차가운 운현 사숙에게 다시 머리를 조아리는 것도 싫지만, 가장 싫은 건 고자질이나 할 줄 아는 현명(玄冥)을 보는 거다. 적어도 행각이 끝날 때까진 집법원을 찾을 일이 없을 줄 알았건만.'

현음은 자신도 모르게 뿌득 이를 갈았다. 집법원주인 운현자(雲玄子)는 사부 운송자에게 한 끗발 차이로 서열에서 밀려 육대장로가 되지 못한 사람이다. 문파 내 인지도나 무공이 더욱 탁월하다고 알려졌음에도 불구하고.

그러니 운송자의 애제자인 현음이 그의 눈 밖에 난 건 어쩌면 당연한 일이다. 집법원주이자 문파의 존장답게 노골적으로 견제를 하지는 않았으나 현음은 직감적으로 눈치채고 있었다. 그가 자신을 싫어한다는 사실을.

그러나 정작 현음에게 배신감을 심어준 사람은 운현자의 제자이자 차대 집법원주가 유력한 현명이었다. 서로 불편한 사이인 사부들과는 달리 어려서부터 동고동락해 온 현음과 현명은 꽤나 친한 사이였다. 사실 무당파에 입문하기 전부터 죽마고우(竹馬故友)이기도 했다.

그런 현명이 삼 년 전 현음의 뒤통수를 때렸다.

가차없이.

일대제자 간의 실력을 겨루어 서열을 정하는 풍운조화지회(風雲造化之會) 바로 전날 벌어진 일이었다.

"녀석에게도 필경 사정이 있었겠지만……."

자신도 모르게 내심을 입 밖으로 낸 현음이 흠칫 놀랐다. 지난 삼 년간 면벽하는 와중에 혼잣말하던 버릇이 남았음을 비로소 눈치챈 것이다.

그때 현음이 입을 열기만을 기다렸다는 듯 뒤에서 거친 숨결을 품은 목소리가 들려왔다.

"도, 도사가 돼서 뭔 말을 그리 혼자 중얼거리는 거예요!"

'응?'

현음의 시선이 뒤를 향했다.

그리고 해연히 놀랐다.

그는 자소봉을 오르는 동안 점차 발에 힘을 실어갔다. 건방질뿐더러 성질을 돋우는 데 일가견이 있는 진자운의 기를 꺾어놓을 심산이었다. 그런 식으로 험한 자소봉을 오르면 필시 죽는다고 울부짖거나 잘못했다고 싹싹 빌지 않겠는가.

그런데 문득 상념이 깊어졌고, 적당히 끝내야 할 때를 놓쳤다. 어느새 그의 신형은 웬만한 장정이 평지에서 전력질주하는 것보다 빨라져 있었다. 그것도 한참 동안이나.

'벌써 뒤에 떨어져 주저앉았겠거니 했거늘.'

처음으로 현음은 진자운에게 흥미를 느꼈다. 자신을 끝까지 따라온 아이답지 않은 체력도 놀라웠지만, 더욱 놀라운 건 여태까지 입을 꾹 다물고 있었다는 점이다.

강한 자존심과 정신력이 없다면 있을 수 없는 일!

현음은 진자운의 매우 나빠 더 이상 떨어질 데가 없을 정도인 첫인상을 조금 수정할 필요가 있다고 판단 내렸다. 물론 내심으로만 그리 정했을 뿐, 천천히 달리는 속도를 줄이다 멈춰 선 후 진자운을 돌아본 그의 안색은 전혀 변한 게 없다.

"호흡이 거칠구나."

'산길을 반 시진이나 전력으로 뛰었으니 당연하지!'

진자운은 한차례 비틀거렸을 뿐 현음 앞에 도착한 후에도 자세를 흐트리지 않았다. 당장 바닥에 퍼질러 앉고 싶었으나 현음 앞에선 절대 그러고 싶지 않았다.

현음이 고개를 끄덕이고 말했다.

"네가 익힌 건곤구공 중 가장 중요한 요결은 항시 마음을 평상시처럼 유지하는 데 있다. 호흡이 거칠면서도 안색이 많이 변하지 않은 걸 보니 이미 나름대로 진경에 이르렀다고 할 수 있구나."

"그, 그거 칭찬이에요?"

"좋을 대로 생각하거라."

"칭찬으로 알겠어요."

진자운의 호흡이 빠르게 안정되었다. 현음이 건곤구공을 언급하자 어느새 칠 년 수련의 결과가 몸에서 반응을 보이기 시작한 것이다.

그 모습을 보고 다시 보일락 말락 고개를 끄덕여 보인 현음이 저만치 보이기 시작한 돌계단을 손가락으로 가리키며 말했다.

"저곳이 바로 본 파의 하원으로 향하는 구천계단(九天階段)이다."

"에엑, 계단이 구천 개나 돼요!"

현음이 정정하듯 설명했다.

"아홉 하늘로 오르는 계단이란 뜻이다."

"아, 다행이다! 계단이 구천 개나 되면 당장 뒤돌아서 달아나려고 그랬는데."

"구천계단에 발을 내딛은 순간부터는 본 파에 들어섰다고 봐도 무방하다. 그러니 지금부터는 그 못된 주둥이는 닫고 있는 게 좋을 것이다."

"도사가 주둥이라니!"

"그 주둥이를 다물게 할 수 있다면, 다시 백 번이라도 말할 수 있다. 그리고도 모자라면 네놈의 볼기짝도 다시 백 번 때릴 수 있고."

"……"

볼기짝이란 말에 진자운은 얼른 빈정거리길 멈췄다. 과거 동리 아이 하나를 반쯤 죽여놓은 뒤 어미 진가영에게 엉덩이를 까인 채 볼기짝을 맞은 일은 그의 인생 중 가장 큰 수치였다. 이제 머리가 굵어진 터에 다시 그런 일을 당하고 싶진 않았다.

진자운이 입을 닫자 현음이 본심을 털어놨다.

"구천계단을 오른 후, 내 너를 데리고 집법원으로 향할 것이다. 그곳에서 너는 본 파의 제자가 될 자격이 있는지를 심사받게 될 것이니, 재삼 언행에 조심해야 한다. 집법원은 본 파의 예법과 규율을 담당하는 곳이니, 네 녀석이 조금이라도 못된 말짓거리나 행동을 하면 가차없이 입문을 없었던 일로 할 것이다. 물론 그동안 네 녀석이 익힌 본 파의 기본 무공 역시 없어지게 될 터이고."

"몸에 익힌 무공을 어찌 없애지요?"

"내공이 있다면 기해혈을 파괴할 것이고, 외공을 연마했다면 팔다리의 근맥을 절단할 것이다."

"그, 그런……."

"네가 이제부터 발을 들여놓을 세계란 바로 그런 곳이다. 한번 발을 들여놓으면 죽을 때까지 벗어날 수 없고, 벗어나서도 안 되는 세계. 네 게 그러한 운명을 감당할 자신이 있는 것이더냐?'

여태까지와 달리 겁을 주는 것이 아니다. 진자운은 현음의 담담한 표정 속에서 진실을 엿보고 잠시 마음이 흔들렸다. 그의 엄중한 말을 듣고 보니, 무당파에 입문한다는 무거움이 처음으로 가슴을 눌러왔다. 진짜 장난이 아닌 것이다.

'하지만 나, 진자운이 하는 일이다. 그 정도 고난쯤 없다면 도전할 가치도 없다.'

진자운의 눈에 평소의 교활한 빛이 사라졌다.

그 빈틈을 채운 건 마음속 깊은 곳에 눌러놓은 강인함이다.

일견한 후 진자운의 내심을 읽은 현음의 다소 딱딱하게 굳어 있던 안색이 평상시로 돌아왔다. 그는 마치 여태까지 농담이라도 했다는 듯 입가에 가벼운 웃음을 담았다.

"어차피 천둥벌거숭이 같은 아이들이란 진짜 뜨거운 맛을 보기 전까 진 세상 무서운 줄 모르는 법이지. 그게 아이들만이 가질 수 있는 유일 한 장점이고."

"나는 진자운이지 천둥벌거숭이가 아니에요!"

"어쨌거나……."

진자운의 머리를 한차례 손으로 친 현음이 구천계단 쪽으로 걸어가 며 말했다.

"집법원으로 가자!"

"같이 가요!"

진자운이 얼른 뒤를 따랐다.

집법원.

자소궁은 물론이거니와 하원까지 통틀어 가장 소탈하게 지어진 전각 안의 집무실.

몇 가지 업무에 여념이 없던 집법원주 운현자는 예상에 없던 사형 운송자의 방문을 받고 눈살을 가볍게 찌푸렸다. 운송자가 단지 서열상 위라는 단 한 가지 이유만으로—사실은 성격이 지나치게 느긋하고 털털한 운송자에게 집법원을 맡길 순 없었다는 사형들의 언질이 있었다곤 하나—장로가 된 후 두 사람의 관계는 꽤나 어색했다.

면목없다 여긴 운송자는 집법원을 찾지 않았고, 운현자 역시 장생전에 발걸음을 멀리했다. 장생전은 서열 높은 무당 장로들의 처소이니, 딱히 집법원주가 찾아가 잔소리를 늘어놓기에 마땅찮은 점이 있었기 때문이다.

그러다 삼 년 전 현음의 삼 년 면벽 사건이 벌어지자, 두 사람은 무당파 내에서 인정하는 앙숙이 되고 말았다. 말하기 좋아하는 자들은 서로를 멀리하는 두 사람의 사이를 지나치게 부풀렸다. 당장에라도 사형제 간에 피 터지는 혈전이라도 벌일 것같이.

하나 현음이 삼 년 면벽을 끝마치고 나온 최근까지 두 사람 사이는 여전했다. 서로 내왕도 거의 없었지만, 싸움을 벌인다거나 서로를 헐뜯는 일은 전혀 없었다. 그야말로 같은 무당파 내에 속해 있다지만, 소 닭 보듯 하는 관계에 다름 아니었다.

그런데 애제자 현음이 삼 년 면벽을 선고받을 때도 침묵으로 일관하던 운송자가 몇 년 만에 처음으로 집법원을 찾았다. 무언가 대단히 중요한 일이 벌어지지 않고서야 있을 수 없는 일이었다.

바로 그 점에 운현자는 주목했다. 세심하고 냉철한 성격에 마음의 동요는 없었으나 생각이 깊어지는 건 당연하다. 먼저 말을 꺼내기 힘든 분위기가 형성됐다.

그때 운현자가 내놓은 찻물로 점잖게 목을 축인 운송자가 고맙게도 먼저 침묵을 깼다.

"험험, 그동안 사제와는 꽤나 적조(積阻)했지 않은가?"

"적조했지요. 그동안 제가 바빠서 사형께 문안 인사도 자주 하러 가지 못했습니다."

어디까지나 예의상 한 말이다. 별로 다른 뜻은 없었다. 그러나 받아들이는 운송자의 반응은 달랐다. 그는 마치 커다란 죄를 사면이라도 받은 듯 극렬하게 기뻐했다.

꽉!

운현자의 손을 두 손으로 부여잡은 운송자가 노안으로 닭똥 같은 눈물을 뚝뚝 떨구며 말했다.

"운현 사제, 이 못난 사형을 이제사 용서해 주는 것인가!"

"사, 사형⋯⋯."

운송자에게 손을 잡힌 순간 자신도 모르게 공력을 운집했던 운현자의 얼굴에 당혹의 기색이 떠올랐다. 운송자의 감격 어린 눈물은 관심밖이나, 본능적으로 사형의 안면을 후려치고 싶었던 자신에게 놀란 것이다.

'아아, 내 수양이 고작 이 정도밖에 안 됐었더란 말인가!'

운현자가 자책하는 동안, 그의 손을 놔주고 눈가에 맺힌 눈물을 소매로 슥슥 문지른 운송자가 말을 이었다.

"그동안 이 못난 사형은 줄곧 운현 사제에게 미안했다네. 본래대로라면 사제가 장생전에 들어가는 것이 옳은 일이네만, 그렇지를 못했지."

"운송 사형, 그 일은 이미 이 운현의 마음속에 없는 일입니다. 본 파의 서열상 사형께서 장생전에 들어가신 건 지극히 당연한 일이니, 재론치 말아주십시오."

"그렇긴 하나……."

"또 그 일을 꺼내시면 이 사제, 화를 내겠습니다."

운현자의 냉엄한 한마디에 운송자는 찔끔 하려던 말을 삼켰다. 사형제들 중 가장 성격이 정갈한 운현자의 성미를 알기 때문이다.

'게다가 오늘은 사제에게 부탁을 하러 온 터다. 이 대나무처럼 멋대가리없는 사제의 화를 돋워서는 될 일도 안 될 터.'

언제 어린애처럼 눈물을 쏟았냐는 듯 운송자가 근엄한 표정으로 돌아왔다. 운현자로선 무당파에 입문한 이래 한 번도 적응되어 본 적이 없는 모습이다.

다시 잠시의 침묵이 흘렀다.

이번에는 운현자가 먼저 침묵을 깼다.

"운송 사형께서 오늘 집법원을 찾은 건 단지 과거의 일을 말할 요량이 아니라 다른 연유가 있을 터이지요?"

"그렇다네."

"그럼, 머뭇거리지 말고 말씀하십시오. 사형과 제가 같이 보낸 세월이 얼마인데, 이리 망설이시는 겁니까?"

운송자가 낯을 살짝 붉히곤 고개를 끄덕였다.

"이 사형은 부끄러울 뿐이네."

"또 그런 말씀을……."

"알았네! 알았어! 내 본론으로 들어가겠네!"

운현자의 눈빛이 변했다.

냉정한 집법원주가 된 것이다.

운송자가 다시 찻물을 한 모금 마시고 입을 열었다.

"대충 수일 내로 한 아이가 본 파에 입문 허락을 받으러 집법원에 올 것이네. 본래대로라면 사람을 보내 그 아이의 삼대 조상을 조사하고, 지닌 바 품성을 살핀 후 사제와 집법원의 아이들이 입문 심사를 해야 할 것이네만……."

"그 아이를 입문시키면 되는 것입니까?"

"거기에 한 가지 더, 그 아이를 바로 칠성원에 보내 무공과 도학에 힘쓸 수 있도록 주선해 주게나."

"그건 곤란합니다."

운현자가 한마디로 거절하자 운송자의 얼굴이 일시 울상이 됐다.

"역시 운현 사제는 아직도 그때의 일을……."

"그런 게 아닙니다!"

운송자의 말을 딱 자른 운현자가 엄격한 표정을 한 채 말했다.

"운송 사형은 당당한 본 파의 장로이십니다. 사형께서 소개자가 된다면 아이 하나쯤 입문시키는 건 그리 어려운 일이 아닙니다. 하지만 칠성원은 본 파에 입문한 제자들 중에서도 가장 재질이 뛰어나고 인성이 빼어난 아이들만이 들어갈 수 있는 곳입니다. 어찌 그 아이의 재질이나 품성을 심사하지도 않고, 칠성원에 바로 들여보낼 수 있겠습니까?"

"그 아이의 재질과 품성은……."

운송자는 자칫 허무 진인을 언급하려다 말끝을 흐렸다. 사숙의 부탁이 엄중한데, 함부로 입에 담을 순 없는 게 당연하다.

그러나 운현자는 운송자의 침묵을 달리 해석했다.

'당당한 무당 장로가 아이 하나를 입문시키는 데 집법원까지 찾은 것도 이상한 일이다. 그런데 단지 아이의 재질과 품성을 보자는 한마디에 이리 크게 동요를 보이다니!'

무언가 구린 구석이 있다고 판단한 운현자가 찻잔이 놓인 탁자를 가볍게 손으로 내려쳤다.

탁!

"사, 사제……."

깜짝 놀란 표정이 된 운송자를 향해 운현자가 최종 판결을 내리는 판관과 같은 얼굴로 말했다.

"운송 사형의 얘기는 잘 들었습니다. 이 사제, 사형의 의견을 충분히 고려한 후 아이를 보고 최종 결정을 내리도록 하겠습니다."

"그, 그건……."

"차가 식었습니다. 그만 장생전으로 돌아가 따뜻하게 데워진 차를 마시는 게 어떠신지요?"

운현자의 입에서 축객령이 떨어진 것과 동시였다.

밖에서 현명의 조심스런 목소리가 들려왔다.

"사부님, 오늘 행각을 나갔던 현음 사형이 웬 아이 하나를 데리고 왔습니다."

"현음? 아이?"

깜짝 놀란 운송자를 운현자가 차갑게 노려봤다. '원래 이런 꿍꿍이가 있었군' 하는 표정이다.

운송자가 자기는 모르는 일이었다며 손을 휘젓는데, 운현자가 목소리를 높였다.

"본 파에 입문하러 왔다더냐?"

"그런 줄 압니다."

"내, 운송 장로님을 배웅한 후 나갈 터이니, 너는 나머지 집법원의 칠대판관(七大判官)을 모두 불러 심사청에서 대기하도록 하라!"

"명을 받자옵니다."

현명이 대답과 함께 물러가자 운현자가 운송자를 특유의 냉랭한 시선으로 바라봤다. 볼일 다 봤으면 가보라는 뜻을 노골적으로 내보이며.

'끄응, 어찌 일이 이렇게 꼬이는가? 하필 허무 사숙이 부탁한 아이가 오늘 현음과 만나 이 시간에 올 줄이야!'

내심 혀를 찬 운송자가 자리에서 일어섰다. 더 이상 이곳에 엉덩이를 붙이고 있어봤자 사제 운현자의 화를 북돋는 것밖엔 안 된다는 걸 알고 있는 까닭이다.

집무실을 벗어나려다 잠시 발길을 멈춘 운송자가 슬며시 고개를 돌려 말했다.

"사제, 적어도 공평하게 심사해 주려는가?"

운현자가 천천히 고개를 끄덕였다.

"물론입니다. 무당 장로와 일대제자의 보증을 받은 이상 그 아이는 본 파의 제자가 될 것입니다. 어디로 보낼지는 아직 정해지지 않았지만요."

운현자가 살짝 고개를 숙여 보였다.

더 이상 운송자로선 이곳에 남아 있을 도리가 없어졌다.

◆ 第三章 ◆

뚱뚱 속에 빠진 토끼

똥통 속에 빠진 토끼

탁!

차디차고 푸른 기운이 감도는 대청. 마음을 옥죄일 정도로 사납고 무서운 눈빛을 부라리고 있는 현 자 배의 일곱 도사. 마지막으로 툭하면 평상을 손바닥으로 탁탁 내려쳐 흠칫흠칫 놀라게 하는 집법원주 운현자의 무시무시한 침묵까지.

진자운은 현음과 헤어져 집법원 심사청에 들어서고 얼마 지나지 않아 일이 잘못됐다는 걸 직감하고 재빨리 눈을 굴렸다. 어느 틈에 미운 정이 다소나마 들었는지, 도사답지 않게 성격이 나쁘던 현음이 그리워졌다. 그와 헤어져 집법원에 들어설 때만 해도 가졌던 호기가 슬그머니 꼬리를 감춰 버린 것이다.

그때 그의 얘기를 듣는 동안 무려 다섯 차례나 평상을 손바닥으로 내려친 운현자가 사무적인 목소리로 말했다.

"그러니까 종합해 보면, 너, 진자운은 자소봉 부근 장가촌의 거주자이며, 삼 세 때부터 정체 불명의 노도사에게 권각과 몇 가지 기초 내공 심법을 배웠다. 그것은 일대제자 현음에 의해 본 파의 입문 무공인 건곤구공이라는 확인을 받았으니 재론의 여지가 없다. 게다가 네가 가진 동전에는 본 파 일대제자 이상만이 전개할 수 있는 암향회선의 흔적이 남아 있다. 즉, 너, 진자운은 이미 본 파의 제자가 된 것이나 다름없는 것이다."

'엥, 그럼 나는 어째서 지금 이렇게 차디찬 바닥에 엎드려서 저 빌어먹게 차가운 늙은 도사에게 고개를 조아리고 있어야 하는 거지? 나는 그다지 무당파에 잘못한 것도 없는데?

진자운은 발딱 고개를 처들고 싶었다. 그리고 평소의 넉살을 잔뜩 떨어 주변의 딱딱하게 굳어 있는 도사들을 한번 웃겨보고 싶었다.

하지만 집법원으로 향할 당시 현음에게 들은 몇 가지 주의를 차치하더라도 눈치란 게 있다.

진자운은 주변의 숨 막힐 것만 같은 분위기에 어느새 살갗에 다다닥 닭살이 돋았음을 느꼈다. 이런 상황에서 함부로 평소 성격을 드러낼 순 없다. 그저 일단 복지부동을 한 채 주변의 돌아가는 상황을 면밀히 살피고 있는 게 상수였다.

그렇게 진자운이 입을 꾹 다물고 고개를 숙이자 운현자는 그것을 자신이 한 말에 대한 시인으로 간주했다.

팔랑!

한 식경이 넘도록 정리한 서류 한 장을 옆으로 밀어놓은 운현자가 모습을 드러낸 두 번째 항목을 보고 눈살을 꿈틀거렸다.

"그러나 너, 진자운은 기본 무공을 사사한 스승의 이름을 모를뿐더러, 본 파에 입문하라는 명을 받고도 즉시 명에 따르지 않았다. 본 파에서 존사의 명을 따르는 것은 대단히 중한 일로 설사 목숨이 위태롭고 육친의 병환이 깊다 해도 즉시 따라야만 한다. 다른 이유를 들 수 없는 일인 것이다. 너, 진자운은 자신의 잘못을 인정하느냐?"

"그게 무슨 말씀이신지……."

"너, 진자운은 당당한 무당의 제자로서 자신의 잘못을 인정하지 못하겠다는 것이냐!"

'잘못?'

진자운은 자신의 생각보다 훨씬 더 상황이 잘못 돌아가는 걸 느끼고 어깨를 꿈틀거렸다. 운현자의 말이 의미하는 바를 정확히 이해하지 못하긴 했으나 자신에게 불리한 거란 건 직감적으로 알 수 있었다.

발딱!

결국 성질을 참지 못하고 고개를 쳐든 진자운이 소리쳤다.

"내게 무공을 전수해 준 노신선께서는 때가 이르기 전까진 이름을 알려줄 수 없다고 하셨어요! 나이 어리고 아무것도 아는 게 없는 산골 소년이 노신선이 까라면 까야지, 달리 뭘 할 수 있었겠어요!"

엄격한 철면을 쓰고 있던 집법원 칠대판관들의 얼굴에 처음으로 가벼운 동요가 일어났다.

무당파에 입문한 지 수십 년이 지난 그들이나 집법원 심사청에서 이처럼 막말을 내뱉는 이를 본 적이 없다. 무당파 내에서 집법원의 권위에 도전할 수 있는 건 오직 장문의 신물인 태청보검(太淸寶劍)밖에 없기 때문이다.

한데, 지금 집법원 심사청에서 죄를 추궁—이미 그들은 진자운을 죄인으로 보고 있다—받고 있던 어린 소년이 겁도 없이 소리치고 있었다. 이는 꿈에서도 생각해 본 바 없는 일이다.

그러나 이미 내친김이었다.

툭툭!

꿇어 엎드렸던 자리에서 벌떡 일어서 옷에 묻은 먼지를 턴 진자운이 가슴을 활짝 펴고 더욱 크게 목소리를 높였다.

"그리고 노신선께서 무당파에 입문하라고 했는데도, 내가 잠시 머뭇거린 것도 그래요! 나이 어린 꼬맹이가 집을 떠나 거친 세상으로 나서는데 어찌 두려움이 없고, 정리할 일이 없겠어요! 마음을 결정하는 데 시간이 드는 건 당연한 일이잖아요!"

거친 말과 달리 나름대로 타당한 논리였다. 이미 오랫동안 집법원의 일을 맡아왔던 칠대판관의 으뜸인 현명은 자신도 모르게 고개를 끄덕이다 흠칫 안색을 굳혔다. 평소 엄격하긴 하나 그만큼 공정했던 사부 운현자의 입가에 얼핏 차가운 미소가 비치는 모습을 목격한 것이다.

'위험하다!'

현명은 진자운에게 안타까운 시선을 던졌다. 소년의 나이 어림을 보고 업신여기는 마음이 없지 않았는데, 불의에 저항하고 자신의 뜻을 당당히 밝히는 모습이 사내답다. 불현듯 키워보고 싶다는 마음이 들었다.

하지만 그의 예상과 같이 운현자는 이미 진자운에 대한 판결을 내려둔 상태였다. 여태까지의 조사나 질문 등은 그저 요식 행위에 불과했다.

탁!

다시 평상을 내려쳐 주변을 환기시킨 운현자가 차갑고 무심한 표정 그대로 판결을 내렸다.

"너, 진자운의 주장은 나름대로 타당한 측면이 있을뿐더러, 무당의 정식제자가 되기 전이란 점이 감안되는 바다. 그러나 네 품행은 무당의 정식제자가 되기엔 아직 크게 모자란 구석이 있다."

"날 무당파에 받아주지 않겠다는 건가요? 그건 무진장 곤란한데……."

탁!

평상을 내려쳐 진자운의 말을 끊은 운현자가 뒷말을 이었다.

"그래서 너, 진자운은 한동안 본 파의 도적에 올라가지 않는 속가제자가 된다. 앞으로 하는 것을 봐서 정식제자에 올리게 될 것이다. 이상!"

탁탁탁탁!

칠대판관이 손에 들고 있던 집법봉으로 심사청 바닥을 마구 두들겨 댔다. 무당파에서 진자운의 신분이 최종적으로 결정되는 순간이었다.

부들!

진자운은 너무 추워서 손을 사타구니 사이에 끼고 잠들었다가 부스스 일어났다. 아직 새벽이 오려면 조금의 시간적 여유가 있었다. 이렇게 빨리 잠에서 깬 건 한참 동안 잊고 있던 삼 년 전의 꿈을 꾼 탓이 분명하다.

"씨발, 오늘 재수없는 일이라도 생기려나? 하필 그런 꿈을 다 꾸고."

진자운은 꽁꽁 언 몸을 활짝 활개치고 벌떡 자리에서 일어섰다. 잠에서 깬 이상 괜시리 방 안에서 꿈지럭거리기보다는 밖으로 나가 일을 시작하기 전 연공이라도 한차례 하는 게 낫겠다는 판단이었다.

덜컹!

방문을 열고 밖으로 나서자 주변은 온통 검은빛과 흰빛의 조화 속이었다. 간밤에 눈이 잔뜩 내려 눈앞으로 보이는 작고 아담한 건물들이 온통 하얗게 단장되어 있고 달빛은 점차 흐릿해져 가고 있었다.

곧 새벽이 올 시간.

처음 예상했던 것보다 시간적 여유가 별로 없겠다는 생각에 마음이 급해진 진자운이 서둘러 밖으로 나섰다.

쌩쌩!

기다렸다는 듯 불어온 찬바람이 귀를 떨굴 듯하다. 간밤에 내린 눈은 이미 꽁꽁 얼어붙어 뽀득거리는 소리조차 들려오지 않는다. 그만큼 추운 날이었다.

진자운은 보기에도 추워 보이는 홑옷 차림으로 한동안 종종걸음쳤다. 무당파에 들어와 세 번째 맞는 겨울이나 원단(元旦)을 전후로 해 몰아닥치는 추위만큼은 당최 적응이 가지 않는다.

하나 무당파에 입문한 지 삼 년째. 도명을 받기는커녕, 정식제자로 인정받지도 못하고 지객원에 속해 있는 진자운은 악에 받칠 대로 바친 상태였다.

그동안 당한 멸시와 고생, 좌절을 생각하면 고작 살갗을 얼리는 추위 정도는 아무것도 아니었다.

"하!"

가벼운 기합으로 추위를 내친 진자운이 주변을 한차례 둘러보고 옹기종기 고만고만한 건물들이 모여 있는 지객원의 한 켠으로 걸어갔다.

그곳은 지객원 중에서도 가장 한적한 곳. 바로 지객원에 상주하며 무당파를 찾는 손님들의 수발을 들고, 건물을 관리하는 삼대제자들의 거처 바로 앞이다.

그 황량한 공터에 도착한 진자운은 바로 천화포접공의 자세를 잡았다. 당당하면서도 허한 기수식. 그리고 실타래처럼 풀려 나오기 시작한 완만하고 부드러운 움직임.

천화포접공(天華抱接功)은 진자운이 무당파에 입문한 후 유일하게 배운 내가기공이었다. 그전에 익힌 건곤구공이 그저 호흡과 동작을 일치시키는 것에 중점을 둔 데 반해, 천화포접공에는 무당 특유의 내가심법이 포함되어 있었다.

비록 윗 단계인 현무공(玄武功), 연기공(練氣功), 태극구공(太極九功), 면장공(綿掌功)처럼 일류의 심법은 아니나 입문과 동시에 천덕꾸러기가 된 진자운에겐 극히 소중했다. 아무도 보는 사람이 없을 때만 몰래 수련할 정도로.

휙휙!

십팔로로 이뤄진 천화포접공을 격식에 맞춰 한차례 전개한 진자운은 한동안 기해혈에 위치한 하단전에 모으고 있던 두 손을 벼락같이 하늘로 치켜 올렸다.

수련으로 쌓인 기의 방출!

마치 깨달음을 얻은 고승의 고고성처럼 진기를 발출한 진자운이 다시 천화포접공의 십팔로를 빠르게 되짚어갔다. 완만하고 조용하던 처음과 달리 이번엔 거문고를 속주하듯 빠르다. 그리고 그 속도는 회를 거듭할수록 점차 빨라졌다. 가히 삼 년간 오로지 한 길만을 판 진면목이 유감없이 발휘되고 있었다.

그런데 갑자기 진자운의 정연하고 깨끗하던 동작이 변화를 보였다. 어느새 동 터오는 새벽의 기운에 잔뜩 고양되어 있던 천화포접공이 아니라 건곤구공의 현란한 움직임을 그의 몸은 만들어내고 있었다. 마치 처음부터 건곤구공만을 연마하고 있었던 것처럼.

그때 진자운의 맹렬하고 역동적인 동작을 멈추게 하는 목소리가 새벽 공기를 흔들었다.

"임마, 자운! 잠 좀 자자! 잠 좀 자! 맨날 새벽부터 뭔 힘이 그리 남아돌기에 그리 난리를 떨어대는 거냐구! 기껏해야 입문 공부인 건곤구공 따위에!"

진자운은 동작을 멈추고 고개를 돌렸다.

어느새 눈앞으로 보이는 방문 하나가 활짝 열려 있었고, 그 안에서 얼굴을 빼꼼히 드러낸 청풍(靑風)이 잔뜩 얼굴을 찌푸리고 있었다. 아이일수록 부족한 새벽잠을 빼앗긴 게 무척 분한 표정이었다.

히죽!

진자운은 청풍을 향해 이를 드러내며 웃어 보였다. 청풍은 지객원에서 잡일을 맡은 삼대제자들 중에서도 진자운과 유일하게 친한 사이였다. 잔뜩 성난 모습을 보인다 하나 전혀 마음에 둘 필요가 없었다.

"청풍 너야말로 이제 곧 칠성원에 들어갈 자격을 심사하는 때가 오는데 조금 더 무공에 신경을 기울이는 게 어때?"

"지랄!"

청풍은 진자운에게 배운 욕을 내뱉고, 못마땅한 표정으로 방 안에서 나왔다. 어쨌든 슬슬 새벽이 밝아오고 있으니 계속 방구들에만 자리잡고 있을 순 없었다.

"에취!"

나오자마자 청풍은 연달아 재채기를 해댔다. 진자운조차 추워서 한동안 발을 동동 구르게 만든 추위 속에 갑자기 나섰으니 당연한 일이었다.

이때 수련의 여파인지 진자운의 머리에선 무럭무럭 김이 뿜어져 나오고 있었다. 그 모습을 보니, 괘씸한 생각보다는 한심하면서도 애처로운 마음이 앞선다.

"자운, 너는 아직도 칠성원에 들어가는 걸 포기하지 않은 것이냐?"

진자운이 가볍게 호흡을 고르곤 눈을 부릅떴다.

"당연하지!"

청풍의 입에서 픽 한숨이 새어 나왔다.

"에구, 당연하긴 뭐가 당연해! 이번에도 보나마나 예비 심사에 끼지도 못할 텐데."

"그건 모르는 일이지. 내 건곤구공은 이곳의 대빵인 현학(玄鶴) 말코도 인정한 사실이라구!"

"또! 또 그런다!"

청풍은 재빨리 진자운에게 달려들어 입을 손으로 막고 주변을 재빨리 훑어봤다. 진자운이 지객원주 현학을 말코라 부른 건 이번이 처음이 아니다. 꽤나 자주 있는 일이었다.

하지만 청풍은 들을 때마다 겁을 집어먹고, 등줄기로 식은땀이 흘러내리는 걸 느꼈다. 하늘 같은 사숙조에게 그처럼 막말을 하는 녀석과 더할 나위 없이 친하게 지내는 자신을 이해하지 못할 정도였다.

그때 입을 막은 청풍의 손을 떼어낸 진자운이 실실 입가에 웃음을 담고 말했다.

"현학 말코는……."

"이 새끼가!"

"아아, 알았다! 알았어!"

잔뜩 일그러진 청풍의 얼굴을 손을 뻗어 밀어낸 진자운이 마치 가르침이라도 내려주려는 듯 목소리를 깔았다.

"현학 사숙조는 본 파의 일대제자 중에서도 가장 게으른 사람이라 평소에도 늦잠을 자기 일쑤잖아. 그래서 본 파에서 가장 비중이 낮은 지객원을 맡게 된 것이고."

"그야 그렇긴 하지만⋯⋯."

"어차피 아직도 꿈속에서 도교팔선(道敎八仙)과 만나 잔소리라도 듣고 있을 거야. 평소 우리한테 삿대질을 해대며 한 식경씩 설교를 해대는 것처럼."

"큭큭!"

청풍은 결국 웃고 말았다. 진자운이 근엄한 표정을 한껏 지어 보이며 현학의 행동을 흉내 내는 데 당해내질 못하겠다.

역시 히죽 웃어 보인 진자운이 말했다.

"어쨌든 그런 사숙조라도 본 파의 일대제자고 일류고수라구. 그런 사람이 내 건곤구공의 착실한 기초를 인정했으니, 슬슬 나도 이 지긋지긋한 지객원을 떠나 칠성원에 들어갈 때가 된 게 아니겠어? 너 역시 열심히만 하며 이 형님과 함께 들어갈 수 있을 테고."

탁탁!

힘내라는 듯 어깨를 두들겨 주는 진자운의 기세에 밀려 한 걸음 뒤로 물러선 청풍의 안색이 가볍게 변했다. 여태까지의 장난스런 기색과 달리 나이답지 않은 자조의 빛이 그의 얼굴을 물들였다.

"너는 진짜 멍청이라서 아직도 모르고 있는 거냐? 아니면 그냥 모른 척하고 있는 거냐?"

"뭘?"

"진짜 몰라서 묻는 거냐!"

자신도 놀랄 정도로 버럭 소리친 청풍이 안색을 붉히곤 고개를 떨궜다.

"우린… 지객원에 배속된 우리 같은 녀석들은 무당파에서 버려진 녀석들이란 말야! 그냥 일이나 시키고 기초 무공이나 연마시키다가 팽해 버릴!"

"그렇지 않다!"

"그래! 그렇다구! 나나 너나 다 똑같이, 몇 년 동안 죽도록 기본 무공을 연마하고, 시키는 일을 꾸역꾸역 했잖아! 그 망할 도가경전도 외우고! 그런데도 칠성원 심사엔 매해 떨어졌어! 다른 녀석들은 입문과 동시에 잘만 칠성원에 들어가고, 일대제자의 제자가 되서 옥 자 배가 되는데……."

픽!

청풍의 어깨가 크게 비틀거렸다. 진자운이 휘두른 주먹에 얼굴을 얻어맞은 것이다.

분개한 표정이 된 청풍을 무섭게 노려보며 진자운이 말했다.

"청풍, 너는 엄청나게 많은 단점이 있지만, 그중에서도 모든 일을 너무 쉽게 포기하는 거! 그게 가장 큰 문제야!"

"내 말이 틀렸다는 거냐?"

"물론, 네 말이 완전히 틀린 건 아냐. 하지만 네가 한 말은 청 자 배나 다른 삼대제자들한테나 해당하는 얘기야."

"지랄하고 자빠졌네! 또 너, 진자운은 다르다는 말을 하고 싶은 게냐?"

"아무렴! 그리고 이건 비밀인데, 다른 삼대제자 녀석들과 달리 청풍, 너도 이 형님을 따라다니며 시중들 정도는 된다."

마지막 말을 끝낸 진자운이 어깨를 한차례 으쓱해 보이곤 발길을 돌렸다. 이젠 완연히 주변이 밝아지고 있었다. 잠시 뒤 새벽 경전 독송이 있기 전에 배당된 일을 끝내지 않으면 지객당주 현학에게 또다시 된통 혼이 날 터였다.

'씨발, 이번에도 뽑아주지 않으면 확 지객당에 불을 싸질르고 달아날 테다!'

청풍에게 호언장담했던 것과 달리 땔감을 쌓아놓은 창고로 종종걸음치는 진자운의 안색은 잔뜩 성이 나 있었다. 청풍이 했던 말이 하나 틀림이 없다는 걸 익히 알고 있는 데다, 아직도 무당파에 대한 미련을 버리지 못하고 있는 스스로에게 화가 났기 때문이다.

삼 년 전 지객원에 배속된 진자운은 한동안 난동을 부리다 잔뜩 깔보고 있던 소도사들에게 얻어맞고 크게 깨달음을 얻었다. 현음이 했던 말이 사실이라는 것과 힘을 얻기 전까진 일단 성질을 죽이고 있어야 하며, 절대 본심을 상대방에게 내보여선 안 된다는 것을 안 것이다.

그 뒤 진자운은 누구보다 착한 속가제자로서, 지객원 제일의 일꾼으로서 세 번의 가을을 보냈다.

본래 무당파의 입문 무공인 건곤구공의 기초가 탄탄하게 잡혀 있었던 데다 노도사에게 몇 가지나 되는 권각술을 강요받은 진자운이다. 다른 삼대제자나 속가제자들을 통틀어 특출나지 않을 수 없었다. 제대로 됐다면, 벌써 무당파 후기지수들의 꿈인 칠성원에 들어갔어야 옳을 터였다.

그러나 무엇이 잘못된 것일까?

진자운은 매해 있는 칠성원에 들어갈 자격을 살피는 예비 심사에서

번번이 떨어졌다. 예비 심사를 가볍게 통과한 몇몇 삼대제자들이나 입문자들과 비교해 자신이 전혀 손색이 없을뿐더러, 오히려 월등하다고 생각하고 있던 진자운으로선 미칠 노릇이었다.

그래서 진자운은 합격자들에게 몰래 시비를 걸어 몇 차례나 주먹다짐을 했다. 그렇게라도 자신의 실력을 무당파의 여러 도사들에게 입증하려는 의도였다.

과연 합격자들 중 몇몇은 입문인 건곤구공뿐 아니라 윗 단계인 천화포접공 등을 익히고 있었으나 아이답지 않게 실전 경험이 많은 진자운을 이길 순 없었다. 열이면 열 모두 진자운에게 두들겨 맞고 무릎을 꿇었고, 조금이라도 반항할라 치면 뼈마디마저 부러지기 일쑤였다. 그만큼 진자운이 느낀 억울함과 분함은 보통이 아니었다.

물론 그 결과는 진자운에게 안 좋게 돌아왔다.

진자운에게 얻어맞은 소도사들과 속가제자들 중 몇 명이 정당한 비무―진자운은 항상 그렇게 주장했다―의 결과에 승복하지 않고 윗선에 꼰질렀기 때문이다.

지객원에 배속된 이후 내내 뼈 빠지게 일하고, 착한 아이인 척했던 노력이 한순간에 수포로 돌아갔다. 단숨에 성질 나쁘고, 못되고, 거칠고, 도문(道門)에 어울리지 않는 개차반으로 낙인찍힌 진자운은 점점 더 소외되어 갔다. 같은 지객원에 속한 제자들 중에서도 가까이 하는 이는 비슷한 처지인 청풍 외엔 없었고, 일이나 꾸역꾸역 하는 잡역부 취급을 받게 된 것이다.

그러니 현재 진자운의 처지는 청풍의 말마따나 앞날이 전혀 보이지 않는 어둠 속에 갇힌 것이나 다름없었다. 만약 일 년 전, 밤중에 몰래 찾아온 현음에게 천화포접공을 전수받고, 자신이 칠성원에 들어가지 못하는 진짜 이유를 듣지 못했다면, 진자운 성격에 벌써 무당파를 도망쳤으리라.

'부모 잘 만나서 좋은 사부 만나고 좋은 무공 익히는 씨발놈들!'

그랬다. 진자운이 전해 들은 칠성원의 실체는 여태까지 알고 있던 것과는 사뭇 달랐다. 아주아주 많이 달랐다.

그곳은 무공의 재능이나 개인의 노력과는 별도로 다른 무언가가 있어야만 들어갈 수 있는 곳이었다.

이를테면, 부모가 엄청난 부자라서 무당파에 지독히 많은 기부금을 보낸다거나 꽤나 높은 관료의 자제, 군문과 관계된 이들은 쉽사리 심사를 통과했다. 아주 심한 바보만 아니라면 누구든지 간에 뽑았다.

해서 그렇게 끼어든 녀석들이 있을 때마다 한해 칠성원에 뽑히는 일반 제자들의 숫자는 제한될 수밖에 없었다. 본래 들어가기란 낙타가 바늘구멍 들어가기만큼 힘든데, 그 바늘구멍이 더 좁아졌다.

그리고 그 바늘구멍에 걸려 가장 먼저 떨궈지는 건 진자운이나 청풍처럼 아무런 연고가 없을뿐더러 윗전의 눈 밖에 난 제자들이었다. 어차피 사람이 하는 일이니만치 감정이 개입되지 않을 수 없는 것이다.

그러나 그 점이 진자운의 오기를 북돋았다.

독기를 뿜어나오게 만들었다.

절대 무당파에서 한 발짝도 물러서지 않고, 언젠간 이곳을 자신의 땅으로 만들고야 말겠다는……

다분히 어린애다운 결심이나 그건 진자운에겐 마지막으로 남은 자존심이었다. 절대 꺾일 수 없고, 꺾여선 안 되는 최후의 선인 것이다.

'응?'

잔뜩 투덜거리면서도 발을 재게 놀리던 진자운의 눈에 이채가 떠올랐다. 평소와 달리 새벽부터 모습을 드러낸 지객원주 현학의 엉거주춤한 모습을 발견했기 때문이다.

"에구에구, 이런 망측한 일을 당하다니……."

현학은 뒤 마려운 똥개처럼 걸음을 옮기며 연신 앓는 소리를 냈다. 당당한 무당의 일대제자이자 일류고수로서 쉽사리 볼 수 없는 모습.

평소 현학의 그림자만 봐도 저만치 달아나느라 바쁘던 진자운이나 왕성한 호기심에 발길을 멈췄다. 그만큼 지금 현학이 보이고 있는 모습은 절대 쉽사리 볼 수 없는 광경이었다.

졸래졸래.

진자운이 다가가자 현학이 갑자기 자세를 바로 했다. 마치 지금까지 보였던 갈 지 자 걸음이나 엉성한 어그적거림과 자신은 아무런 관계가 없다는 듯.

키득!

입을 가리고 한차례 웃음을 흘린 진자운이 재빨리 고개를 꾸벅 숙여 보이곤 현학을 힐끔거렸다.

"현학 사숙조님, 어째 아침부터 안색이 좋지 않으시네요?"

하관이 갸름한 현학의 안색이 가볍게 붉어졌다. 평소 버릇처럼 혼내곤 하던 진자운에게 부끄러운 장면을 들켰다는 생각이 들자 기분이 안 좋아진 것이다.

하나 그것도 잠시, 현학은 곧 평소처럼 안색을 딱딱하게 굳히고 설교조로 말했다.

"어찌 아직까지 장작을 날라다 지객원의 각 객실마다 아궁이에 불을 지피지 않았더냐? 날씨가 이처럼 추운데, 자칫 아궁이가 얼어 객실 바닥에 손상이라도 가면 어쩌려고!"

"그렇지 않아도 장작을 나르러 가던 참이었는데, 놀랍게도 이 시간에 현학 사숙조님께서 모습을 보이신지라 발길을 멈췄습니다."

"내가 이 시간에 모습을 보인 게 무어 그리 놀라운 일이라고……."

"제가 지객원에 배속받은 지 햇수로 삼 년째인데, 여태까지 현학 사숙조님께서 이 시간에 기침한 건 처음 봤거든요."

"그, 그거야……."

"물론 현학 사숙조님께서야 지객원의 원주이신데다 다른 할 일이 무궁무진하게 많으시니, 아침 일찍 일어나는 건 힘드실 테지요."

"험험, 그게 당연하지 않겠느냐!"

"예예, 저 역시 여태까지 그리 알고 있었지요. 그러니 갑자기 본 파에서 가장 바쁘신 현학 사숙조님을 이 새벽 댓바람부터 보게 됐으니 어찌 제가 놀라지 않을 수 있었겠습니까? 그것도 안색이 좋지 못하신 것 같고, 걸음도 그다지 정상적으로는……."

"됐다!"

결국 졌다는 듯 진자운의 줄기차게 쏟아지는 말을 끊은 현학이 한쪽 눈살을 찌푸렸다. 갑자기 형용할 수 없는 통증이 양 볼기짝이 만나는 지점에서 불끈 치솟아올랐다. 새벽에 급한 용변을 보려다 불시에 당한 상처가 심상치 않았다.

'허참, 아무리 날이 컴컴했다곤 하나 명색이 무당파의 일대제자인 내가 이런 꼴을 당하다니!'

현학이 당한 상처는 굳이 따지자면 적이 몰래 설치해 놓은 기관매복에 당한 것과 같았다. 아주 재수없이 하필이면 아무것도 없는 길을 가던 도중 걸려든 것처럼 말이다. 그러니 딱히 무당파 일대제자 운운할 일은 아니라고 볼 수 있다.

하지만 지금 현학은 지독한 통증과 수치심을 동시에 느끼고 있었다. 방금 전까진 그냥 통증을 완화시키는 데만 신경 쓰면 됐으나 지금은 눈앞의 진자운을 무시할 수 없었다. 말썽꾸러기 사손 앞에서 체면을 지키는 것에 심력을 나누어야만 했다. 약원으로 달려가 상처를 치료받고 조섭하는 것까지 뒤로 미룬 채.

내심 끙끙거리다 갑자기 울화가 치민 현학이 진자운에게 역정을 냈다.

"이번 달 뒷간 청소는 누구더냐?"

"이번 달이요?"

"그래!"

잠시 염두를 굴린 진자운이 대답했다.

"지난달엔 청풍이 했고, 지지난 달엔 제가 했으니, 이번 달 뒷간 청소는 청운(淸雲) 사형 차렙니다. 현학 사숙조님께서 애지중지하시는 그 청운 사형 말입니다."

"이 녀석, 누가 누굴 끼고 돌았다는 것이냐!"

"아, 죄송합니다. 현학 사숙조님의 수발을 드느라 항시 바쁜 청운 사형이었지요? 요즘은 칠성원에 들기 위해 밤낮으로 용맹정진하고 계신다던데……."

"음, 녀석이 용맹정진 수련하는 건 사실이지. 이번에는 반드시 칠성원에 들 수 있을 게야."

"그렇겠죠. 현학 사숙조님께 직접 사사까지 받고 있는 청운 사형인데, 두 번이나 연거푸 칠성원 예비 심사에서 떨어지면 우리 지객원으로선 개망신을 당하는 셈이지요."

"이 녀석, 말버릇 하고는! 우리 무당파의 제자는 본시……."

평소처럼 한 시진에 걸쳐 설교를 늘어놓으려던 현학이 갑자기 말끝을 흐렸다. 엉덩이 쪽에서 느껴지는 통증을 더 이상 참기 힘들었던 것이다.

"으음, 내 오늘은 급한 볼일이 있어 가르침은 다음으로 미루기로 하겠다. 대신!"

뒷말에 힘을 준 현학이 고압적인 표정으로 말했다.

"청운은 다른 볼일이 많아 시간을 내기 힘드니, 이번 달 뒷간 청소는 자운, 네가 하도록 하거라!"

"예? 저는 이번 달에 아궁이를 돌며 군불을 떼야 하는데요!"

"그건 청풍이에게 맡기고! 너는 지금부터 당장 뒷간을 돌며 똥을 푸도록 하거라! 날씨가 추운 탓에 똥덩이들이 얼어붙어 보통 위험한 게 아니니."

"그럼, 현학 사숙조님이 오늘 당한 상처는……."

"커허험! 험! 내 그만 가볼 테니, 오늘 내로 지객원의 모든 뒷간의 똥을 말끔히 퍼서 비워놓도록 하거라!"

현학은 더 이상 통증을 참기 힘들었는지, 엉덩이에 손을 대고 바람처럼 신형을 날렸다. 필시 지객원 바로 옆에 위치한 약원을 목표로 정하고서.

뛰어오른 순간 세 차례나 공중제비를 돌더니, 단숨에 모습을 감춘 현학을 바라보며 진자운이 입을 가볍게 벌렸다. 현학이 이렇게 멋지고 완벽한 제운종을 펼친 걸 처음 봤기 때문이다.

"혜에, 역시 무당파의 일대제자란 건가?"

감탄과 동시, 입가에 떫은 감을 베어 문 듯 일그러진 미소를 담은 진자운이 바닥에 탁 침을 뱉고, 신형을 돌렸다. 객실의 숫자로만 보면 무당파 제일인 지객원의 뒷간은 총 서른다섯 개였다. 오늘 내로 몽땅 치우려면 보통 부지런을 떨어선 안 될 터였다.

보통 똥이란 물기를 함유한 탓에 뒷간 바닥에 떨어진 순간 철퍼덕 퍼지게 마련이다. 찰진 똥부터 묽으죽죽한 설사 똥까지 하나 예외는 없었다.

다만 이런 만고불변의 진리가 무당산의 독한 추위 앞에선 종종 통하지 않을 때가 있다. 잔뜩 힘이 들어간 엉덩이를 떠난 똥덩이가 뒷간 바닥에 낙하하는 동안 추위에 딱딱하게 굳어 퍼지지 않는 일이 발생하는 것이다.

그럼 매우 곤란한 사태가 야기된다.

바닥을 넉넉하게 채우며 들어차야 할 똥덩이들이 초지일관 한곳에만 집중되어 떨어지다 보면, 뾰족하고 늠름한 똥 탑이 세워지고 만다. 그리고 현학의 친조카로 온갖 총애를 받고 있는 청운처럼 더럽게 게으름을 피우다 보면, 그렇게 만들어진 똥 탑은 종종 발을 지지해 주는 나무 판자대기 바로 앞까지 이른다. 그야말로 자연의 조화와 인간의 무관심과 게으름이 만들어낸 기관매복이다.

그 기관매복에 불시의 일격을 당하고 앞으로 치질로 고생할 확률이 대폭 상승한 현학을 생각하며 진자운은 열심히 똥을 팠다. 사실 똥을 판다기보다는 삽자루로 똥 탑을 부수고, 잘게 부서진 똥덩이들을 밖으로 내던진다는 게 더욱 정확한 표현일 것이다.

어쨌든 진자운은 새벽에 봤던 촌극만을 위안 삼은 채 오전을 꼴딱 넘겨 오후가 한참 지나도록 똥을 팠다. 서른다섯 개나 되는 뒷간마다 똥 탑이 세워지지 않은 곳이 없는지라 작업은 꽤나 더디고 지루하게 진행됐다.

한 가지 다행이라면, 작업량을 핑계 삼아 새벽과 정오의 도가경전 구술을 빼먹었다는 점이다. 뒷간의 똥을 푸는 일은 지객원에 배속된 삼대제자들이 가장 싫어하는 일인지라 진자운의 모습이 보이지 않는 걸 누구도 탓하지 않았다.

그렇게 대충 마지막 뒷간만을 남겼을 때다.

하루 종일 힘들고, 그만큼 더러운 작업에 몰두하느라 점심을 거른 진자운은 배를 부여안고 인상을 잔뜩 찌푸렸다. 보통 때라면 청풍이 점심 식사를 가져다 줬을 텐데, 두 사람 몫의 일을 혼자 처리하느라 바빠 오지 못한 게 분명했다.

"씨팔, 농가에서도 일꾼 참하고 밥은 꼬박꼬박 챙겨주는 게 인정인데, 이 빌어먹을 도사새끼들은 밥도 안 먹이고 일만 꾸역꾸역 시키니……. 킁킁, 우웩!"

진자운은 자신의 몸에서 풍기는 구린내를 맡고, 한동안 현학과 청운숙질의 십팔대 조상까지를 연달아 욕해댔다. 이렇게 욕이라도 잔뜩 내뱉지 않고선 가슴속의 울분을 참을 수 없었다. 그러다 욕하는 것도 슬슬 지겨워졌다. 욕이란 본시 듣는 사람이 있어야만 하는 사람도 맛이 나는 법이다. 이렇게 혼자 지랄발광을 해봤자 별로 성에 차지도 않는다.

탁탁!

똥덩이가 들러붙은 삽자루를 바닥에 몇 차례 두들긴 진자운이 마지막 뒷간을 향해 걸어갔다. 배가 등짝에 달라붙었으니, 한시라도 빨리 일을 끝마치고 식당으로 달려가는 게 상수였다. 이 상태에서 저녁마저 굶는다면 진자운 스스로도 난동을 부리지 않는다고 자신할 수 없었다.

마지막 뒷간이 있는 곳은 지객원에서 가장 멀리 떨어진 산속이었다. 사실 지객원에 속한 뒷간이라고 부르기도 애매하지만 대충 한데 엮어 놓은 상태이다.

그곳에 도착해 능숙하게 두 개의 나무판자를 걷어낸 진자운의 입이 가볍게 벌어졌다.

'헤에?'

이곳 역시 거창무비한 똥 탑이 쌓여져 있었다. 다만 다른 점이 있다면 그 똥 탑 주변을 맹렬한 기세로 돌고 있는 작은 짐승이 있다는 것이었다.

작지만 오동통하게 생긴 몸집에 검은 얼룩이 점점이 박혀 있는 하얀 백색의 털복숭이.

빨갛게 달아오른 눈빛을 연신 깜빡거리며 똥통에 빠진 토끼는 진짜 어울리지 않는 장소에서 지금 전력질주 중이었다. 자기가 아무리 달려도 빠져나올 수 없는 장소에 갇혔다는 것을 아는지 모르는지.

그 모습은 진자운에게 꽤나 처량맞게 다가왔다.

사실 초반에 보고 피식 웃어버린 것과는 달리 그의 얼굴에는 점차 진지함이 감돌았다. 재수없이 똥통에 빠져 똥 탑 주변을 죽기 살기로 돌고 있는 토끼의 모습이 남 같지 않았다. 마치 청운의 푸른 꿈을 안고 무당파에 입문했다 똥 푸는 일이나 하게 된 자신의 모습과 같았다.

"쳇, 그러니까 나야말로 똥통에 빠진 토끼와 같은 신세라는 건가?"

기분이 더러워진 진자운이 뒷간 밖으로 침을 뱉었다. 오늘 뱉은 침 중에 가장 걸쭉하면서도 힘이 담긴 침은 멋진 포물선을 그리곤 바닥에 떨어졌다. 꽤나 처량맞은 혼잣말과 달리 아직 기세가 꺾이진 않았다. 이만한 일로 기세가 꺾인다면 진자운이 아닌 것이다.

툭툭!

"그놈 참, 열심히도 달리고 있네!"

홀쭉해진 아랫배를 한차례 쓰다듬은 진자운이 다시 토끼 쪽을 바라보며 히죽 웃었다.

무당파에 들어온 지 삼 년, 그동안 고기 반찬은 꿈도 꿀 수 없었다. 그런데 지금 한 끼 식사 거리로 충분한 고기가 똥통 속에서 뛰어다니고 있었다. 마침 배가 잔뜩 고픈 때라는 걸 알고나 있는 것처럼.

칠성원의 일차 오후 수련이 끝났을 무렵.

입문과 동시, 무당파의 이대제자가 된 행운아 옥진(玉眞)은 사형제들의 눈을 피해 식당에 숨어들었다가 잔뜩 실망하여 산속으로 들어갔다.

무당파에 입문한 지 삼 년이 조금 지난 그는 본래 부귀한 집안의 독자로서 그리 식탐이 많은 소년은 아니었다.

오히려 집안의 염려를 부를 정도로 입이 짧아 웬만한 산해진미가 아니면 한 끼 식사조차 다 먹지 않고 남기는 일이 많았다. 한마디로 무엇이든 없어서 못 먹는 무당파의 다른 또래들과는 출신 자체가 다르다 할 수 있다.

하지만 덕분에 다소 신경질적인 외모와 더불어 병약함은 옥진에게 운명처럼 따라붙을 수밖에 없었다. 아무리 많은 돈을 들여 온갖 보약을 먹어도 음식을 제대로 안 먹는 사람치고 건강을 바라는 건 있을 수 없는 일이다.

해서 옥진이 무당파에 입문한 건 절세의 무공을 익혀 천하를 위진하기 위함이 아니었다. 그저 병약한 몸을 무당파의 내가도인법으로 강건하게 하고자 함이었고, 요즈음 소기의 목적을 이루는 데 성공했다.

오늘처럼 몸이 건강해진 옥진는 언제 입이 짧았냐는 듯 슬슬 식탐기가 발동해 쉬는 시간, 몰래 식당으로 숨어들거나 산속을 헤매며 짐승을 사냥해 허기를 달래는 일이 많았다. 한창 자라나는 나이답게 발동한 식탐기를 주체할 수 없었기 때문이다.

뽀득뽀득!

발목까지 들어가는 눈 위를 빠르게 걸으며 옥진은 세심하게 주변을 살폈다. 이렇게 눈이 주변을 온통 뒤덮은 날을 옥진은 가장 좋아했다. 조금만 신경을 기울여도 눈 위에 찍힌 짐승 발자국을 발견할 수 있기 때문이다.

그런데 재수가 없었던 것일까?

오늘따라 옥진의 눈에는 평소 쉽사리 발견하곤 하던 짐승 발자국이 전혀 보이지 않았다. 아무리 눈을 씻고 찾아봐도 하얗게 빛나는 눈밭뿐, 황량한 바람만이 산속을 휘돌고 있었다. 오후 수련에 더해 산속을 헤매느라 잔뜩 허기진 뱃속에서 꾸룩거리는 소리가 환청처럼 옥진의 귓가를 맴돌았다.

"아아, 곧 장권(掌拳) 수련 시간인데, 오늘은 그냥 돌아가야 하려나?"

옥진의 얼굴에 가벼운 망설임의 기색이 떠올랐다. 한번 발동한 식탐의 유혹과 수련 시간에 늦어선 안 된다는 생각이 충돌해 일시 어찌할 바를 모르게 된 것이다.

그러다 한숨과 함께 신형을 돌리던 옥진의 코가 가볍게 벌름거렸다. 차디찬 겨울바람을 타고 배속의 회충을 온통 요동치게 만드는 고기 굽는 냄새가 날아들고 있었다.

'이건, 토끼구이 냄새다!'

옥진은 두 번 생각하지도 않고 냄새가 날아든 방향을 가늠한 후 재빨리 신형을 날렸다. 부귀한 집안의 출신답게 뒷일은 전혀 염두해 두지 않고서.

지글지글!

진자운에 의해 홀딱 껍질이 벗겨진 똥통 속의 토끼는 급조된 모닥불 위에 척 걸쳐진 채 통구이가 되어 있었다. 대략 한 식경가량을 투자한 진자운의 노력이 결실을 맺는 순간이었다.

쿵쿵!

진자운은 한차례 냄새를 맡고, 서서히 고소한 내음을 풍기기 시작한 토끼구이를 반대편으로 뒤집었다. 집에서 키우는 짐승과 달리 산속을 뛰어다니던 야생 짐승의 경우 바짝 익혀 먹어야만 탈이 안 난다는 걸 경험으로 아는 까닭이다.

예상치 못한 불청객이 찾아든 건 바로 그때였다.

다다다닥!

눈밭을 맹렬히 달려온 옥진을 일별한 진자운이 눈살을 가볍게 찌푸렸다. 자신과 비슷한 나이이나 옥진은 깨끗한 수련용 도복을 걸치고 제법 자태가 비범해 보였다. 최소한 같은 속가제자나 삼대제자는 아니란 판단이 들었다.

"도사님은?"

진자운이 짐짓 자신이 무당파와 전혀 관계없다는 듯 질문을 던지자 넋을 잃은 듯 토끼구이만을 바라보던 옥진이 가볍게 낯을 붉혔다.

자신으로선 엄두도 내지 못할 정도로 잘 피워진 모닥불.

그리고 그 위에 걸쳐진 채 잘 익은 토끼구이.

요즘 들어 식탐에 빠진 옥진으로선 눈이 뒤집힐 만한 광경이 분명하나 진자운의 질문을 듣자 부끄러움과 수치심이 가슴을 때려왔다.

'나는 무당파의 이대제자인데, 이런 산속 촌것 앞에서 경망스런 행동을 보이다니!'

내심의 자책과 달리 옥진의 시선은 계속 토끼구이에서 떨어질 줄을 몰랐다. 그리고 순간 뱃속에서 기다렸다는 듯 맹렬한 울부짖음이 흘러나왔다.

꼬르륵!

"아니, 난, 그……."

진자운이 히죽 웃으며 말했다.

"도사님이 배가 고프신가 보군요? 그렇지 않아도 이 많은 토끼구이를 어찌 혼자 먹을까 고민 중이었는데, 같이 드시겠습니까?"

"그, 그래도 되겠습니까?"

"물론이죠. 본래 사해는 다 동도라고 하지 않았습니까? 이 산속의 무지렁이 소년과 도사님이 이렇게 만난 것도 큰 인연인데, 같이 식사 한 끼를 한다 해서 무슨 큰일이 있겠습니까?"

꿈틀!

오늘 처음 본 진자운이나 행색이 남루했다. 그런 그가 토끼구이 한쪽을 나눠주며 친구인 척해 대자 옥진의 한쪽 눈꼬리가 살짝 치켜 올라갔다. 특유의 선민 의식이 발동했기 때문이다.

하지만 토끼구이를 본 순간부터 요동치기 시작한 뱃속의 회충은 이제 도저히 제어가 불가능할 지경이었다. 진자운의 넉살 좋은 모습이 마음에 들진 않았으나 일단 배를 채우는 게 우선이었다.

"그럼, 신세를 지겠습니다."

옥진이 슬그머니 옆에 다가와 앉자 진자운이 그의 어깨를 툭 때리며 말했다.

"고기 한쪽에 신세는 무슨!"

'이 촌것이 어딜!'

옥진은 슬쩍 진자운의 손에 닿았던 부위를 털어내며 눈살을 찌푸렸다. 깔끔한 성격인지라 진자운의 손때가 옷에 묻는 걸 용납하기 힘들었기 때문이다.

그러나 그런 옥진에게 진자운은 대뜸 불에 달궈져 뜨거운 토끼 다리 하나를 쭉 찢어 내밀었다.

"대충 익었으니, 도사님께서 먼저 한입 드셔보시지요?"

꿀꺽!

입 안에 잔뜩 고여 있던 침을 삼킨 옥진이 언제 화가 났냐는 듯 다리를 받아 들었다. 입가에 절로 미소가 떠오르고 있었다.

그런 옥진을 보고 슬며시 입가에 비웃음을 담은 진자운이 남은 토끼 다리를 찢으며 내심 중얼거렸다.

'씨발놈, 생긴 꼴을 보니, 부잣집 귀둥이가 분명하겠지. 필시 옥 자배의 이대제자로, 바보는 아닌 것 같으니 칠성원에 속한 놈일 테고. 하지만 네놈이 오늘 맛보게 될 토끼구이는 똥독으로 버무려진 절세의 요리니라. 어디, 네가 부잣집에서 태어난 미식가라 해도 여태까지 그런 천하제일 요리를 맛이나 봤겠느냐?'

토끼 다리 하나를 게눈 감추듯 먹는 옥진을 향해 너그러운 미소를 던진 진자운이 손에 든 다리마저 그에게 내밀었다.

"도사님이 꽤나 시장하셨군요. 이것도 마저 드시지요."

"그, 그래도 되겠습니까?"

"아무렴요. 저야 여기 살이 덜 붙은 몸통만으로도 족합니다."

"그럼 사양하지 않겠습니다."

재빨리 진자운의 손에서 토끼 다리를 낚아챈 옥진이 희희낙락한 표정이 됐다. 자신이 열심히 뜯어 먹고 있는 토끼의 다리가 얼마 전까지 똥통 속을 벗어나기 위해 죽기 살기로 뛰어다니고 있었다는 걸 까맣게 모른 채.

'본래 요리가 끝난 후 다리는 뜯어서 버리려고 했는데, 마침 이 녀석이 와서 음식을 버리는 죄를 짓진 않게 됐군.'

내심 도가의 뭇 상제들의 이름을 중얼거린 진자운이 살이 잔뜩 붙은 토끼 가슴살을 씹으며 흐뭇하게 웃었다. 하루 종일 먹은 게 없던 뱃속으로 잘 익은 고기가 들어가자 절로 마음이 넉넉해지고 얼마 전까지 꼬였던 심사가 슬그머니 풀렸다.

그때 두 번째 토끼 다리마저 한입에 털어 넣은 옥진이 여전히 서운한 표정을 한 채 진자운에게 말했다.

"그런데 그 소형제의 손에 들린 몸통이 제법 커 보이는군요?"

'이 새끼, 날 언제 봤다고 소형제야! 나이도 기껏해야 내 또래밖엔 안 되어 보이는 자식이! 게다가 살이 잔뜩 붙은 다리를 두 개나 혼자 먹어놓고 또 욕심을 부려? 이거 도사가 아니라 돼지새끼 아냐?'

진자운이 여전히 입가에 미소를 띤 채 말했다.

"겉보기만 그렇지 토끼 몸통은 그리 먹을 게 없습니다. 도사님께서 드신 다리의 절반도 안 되는 분량이지요."

"그래도 아직 꽤 많이 남은 것 같은데……."

'이 새끼가!'

진자운의 눈매가 슬쩍 옆으로 찢어졌다. 옥진의 눈에 담긴 탐심은 가히 노골적이었다. 자신의 것을 빼앗길 수 없다는 위기의식이 발동되지 않을 수 없었다.

그러나 옥진에게 눈앞의 진자운은 그저 토끼를 잘 요리한 촌것일 뿐이었다. 자신이 원하면 당연히 손에 든 것을 내놓을 수밖에 없는.

진자운이 쉽사리 손에 든 나머지 토끼구이를 내놓을 기색을 보이지 않자 옥진의 얼굴이 험상궂어졌다.

"소형제, 아직 그렇게 많이 남았는데, 내게 좀 나눠주는 게 좋지 않겠나? 내가 좀 많이 배가 고파서 말야."

'말까지 짧아지셨다?'

진자운은 더 이상 참을 수 없었다. 아니, 사실은 참고 싶지 않은 게 본심이다. 본래 걸어오는 싸움 피하지 않고, 칠성원 출신이라면 이를 가는 그가 아닌가.

"그건 안 되겠는데."

"뭣이!"

옥진이 벌떡 자리에서 일어서자 역시 자리에서 일어선 진자운이 조롱하듯 말했다.

"똥통 속을 열심히 달리고 있던 토끼 다리를 두 개씩이나 처먹은 새끼가 더 많은 걸 바라면 안 되지."

"또, 똥통?"

"그래, 방금 네가 미친 듯 주워먹은 토끼는 똥통 속을 죽자 살자 달리던 걸 내가 잡은 거야. 맛있었지?"

"이, 이런……."

옥진은 진자운의 기대를 십분 충족시켜 줬다. 언제 진자운에게 눈을 부라렸냐는 듯 새파랗게 질린 안색으로 바닥에 토악질을 해대기 시작한 것이다. 그것도 거의 반쯤 실성한 것 같은 표정으로 비명을 질러대며.

긁적!

그 모습을 지켜보다 뒤통수를 긁적인 진자운이 손에 든 토끼구이를 물어뜯으며 말했다.

"맛만 좋구만."

"우웩웩!"

"씨발놈, 방금 전까지만 해도 미친 듯이 먹어대더니, 아주 지랄염병을 해대고 있네."

"우웩웩!"

잠시 더 옥진이 토하는 모습을 지켜보다 속이 느글느글해진 진자운이 볼짱 다봤다는 듯 신형을 돌렸다. 본래 반쯤 죽을 정도로 두들겨 패려 했으나 하는 꼴을 보니 그냥 냅두는 편이 낫겠다는 생각이 든 것이다.

◆ 第四章 ◆ 칠 년 면벽(七年面壁)

칠 년 면벽(七年面壁)

옥진은 칠성원으로 돌아온 뒤에도 토악질을 멈추지 않았다. 오히려 증세가 며칠간 갈수록 심해져 결국 약원에 입실하는 지경에까지 이르 렀다.

금이야 옥이야 키워진 그의 약해빠진 비윗장은 단 한 번의 시련을 만나 쩍쩍 금이 갔고, 모래 위에 지은 성처럼 와르르 무너졌다. 백약이 무효일 정도로.

그러다 언제 식탐기가 발동했냐는 듯 삐쩍 여윈 옥진을 다시 일으켜 세운 건 단 한 번 만났을 뿐이나 평생 씻지 못할 마음의 상처를 남긴 진자운에 대한 복수심이었다.

평소 눈 아래로 내려다보던 촌것, 천민이었다. 그저 손가락 하나만 휘저어도 마음껏 부릴 수 있고, 그러리라 믿고 있었다. 그 믿음은 금강 석같이 견고한 것이었다.

한데 그런 촌것이 감히!

옥진은 분하고 억울해서 더 이상 자리를 차지하고 누워 있을 수 없었다. 어떻게든 다시 그 촌것을 만나 처절한 응징을 가해야만 다시 평상시처럼 지낼 수 있을 것 같았다.

옥진은 억지로 밥을 먹기 시작했다. 한 젓갈을 뜰 때마다 속이 뒤틀리는 걸 참고 밥을 입속에 우겨 넣었다. 촌것에게 응징을 가하려면 일단 체력을 회복해야만 했기 때문이다.

석 달 후.

옥진은 건강해진 모습으로 지객원을 찾았다. 무당파에 입문한 후 바로 칠성원에 들어갔던 그로선 초행길이다. 그러니 아는 이가 있을 리 만무하다.

잠시 지객원 주변을 서성이고 있던 옥진의 얼굴에 반가운 기색이 떠올랐다. 나뭇단을 짊어지고 종종걸음치는 소도사를 발견한 것이다.

"이봐! 거기 너!"

나뭇단을 짊어진 소도사는 청풍이었다. 평소 본 일이 없는 소도사가 대뜸 하대를 하고 부르자 이맛살을 찌푸린 그가 손가락으로 가슴팍을 가리켰다.

"날 부른 거야?"

"…거야?"

청풍의 얼굴이 얼른 공손하게 변했다.

"혹시 배분이 어떻게 되시는지……."

옥진의 입꼬리가 슬쩍 치켜 올라갔다.

"나는 칠성원의 옥진이다."

"지객원의 청풍이 사숙을 뵈옵니다!"

청풍이 고개를 숙여 보이자 옥진이 미미하게 고개를 끄덕여 보였다.

"방금 전의 일은 초면이니 내 봐주기로 하마."

"가, 감사합니다!"

"대신!"

슬며시 목소리를 높여 청풍의 얼굴에 불안의 그림자를 만든 옥진이 눈을 가늘게 뜨고 말을 이었다.

"이곳에 진자운이란 속가제자가 있다고 들었는데, 불러올 수 있겠느냐?"

"……."

청풍은 새삼 옥진의 허여멀건하고 신경질적인 얼굴을 살피고 어깨를 떨었다. 진자운에게 몇 달 전 들었던 똥통 토끼구이 사건의 장본인이 바로 눈앞의 소사숙이라는 걸 눈치챈 것이다.

'하지만 그 일은 지객원의 삼대제자들 몇 명밖엔 모르는 일인데, 어찌 저 소사숙의 귀에까지 들어간 거지? 설마, 그 아부쟁이 청운 사형이 꼰지른 건가?'

청풍은 생각하면 할수록 청운이 의심스러웠다. 이번만은 반드시 칠성원에 들어가야 한다고 몇 달 전부터 노래를 불러대던 그였다. 눈앞의 소사숙에게 잘 보이기 위해 진자운을 팔아넘겼을 가능성은 충분했다.

청풍이 쉬이 대답을 하지 않자 옥진의 눈꼬리가 다시 치켜 올라갔다.

"왜 대답을 않는 것이냐? 설마 네 녀석이 감히 기사멸조(欺師蔑祖)의 죄를 지으려는 것이냐!"

기사멸조란 사부나 사조를 속이고 능멸하는 걸 뜻하는 말로 어떤 문파든 가장 무거운 중죄에 해당했다. 당연히 무당파에서도 그 죄에 대한 형벌은 무거워, 가볍게는 수백 대의 태형을 당하고, 무겁게는 무공이 전폐당했다.

얼른 허리를 땅에 닿을 듯 숙인 청풍이 벌벌 떨며 말했다.

"다, 당치 않으십니다! 어찌 제가 사숙님을 속이고 능멸하겠습니까!"

옥진이 더욱 안색을 싸늘하게 굳힌 채 소리쳤다.

"그럼 어째서 냉큼 그 진자운이란 녀석을 데려오지 않는 것이냐!"

"그, 그건……."

"아직도 네가 달려가지 않는 것이냐!"

옥진은 더 이상 묻지 않고 청풍에게 달려갔다. 말이 안 통하니, 주먹으로 다스려야겠다고 생각한 것이다.

픽!

"칵!"

옥진이 휘두른 주먹은 평범한 무당파 장권 삼십육로로, 청풍 역시 익히 알고 있는 것이었다. 하지만 그 속에 담긴 힘은 칠성원에 들어가야만 익힐 수 있는 일류의 심법 중 하나인 현무공이었다.

대뜸 바닥에 쓰러진 청풍이 비틀거리며 일어서자 옥진이 이번엔 발로 걷어찼다. 장권 삼십육로와 더불어 같이 배우는 자오원앙각!

역시 현무공이 실린 자오원앙각에 얻어맞은 청풍이 다시 바닥에 나뒹굴었다. 지객원의 삼대제자 중 진자운, 청운과 더불어 세 손가락 안에 꼽히는 그였으나 변변한 반항 한 번 할 수 없었다. 일류의 내공심법을 익힌 자와 아닌 자의 차이가 극명하게 드러나는 순간이었다.

그때 더 이상 일어서지 못하고 끙끙거리는 청풍에게 다가가 얼굴을 발로 짓밟은 옥진이 말했다.

　　"이젠 네 주제를 알겠느냐?"

　　"으으……."

　　"내, 다시 묻겠다. 너는 지체없이 대답해야 할 것이다. 그렇지 않으면 다시 몇 차례 얻어터지게 될 테니까. 진자운이란 놈은 어디에……."

　　"진자운 여기 있습니다!"

　　목소리가 들려온 곳은 다섯 장쯤 떨어진 창고였다. 그곳 반대편에서 여태까지 장작을 패다 모습을 드러낸 진자운 쪽으로 고개를 돌린 옥진의 얼굴이 파르르 떨렸다.

　　"너!"

　　"아, 그 토끼 뒷다리 맛있게 드신 분?"

　　"윽!"

　　옥진은 다시 구역질이 치미는 걸 가까스로 참았다. 평생 처음으로 분노와 증오란 감정을 일깨워 준 진자운 앞에서 지난번처럼 약한 모습을 보일 순 없었다.

　　"자, 자운, 이분은……."

　　픽!

　　진자운에게 주의를 주려던 청풍의 얼굴을 뒷발로 걷어찬 옥진의 얼굴에 소년답지 않게 잔혹한 기색이 떠올랐다.

　　"흐흐, 결국 너와 난 다시 만나게 됐군."

　　"내가 그렇게 그리웠나요?"

　　"아주 많이!"

　　"흠, 그럼 자리를 옮기는 편이 낫겠군요."

창고 앞의 턱 위에서 폴짝 뛰어내린 진자운이 안면이 떡이 된 청풍을 한차례 눈으로 살피고 말을 이었다.

"이곳은 지객원주이신 현학 사숙조님께서 종종 모습을 보이시곤 하거든요."

"흐, 뒤에 쓰러진 녀석보다는 말귀가 통하는 놈이구나. 앞장서라!"

"따라오시죠."

진자운이 창고 뒤쪽으로 걸어갔다. 그곳은 종종 그가 지객원의 사형제들이나 칠성원 시험에 통과한 삼대제자들을 두들겨 패곤 하던 장소였다.

그리고 옥진이 말없이 그 뒤를 따랐다. 잔뜩 살기가 감도는 얼굴을 하고서.

"일단, 규칙을 정하도록 하죠."

사람의 그림자도 보이지 않는 한적한 공터. 그 앞에 도착한 진자운이 고개를 까닥거리며 입을 열자 옥진이 눈살을 가볍게 찌푸렸다.

"또 무슨 흉계를 꾸미려고 하는 거냐?"

"흉계라뇨. 나는 사숙과 나 진자운, 두 사람 모두에게 지극히 유리한 조건을 내걸려는 것뿐입니다."

"처음엔 규칙이라고 하더니, 이젠 조건이라고? 가만! 지금 날 사숙이라고 불렀냐?"

옥진이 놀라 소리치자 진자운이 슬쩍 고개를 숙여 보이며 히죽 웃었다.

"청풍을 두들겨 팬 수법은 장권 삼십육로 중 쾌타일영(快打一影)이고, 자오원앙각의 교탈원앙(矯奪鴛鴦)의 수법이 아니던가요? 뭐, 나중에 안면을 깐 건 그냥 별다른 초식이 아니라 화풀이고."

"제법 안목이 있구나!"

"뭐, 장권 삼십육로와 자오원앙각은 건곤구공과 함께 무당파의 입문 무공이니까요."

"그러면 어째서 그 청풍이란 녀석은 그 입문 무공 따위에 얻어맞은 거지?"

"그야……."

잠시 말을 멈추고 옥진의 단정한 자태를 슥 눈으로 훑은 진자운이 퉁명스레 말을 이었다.

"사숙의 쾌타일영과 교탈원앙 속에 무당파의 진산내공이 담겨서 빠르고 강력했기 때문이 아니겠습니까? 그러니 그런 일련의 사정을 두루 살펴보면, 사숙이 나이답지 않게 이대제자인 옥 자 배란 걸 어렵지 않게 짐작할 수 있지요."

"생각보다 똑똑하구나!"

"뭐, 다들 그렇다고 하더군요."

"하지만 좀 더 똑똑했다면 좋았을 텐데……."

잠시 말끝을 흐린 옥진이 청풍에게 했듯 목소리를 잔뜩 차갑게 한 채 소리쳤다.

"속가 삼대제자 진자운은 당장 바닥에 꿇어 죄를 받으라!"

"싫은데요."

"뭐라! 네놈이 기필코 기사멸조의 대죄를 지으려는 것이냐!"

"기사멸조?"

피식 입가에 웃음을 띤 진자운이 눈을 가늘게 떴다.

"도사가 고기를 먹어도 되는 겁니까? 그것도 살아 있는 짐승을 불에

구워서?"

"그, 그건······."

"도사는 화식(火食)을 삼가야 하지요. 왜냐하면 대기의 순수한 정기를 취하는 수련에 방해가 되니까요. 특히 칠성원에선 더 엄격하게 금한다고 들었습니다. 사숙, 내가 아는 게 뭐 잘못됐습니까?"

진자운의 말은 노골적인 협박이었다. 자꾸 기사멸조를 들먹이면 자신 역시 옥진이 토끼구이를 먹은 사실을 윗전에 알리겠다는.

옥진은 바보가 아니었다. 오히려 제법 똑똑한 축에 들어 칠성원 내에서도 미래의 후기지수로 꽤나 기대를 모으고 있는 형편이었다.

뜻밖의 진자운의 협박에 속에서 울화가 치밀어 올랐으나 당장 폭발하는 대신 옥진은 한차례 더 참고 말했다.

"그래서 네 녀석이 원하는 게 무어냐?"

진자운의 입가를 살랑거리고 있던 웃음이 자취를 감췄다.

"뭐, 이런 곳에까지 온 이상 한 가지밖엔 없지 않겠어요. 우리 사숙이니 사질이니 그런 거 내팽개치고 한판 뜹시다!"

"한판을 뜨자?"

"대신 오늘의 대결은 결과가 어떻게 나든, 그저 사숙과 나 진자운, 두 사람만 알 뿐 다른 사람에게 말하지 말기로 하고."

"그게 좀 전에 정하자던 규칙이냐?"

"그거면 족하지 않겠어요."

진자운의 반말과 존대말이 뒤섞인 말에 옥진이 어이없다는 듯 웃었다. 진자운의 말이나 태도로 대충 짐작은 했으나 정식제자도 아닌 속가제자 주제에 진짜 자신에게 대거리를 하는 모습을 보자 기가 막혔다. 그리고 지난 석 달간 가슴속에 잔뜩 응어리졌던 분노가 활화산처럼 치솟아올랐다.

꾹!

피가 나도록 양 주먹을 쥔 옥진이 살기 어린 표정으로 소리쳤다.

"네 말대로 오늘 우리가 하는 건 단순한 비.무.다! 어떤 결과가 나든 절대 윗어른들의 심기를 거슬리게 해선 안 될 것이다!"

"지당한 말씀!"

"흥! 하긴, 네 녀석 같은 말종 하나가 죽는다 해서 큰일이 날 것도 없 겠지!"

옥진의 마지막 말이 떨어진 순간 진자운의 입가에 다시 자취를 감췄 던 미소가 떠올랐다. 눈앞의 재수없는 사숙의 발에 청풍의 얼굴이 엉 망으로 짓밟히는 광경을 봤을 때 떠올린 것과 동일한 종류로.

살소(殺笑)!

결코 열세 살짜리 소년이 지어 보일 수 없는 살기 어린 웃음에 옥진 은 일순 움찔 놀라 뒤로 물러섰다. 산길을 걷던 중 포악한 야수를 만난 것처럼.

그 짧은 순간을 진자운은 놓치지 않았다.

투투툭!

항시 상반신에 두르고 있던 납덩이를 몽땅 바닥에 떨군 진자운의 신 형이 바람처럼 옥진에게 달려들었다.

기선 제압!

그러나 일시 진자운의 살소에 놀랐다 하나 옥진은 무당정종의 내 가심법을 몇 년간 꾸준히 연마한 기재였다. 자연스레 몸에 밴 사기종 인(舍己從人:자신의 주장을 버리고 남의 주장에 따름. 상대의 공격에 대항하 지 않고 그 힘을 이용한다)으로 진자운의 매서운 일격을 흘린 옥진의 신형이 뱅그르르 돌며 뒤로 물러섰다. 본래는 매서운 반격을 가해 진자운을 밀쳐야 하나 수련이 약해 일단 뒤로 물러서 호흡을 가다듬으려는 의도였다.

물론 진자운이 이를 그냥 내버려 둘 리 없다.

무당의 권각술에는 나름대로 익숙한 터라 옥진의 의도를 대번에 예측한 진자운이 바닥을 강하게 발로 차며 튕겨 올랐다. 호흡을 가다듬어 반격할 기회를 아예 없애려는 의도.

파파팍!

단숨에 옥진의 어깨를 발로 밟고 머리까지 뛰어오른 진자운의 신형이 공중에서 회전하며 자오원앙각을 맹렬히 퍼부었다. 청풍을 대신한 복수였다.

하나 진자운의 자오원앙각에 안면을 걷어차인 옥진은 분노한 와중에도 절도를 잃지 않았다. 그는 일일이 장권 삼십육로를 전개해 진자운의 나머지 공격을 막아내고 다시 뒤로 물러섰다.

굴욕을 참은 후퇴!

그 효과는 바로 나타났다. 짧은 시간 현무공을 운기하는 데 성공한 옥진의 쌍수에서 부드러우면서도 강한 기운이 일어났다. 전세를 뒤엎기에 충분한 변화.

번뜩!

진각을 일으키듯 땅을 박차는 것과 동시, 진자운의 코앞까지 파고든 옥진이 쾌타일영의 수법으로 매섭게 안면을 때렸다.

퍼퍽!

연달아 세 대의 주먹을 얻어맞은 진자운의 신형이 크게 휘청거렸다. 그러면서도 그는 매섭게 안면과 오금 쪽을 동시에 휩쓸어온 옥진의 자오원앙각을 가까스로 피해내는 데 성공했다.

타탁!

뒤로 뛰어 물러선 진자운을 굳이 쫓지 않고 숨을 고른 옥진이 손으로 방금 전 얻어맞은 턱을 매만지며 차갑게 말했다.

"몸에 두르고 있던 납덩이를 몽땅 떼놓고 달려들더니 고작 이거냐? 아직 이 몸을 상대하려면 한참 부족하니, 팔과 다리에도 그런 짓을 했거든 당장 풀어놓고 덤벼라!"

'씨발, 역시 칠성원의 이대제자답게 제법이구나! 여태까지 상대했던 얼치기들이랑은 수준이 달라!'

"퉤!"

대답 대신 피가 섞인 침을 바닥에 내뱉은 진자운이 입가를 소매로 슥 훔치고 이죽거렸다.

"팔과 다리에 납덩이를 매달다니? 사숙, 그거야말로 무학의 '무' 자도 모르는 멍청이나 할 짓이란 걸 설마 모르는 거요?"

"뭐?"

"하! 진짜 모르나 보네!"

나직이 혀를 찬 진자운이 설명하듯 말했다.

"팔과 다리에 납덩이를 묶고 무공 수련을 하면 근력이 증가하고, 권각의 속도가 빨라질 거란 건 앞서 말했듯 멍청이들이나 할 생각이오. 그런 식으로 팔과 다리를 비정상적으로 혹사시키면, 근력이 늘어나긴커녕 자칫 권각을 펼칠 때 관절이 빠질 위험성이 높아지니까."

"그……."

"그런 건 동네 무관 주변을 얼쩡거리는 삼척동자도 아는 사실인데, 사숙이 모르는 걸 보니 본 파의 칠성원도 꽤나 수준이 떨어졌구려."

마지막 말은 비수처럼 옥진의 가슴을 후벼 팠다. 그는 진짜 그런 사실을 몰랐던 것이다.

그런 옥진을 보고 언제 얻어맞았냐는 듯 히죽 웃어 보인 진자운이 슥 앞으로 나섰다. 처음처럼 상대방의 허점을 노린 기습이 아니라 정정당당한 대결을 하기 위하여.

"무슨 짓이냐?"

옥진이 오히려 경각심을 품고 한 걸음 뒤로 물러서자 이미 천화포접공을 운기하고 있던 진자운이 눈을 빛내며 소리쳤다.

"다시 붙어봅시다! 이번에는 서로 봐주지 말고!"

"봐주지 말자고? 네놈이 실성이라도 한 거냐!"

"내, 조심하는 게 좋다고 경고했수!"

그 말을 끝으로 입을 다문 진자운이 내기를 잔뜩 품은 다리로 바닥에 진각을 일으키며 옥진에게 파고들었다. 한때 자소봉 초입에서 현음을 놀라게 했던 바로 그 움직임을 보이며.

"엇!"

옥진은 본능적으로 현무공을 일으키며 저항했다. 그러나 이미 늦었달까?

번뜩!

천화포접공으로 배는 빨라진 동작으로 옥진 앞에서 신형을 흔들어 보인 진자운의 쌍권이 완만하면서도 벼락같이 움직였다. 이아위주(以我爲主), 쾌공직취(快攻直取)의 수법. 목표는 옥진의 안면이었다.

'헉!'

옥진은 오는 듯 오지 않고, 멀어지는 듯 가까워지는 진자운의 쌍권에 여지없이 얼굴을 얻어맞았다. 무당 장권의 정수 중 하나인 '너는 너

대로 때리고 나는 나대로 때린다' 는 대가권법의 권의를 아직 제대로 이해하지 못했기 때문이다.

그리고 서로 간에 불온한 목적을 품고 진행됐던 정당한 비무는 그것으로 끝이었다. 옥진의 신형이 크게 휘청거리는 찰나 가슴에 강렬한 쌍당장을 먹여 바닥에 쓰러뜨린 진자운이 냉큼 뒷골목 싸움꾼으로 변한 것이다.

휙!

옥진의 가슴팍을 누른 채 앉은 진자운의 주먹이 연달아 벼락같이 움직였다. 당하는 사람이 차마 비명조차 터뜨리지 못할 정도로 처절하고 확실하게.

"이, 이게……."

진자운이 걱정되어 공터로 달려온 청풍은 눈앞에 보이는 광경에 입을 크게 벌렸다. 그가 도착했을 때 공터에는 얼굴을 알아볼 수 없을 정도로 떡이 되어 바닥에 자빠진 옥진과 입가가 조금 찢어진 진자운이 앉아 있었다. 이미 한차례 혈전이 지나간 뒤였다.

옥진에게 얼른 달려갔다 고개를 절레절레 흔든 청풍이 진자운에게 버럭 소리쳤다.

"이 새끼야! 사람을 완전히 죽여놨잖아!"

진자운이 청풍에게 고개를 돌리곤 퉁명스레 말했다.

"뒈지진 않았다."

"뒈지지 않긴! 완전히 병신이 됐구만!"

"담글 때는 확실히 해야지 다음에 다시 엉기지 않거든."

"그래도 사숙인데……."

"그 새끼가 니 안면을 발로 짓밟은 건 내 얼굴에 그 딴 짓을 한 거나 마찬가지야."

"새끼……."

청풍은 일순 눈가가 뜨거워지는 걸 느끼고 말끝을 흐렸다. 그 역시 진자운이 자신과 같은 꼴을 당했다면 분개했을 것이다. 그 정도의 의리는 있었다.

하지만 그 상대가 오늘과 같은 사숙이라면?

확신할 수 없었다, 진자운처럼 뒤도 돌아보지 않고 달려들 확신이. 그래서 청풍은 마음의 빚을 느꼈다. 평생 가슴에 짊어지고 갈지도 모를 정도로 크게.

그때 진자운이 엉덩이를 털고 자리에서 일어섰다.

그리고 툭 던지는 말.

"내가 고맙지? 고마워서 어찌할 바를 모르겠지?"

"이, 이 자식……."

"그 원수를 갚고 싶으면 저 녀석, 아니, 저기 우연찮게 길을 가던 중 사고를 당하신 사숙님을 약원까지 엎어다 드려라."

"그렇지만 그러면……."

"설마 땅을 파고 묻자고 할 셈은 아니겠지?"

진짜 순간적으로 그런 생각을 한 청풍의 안색이 가볍게 붉어졌다. 그런 그를 향해 히히거리며 웃은 진자운이 엄숙한 표정으로 말했다.

"저 사숙과 나는 오늘 정.당.한. 비.무.를 하기 전에 서로 약속했다. 결과가 어떻게 되든 이번 일은 우리 두 사람만 아는 걸로 하자고."

"그렇게 쉽게 끝나겠나?"

"아니면 또 징벌방에 며칠 갇히는 거지 뭐. 그렇게 되면 내 밥은 네

놈이 꼬박꼬박 챙겨다 줘야 한다!"

"제길, 그건 염려 마라!"

"자랑스런 대무당파의 도사가 제길이 뭐냐, 제길이!"

"그러는 네놈은 욕 안 하냐?"

"나야 아직 도사가 아니잖아."

청풍에게 한쪽 눈을 찡긋해 보인 진자운이 몸의 관절을 몇 차례 매만지곤 바닥에 떨어진 납덩이들을 주워 들었다. 일 년 전, 현음에게 천화포접공을 배우며 함께 받은 뒤 한시도 몸에서 떼어놓지 않았던 물건이라 이젠 없으면 허전했다.

*　　　　*　　　　*

옥진이 다시 약원에 입실하고 사흘 뒤.

집법원에 마련된 원주 집무실에 이례적으로 세 명의 노도와 한 명의 중년 도사, 그리고 삼대제자로 보이는 소도사 한 명이 모였다.

직무실 한 켠에 마련된 네모진 탁자에 둘러앉은 세 명의 노도는 이곳의 주인인 집법원주 운현자, 진무각주인 운진자(雲眞子), 육대장로의 한 명인 운송자이고, 그 한쪽에 서 있는 중년 도사는 칠성원주 현청(玄淸)이며, 작은 몸을 벌벌 떨고 있는 소도사는 지객원의 청운이다.

담담한 향을 두 번째 우려내고 있는 찻잔.

모락모락 피어오르는 다향을 음미하며 청운의 고변을 장시간 듣고 있던 운현자의 냉정한 시선이 번뜩였다.

"네가 한 말이 모두 사실이렷다!"

추상같은 물음에 청운이 작은 어깨를 한차례 덜덜거리곤 얼른 고개를 바닥으로 향했다.

"어, 어찌 제가 감히 태사조님 앞에서 거짓을 아뢰겠습니까!"

"만약 네가 거짓으로 고변을 했다면 본 파의 칠십이계 중 세 개를 범하게 되는 셈이다. 하나만 어겨도 백 대의 태형인데, 세 개를 범했다면 사지의 근맥을 절단당하고 단전을 폐한 다음 파문을 당해도 할 말이 없을 것이다. 그걸 알고 있느냐?"

청운이 더욱 고개를 바닥으로 향했다. 이젠 거의 얼굴이 바닥에 닿아 있었다. 그리고 어느새 울음이 잔뜩 배인 목소리로 말했다.

"제가 어찌… 제가 어찌……."

그때 이곳으로 청운을 데려온 뒤 그가 하는 양을 무심히 지켜보고 있던 현청이 처음으로 입을 열었다.

"운현 사숙님, 제가 이곳으로 오기 전에 미리 알아본 바, 지객원의 진자운이란 아이는 본래 질이 나쁘다고 소문이 나 있었습니다. 이미 저희 칠성원에 들어올 예정이던 아이를 몇이나 두들겨 팬 전력이 있고, 지객원에서도 골칫거리로 정평이 나 있었습니다. 그러니……."

"그러니 더 이상의 확인은 불필요하다?"

현청이 살짝 고개를 숙여 보였다.

"여기 있는 청운은 지객원주인 현학 사제가 중히 여기는 아이입니다. 그런 아이가 거짓을 고할 리 없고, 설혹 그렇다 할지라도 이번 일은 그냥 묵과할 수 없습니다. 감히 문파의 사승 관계를 어지럽히다니요!"

현청이 하원의 요직 중 요직인 칠성원을 맡은 건 당대 무당파의 장문인인 북검신도(北劍神道) 운룡 진인(雲龍眞人)의 수제자이기 때문이다. 배분상 운현자를 비롯한 세 노도보다 떨어진다 하나 그 위상이 남

달랐다. 함부로 그의 의견을 깔아뭉갤 수 없다는 뜻이다.

현청이 목소리를 높이자 무당파 내 다섯 손가락 안에 드는 무공의 소유자인 운진자가 거들 듯 나섰다.

"운현 사제, 게다가 이번에 변을 당한 그 옥진이라는 아이의 내력은 평범하지 않다네."

운현자의 시선이 운진자를 향했다.

"평범한 아이였다면 진무각에서 후학들을 가르치는 일에만 여념이 없는 운진 사형께서 이곳까지 오셨을 리 만무하겠지요. 고작 아이 하나가 몇 달 앓아눕게 된 일로."

운진자의 혈색 좋은 노안에 씁쓸한 기색이 떠올랐다. 본래 육대장로에 들 만한 위치이나 스스로 진무각을 맡았을 만큼 고지식하고 무당파에 대한 애정이 깊은 그가 이런 표정을 짓는 건 사뭇 드문 일이었다.

"그래, 웬만하면 내가 나설 일이 아니지. 특히 그것이 아이들끼리 다투다 벌어진 일임에야."

운현자의 안색이 심각해졌다.

"옥진이란 아이의 배경이 그토록 대단하단 말입니까? 운진 사형에게 근심을 끼칠 만큼?"

운진자가 고개를 끄덕이며 말했다.

"옥진의 세속명은 석진보로 북경(北京) 석가장(石家莊)의 육대독자라네."

"북경의 석가장이라면, 그 천하 삼대거상 중 하나라는……."

"그래, 매년 본 파에 막대한 후원금을 기부하는 곳이지. 게다가 더욱 중요한 점은 그 석가장주의 외사촌형이 동창(東廠)의 장관이란 사실이라네."

동창은 관민의 동정을 살피기 위해 명조의 성조 영락제 때 창설된 정보 기관으로 그곳의 책임자가 바로 장관이었다. 정보 기관의 특성으로 세상에 크게 그 실체가 알려진 바는 없으나 정권의 핵심으로 아무리 무림의 문파라 하나 결코 무시할 수 없는 곳이었다.

'이런, 이런……'

운진자를 막무가내로 쫓아 집법원에 온 운송자의 안색이 가볍게 일그러졌다. 그는 지난 삼 년간 항주(杭州)에 위치한 무림맹(武林盟)에 무당파 대표로 가 있다 요 근래에야 복귀한 상태였다.

그래서 사숙 허무 진인에게 부탁받은 진자운을 제자인 현음에게 맡겨 기초를 잡아주라 말해 놨는데, 오자마자 일이 터지자 속이 새카맣게 타 들어갔다. 방금 전까지만 해도 대충 무당 장로의 신분을 내세워 어찌 일을 수습하려 했는데, 전후 사정을 듣고 보니, 이건 아예 손을 쓸 수 없는 지경인 것이다.

그런 그의 내심을 읽었음인가. 애써 운송자를 무시하고 있던 운현자의 시선이 처음으로 그를 향했다.

"그러고 보니, 진자운이란 아이는 필시 운송 사형께서 소개자가 되시지 않았습니까?"

"그 진자운이란 녀석이 운송 사제와 관계가 있는 아이란 말인가? 그렇다면 한사코 날 따라나선 까닭이……"

운진자가 놀라 말하자 주변의 시선이 온통 운송자에게 집중됐다. 이젠 빼도 박도 못하게 된 것이다. 운송자의 안색이 가볍게 붉어졌다.

"우, 운진 사형, 그건 사실입니다. 그러니 운현 사제는 이번 일을……"

운송자의 시선이 자신을 향하자 운현자가 얼른 냉정하게 말을 끊었다.

"운송 사형은 염려하지 마십시오. 이 운현, 집법원을 맡은 이후 단 한차례도 사심을 가지고 일 처리를 한 바가 없습니다."

"그럼, 사제는 그 아이에게 어떤 벌을 내리려는가?"

"본 파의 규율대로 해야겠지요."

"그러니까 어떤 규율을 적용하겠다는 건가?"

운송자가 조급하게 말하자 주변의 시선이 자신에게 쏠리기를 기다려 운현자가 대답했다.

"사승 관계를 어지럽힌 죄 파문을 해도 무방하나, 소개인인 운송 사형의 낯이 있고 아직 나이가 어린 점을 들어 죄의 경감이 있어야겠지요."

"그렇다면……."

"본 파의 성지(聖地)인 면벽수련동(面壁修練洞)에서의 칠 년 면벽이면 될 것 같습니다."

"고작 아이들끼리 다툰 걸 가지고 칠 년이나 면벽을 시키겠다고!"

운송자가 흥분해 소리치자 운현자가 차갑게 응수했다.

"옥진은 동창과 석가장이란 배경을 지닌 아이입니다. 그 아이가 심하게 다쳤으니, 이 정도는 해둬야 진자운이란 아이에게도 앞으로 해가 없을 겁니다."

"그, 그야……."

"그럼, 모두 납득하신 듯하니 이만 오늘의 회의는 끝내기로 하지요."

운현자가 자리에서 일어서자 운진자가 망연자실한 표정이 된 운송자의 어깨를 가볍게 두들기며 말했다.

"운송 사제, 아이들에게 칠 년은 그리 긴 시간이 아니라네. 우리 같은 노인들과는 다르지."

"운진 사형, 그런 것이 아니라……."

"힘을 내게."

운진자가 운현자를 따라 나서자 운송자 역시 힘없이 자리에서 일어서다 슬며시 시선을 현청 옆의 청운에게 던졌다.

'저 망할 놈!'

청운이 깜짝 놀라 현청 뒤로 숨었다. 지객원에서 잔뼈가 굵은 소도사답게 그는 운송자가 자신을 확실히 찍었다는 걸 직감한 것이다.

진자운은 지게 가득히 나뭇단을 메고 걸어가던 중 허겁지겁 달려오는 청풍을 보고 눈살을 가볍게 찌푸렸다. 농땡이 피우기 대장인 청풍이 평소 이런 모습을 보인 일이 거의 없었기 때문이다.

'뭔가 일이 생겼군.'

진자운은 성큼성큼 달려 청풍에게 다가갔다. 한시라도 빨리 사정을 알아야만 했다.

그의 앞에 멈춘 청풍이 새파랗게 질린 안색으로 소리쳤다.

"자, 자운, 큰일났다!"

"옥진이란 새끼가 불었대냐?"

"옥진 새끼… 이런 제기랄, 옥진 사숙은 지금 약원에 누워 정신이 오락가락한 상태인데 어떻게 널 꼰지르겠냐!"

"그럼 청운 새끼구나!"

청풍이 대답 대신 고개를 끄덕였다. 그는 이번 일이 있은 후 줄곧 청운의 동태를 살피고 있었다. 지객원에서 진자운과 옥진의 관계를 아는 사람 중 가장 위험한 인물이 청운이었기 때문이다.

과연 청풍의 염려는 사실로 드러나 오늘 드디어 청운이 칠성원으로 달려갔다. 진자운에게 여태까지완 비교조차 할 수 없는 화가 임박한 것이다.

잠시 눈살을 찌푸리고 있던 진자운이 확인하듯 물었다.

"청운이란 개새끼가 그리 달라붙어 꼬리를 흔들 정도면 옥진 새끼는 꽤나 행세하는 집안의 자식이겠지?"

"내가 그동안 좀 알아봤는데, 북경의 고관대작집 독자라더라. 우리 무당파에도 매년 엄청나게 많은 돈을 기부하는."

"씨발, 더럽게 걸렸군."

진자운은 욕설과 함께 등에 지고 있던 지게를 떼어 한쪽 켠에 내동 댕이쳤다.

"어, 너 어쩌려고!"

청풍이 놀라 소리치자 진자운이 어깨를 한차례 으쓱해 보였다.

"청풍, 그동안 즐거웠다."

"그게 무슨 소리냐? 너 설마!"

"역시 무당파는 나 진자운을 담기엔 너무 좁은 것 같다. 인연도 없 는 것 같구."

"이 새끼……."

청풍이 진자운에게 달려들어 멱살을 쥐었다. 평소 같으면 간단히 손 을 풀어 내동댕이칠 터인데, 진자운은 잠시 청풍이 하는 대로 그냥 놔 뒀다.

진자운과 얼굴을 맞댄 채 청풍이 소리쳤다.

"진자운, 이 새끼! 그동안 얼마나 고생했는데 도망가겠다는 거야! 아니, 고생은 둘째 치고 네가 도망갈 수 있을 거라 보는 거냐! 곧 널 붙잡으러 사숙, 사숙조들이 일대에 쫙 깔릴 텐데!"

"난 너와 달리 어려서부터 무당산 토박이다. 내 한 몸 숨는 건 그리 어려운 일이 아니야."

"하지만, 도망치다 붙잡히면……."

"뭐, 죽기밖에 더 하겠어?"

"그걸 말이라고!"

소리 지르는 청풍의 두 눈에 맑은 눈물이 고였다. 그는 진짜 진자운이 걱정됐다. 미칠 만큼 걱정됐다.

히죽!

그런 청풍에게 웃어 보인 진자운이 자신의 멱살을 쥔 그의 손을 간단히 풀고 한 걸음 뒤로 물러섰다.

"염려 말아라! 나 진자운, 이런 곳에서 죽을 것 같았으면 어매를 새카만 대장장이 새끼한테 넘기고 자소봉에 오르지도 않았다."

"자운!"

소리쳐 부르는 청풍에게 한차례 손을 흔들어 보인 진자운이 왔던 길을 되돌려 맹렬히 뛰어가기 시작했다. 조금의 망설임도 보이지 않고.

현음은 무당비전의 유운신법(流雲身法)을 펼쳐 연신 신형을 날리며 나직이 한숨을 토해냈다.

지난 삼 년간 사부가 없는 틈을 타 마음껏 게으름을 피우며 즐거운 시간을 보내던 그에게 날벼락이 떨어진 건 지금으로부터 한 시진 전이었다.

웬일로 아침 일찍 집법원에 다녀온 사부 운송자는 이미 심기가 편치 않아 보였다. 평소 아무 생각 없이 사는 것 같은 무골호인인 운송자에 겐 보기 힘든 모습.

사부의 심기가 좋지 않아 보이자 슬그머니 장생전에서 물러나려던 현음에게 대뜸 불호령이 떨어졌다. 당장 진자운을 찾아 데려오라는 명령과 어째서 관리를 게을리 했냐는 꾸지람이 섞인 아주 듣기 괴로운 호통이었다.

면벽 동안 못 논 걸 만회라도 하듯 삼 년간 게으름을 천직으로 삼고 있던 현음으로선 날벼락도 이런 날벼락이 아니었다. 평소 같으면 목 메인 소리라도 한마디 하련만, 사부의 표정이 너무 심각해 그저 고개를 숙이고 물러날 밖엔 도리가 없었다.

그러니 별 생각 없이 진자운을 찾아 지객원에 갔다가 이미 줄행랑을 친 사실을 가장 먼저 눈치챈 현음의 속이 좋지 않은 건 당연했다.

그동안 사부 운송자의 명을 차일피일 미루다 일 년 전 한 번 진자운을 찾아 기초를 살피고 천화포접공을 전수한 자신의 게으름 따윈 이미 그의 뇌리 속에 남아 있지 않았다.

'감히 무당의 제자가 죄를 피해 도망을 치다니! 내 이놈을 잡으면 그냥!'

현음은 지속적으로 신법을 빨리하며 연신 뇌리 속에서 진자운을 난 도질했다. 그렇게라도 하지 않으면 가슴속에 맺힌 울화를 풀 방도가 없었다.

그렇게 그의 뇌리 속에서 진자운이 서른다섯 번째 최후를 맞이하고 있을 때다. 자소봉 아래로 향하는 샛길이 여러 갈래로 나누어지는 앞에서 잠시 걸음을 멈춘 현음의 눈에 이채가 떠올랐다. 봄철이 되어 잔 뜩 성지게 자란 풀밭 속에서 작은 움직임 하나를 포착한 것이다.

'오호라!'

현음은 잠시 딴청을 부리는 척하다 맹렬하게 풀밭을 향해 달려들었다. 그리고 펼쳐진 무당 금나수(擒拿手)의 일절 천라수영(天羅手影)!

손을 쓴 것과 동시, 진자운이 맥없이 완맥을 제압당한 채 질질 딸려왔다. 그러나 진자운의 입가에 걸린 징그러운 미소를 살핀 현음의 한쪽 볼살이 꿈틀거렸다.

"이 녀석, 이런 곳에서 뭘 하고 있었더냐!"

"그야 현음 사숙조를 기다리고 있었지요."

진자운의 당연하다는 듯한 대꾸에 현음의 눈빛이 매서워졌다.

"날 기다렸다?"

"아무렴요. 그렇지 않았다면 어찌 무당산 요소요소를 내 손바닥 들여다보듯 잘 아는 제가 이런 곳에서 알짱거리고 있었겠어요?"

"훙, 그야 어린애답게 사문에서 도망치려다 갑자기 무서워진 것이겠지."

"뭐, 그것도 한 가지 이유는 되지만, 진짜 전 현음 사숙조를 기다리고 있었어요. 반드시 절 찾으러 제일 먼저 달려올 줄 알았거든요."

"그건 어째서지?"

진자운이 아픈 표정을 지어 보이며 소리쳤다.

"그보다 우선 저 좀 놔주세요! 이러다 말도 다 못하고 죽겠네."

"이 녀석이……."

"설마 제가 현음 사숙조님 앞에서 도망이라도 칠 수 있겠어요?"

"……."

묘하게 현음의 자존심을 건드리는 말이다. 잠시 진자운의 천연덕스런 안색을 살핀 현음이 퉁명스런 표정으로 제압했던 완맥을 풀어줬다.

"에구, 반신이 저릿저릿한 게 손을 써도 되게 쓰셨네요. 그게 본 파의 천라수영인가요?"

"안목이 있구나."

"쳇, 그야 당연하죠. 지객원에서 삼 년을 썩는 동안 는 건 눈치하고 윗분들의 무공을 훔쳐보는 것뿐이니까요."

진자운은 잡혔던 완맥 부근을 손으로 몇 차례 주물럭거린 후 현음을 빤히 쳐다봤다.

"오늘 현음 사숙조님이 절 쫓아온 건 죄짓고 도망가는 제자를 붙잡으려는 게 아니죠?"

"그걸 어떻게……."

진자운의 안색이 환해지는 걸 보고 현음은 아차 싶었다. 진자운의 넘겨짚는 말에 자신이 당했다는 걸 깨달은 것이다.

그러나 오늘 진자운은 무당파에서 도망치던 중 몇 가지 염두를 굴렸고, 그중 하나가 바로 눈앞의 현음에 관한 것이었다. 이미 자신이 오랫동안 해왔던 예상이 얼추 들어맞는다 여긴 진자운의 다음 질문은 거침이 없었다.

"그럼, 절 잡아오라고 하신 분은 최소한 운 자 항렬의 태사조님이시겠군요? 그죠? 제 말이 맞죠?"

현음은 대답하고 싶지 않았다. 진자운이 좋아하는 모습을 보고 싶지 않았기 때문이다. 하지만 어찌 무당파의 일대제자가 어린아이에게 거짓말을 할 수 있겠는가.

떨떠름한 표정을 숨기지 않고 현음이 시인했다.

"널 데려오라고 한 분은 내 사부님이다."

"와! 역시!"

"그럼, 이번엔 네 녀석 차례다. 어찌 내가 널 찾아올 줄 알았지?"

진자운이 짐짓 얼굴에 심각한 표정을 지어 보이며 말했다.

"그야, 저는 본래 무당파와 무진장 관련이 깊은 노신선의 소개로 입문한 거잖아요. 그런데 느닷없이 지객원에 떨어져 잡역부 노릇을 삼년이나 했으니 얼마나 마음이 답답했겠어요? 밤에 잘 때마다 곰곰이 생각하다 보니, 일 년 전쯤에 저에게 몰래 찾아온 현음 사숙조님이 떠오르더란 말이죠."

"흠, 그래서?"

"현음 사숙조님은 그때 제게 천화포접공을 가르쳐 주고 기초 역시 꼼꼼히 살펴주셨잖아요. 그래서 솔직히 마음속으로 조금쯤 감격하기도 했는데, 다시 생각해 보니 그 당시 현음 사숙조님의 행동은 조금 이상했어요. 현음 사숙조님은 굉장히 게으르고 자기밖엔 모르는 분이잖아요. 그런데 그런 분이 고작 한차례 면식이 있을 뿐인 제게 몰래 무공을 가르쳐 주고 그런 게 납득이 되지 않는 거예요."

"그래서 결국 내 뒤에 누군가가 있다고 결론지었다?"

"아닌가요?"

자신만만한 말이나 표정과 달리 진자운은 내심 안도의 한숨을 내쉬었다. 현음에게 한 가지 숨기고 말하지 않은 게 있는데, 그건 만약 지금 이 순간 자소봉으로 내려가는 길목에 나타난 사람이 그가 아니었다면, 자신이 뒤도 돌아보지 않고 달아났으리란 사실이었다.

어린애로선 하기 힘든 도박.

목숨을 담보로 건 도박이 성공했기에 진자운의 얼굴엔 희희낙락한 표정이 여실했다. 물론 그런 진자운을 바라보며 현음은 가볍게 혀를 찼다. 처음 봤을 때부터 느꼈던 바이지만, 아이가 너무 영악하단 생각이 든 것이다. 후일이 걱정되리만큼.

'아서라, 고작 어린아이에게 무슨!'

내심 고개를 가로저은 현음이 진자운에게 손을 내밀었다.

"서로 알 것을 다 알았으니 이젠 사부님을 만나러 가자!"

"절 업어주시려고요?"

"네 녀석이 내 걸음을 따를 수 있겠느냐?"

"절대루 무리죠!"

진자운이 냉큼 현음의 등에 매달리곤 두 손을 그의 목에 둘렀다.

"꼭 잡거라!"

진자운의 엉덩이를 추어 올린 현음이 한차례 주의를 준 후 바람처럼 신형을 뽑아 올렸다. 예상보다 일찍 진자운을 찾았으니 사부에게 더이상 불호령을 당하진 않겠다는 생각을 머리 속에 잠깐 떠올린 후.

장생전에서 진자운을 맞은 운송자는 잠시 고민에 빠졌다.

그와 진자운은 처음으로 대면한 터였다.

사숙 허무 진인이 제자로 받아들이진 않았으나 관심을 기울인 아이였다. 관심이 가지 않을 리 만무했다.

해서 운송자는 장생전의 후원에 도착한 진자운을 처음부터 면밀히 살폈다. 똘망똘망 총기가 서려 있으나 교활한 빛도 엿보이는 눈을 살피고, 지저분하나 수려한 미목과 제법 의지가 엿보이는 입매무새를 찬찬히 훑어봤다. 그리고 사문의 존장을 앞에 두고도 연신 꿈지럭거리고 있는 발과 손놀림에 이르러 운송자의 입가엔 가벼운 한숨이 매달렸다.

'역시 사숙의 말대로 도가에 어울리는 아이는 아니다. 총기가 있고 재기발랄하니 일반 무가(武家)나 속가 문파에 들어갔다면 젊어서 크게 두각을 나타내겠으나, 덕이 부족하고 진중한 맛도 없어. 도사가 될 재목이 아니야. 여태까지 지객원에서 몇 차례나 사고를 쳤다더니, 그럴 만했구나.'

그 시점에서 운송자는 사숙 허무 진인의 진의가 궁금해졌다. 허무 진인은 현재 무당파 제일의 존장인 동시에 장문인의 명도 받지 않고 문파를 무단 이탈한 죄인의 몸이었다. 실질적인 무당제일인으로서 언제든 돌아와 장문인 앞에 머리 한 번만 숙이면 끝날 문제이지만, 지난번 장생전에 몰래 숨어들었다 떠난 걸 보면 전혀 그럴 마음이 없는 게 분명했다.

그래서 운송자는 여태까지 친혈육과 같은 장문인과 사형제들에게도 진자운과 허무 진인의 관계를 밝히지 않았다. 아니, 그럴 수 없었다.

만약 그 사실이 밝혀진다면 허무 진인이 무당파를 떠나며 지은 모든 죄를 진자운이 덮어쓸 가능성이 농후했다. 상하를 막론하고 무당파에 속한 자들은 문파의 어른인 허무 진인에게 죄를 물을 수는 없어도 그와 관계된 아이까지 봐주진 않을 터였다.

물론 그와 같은 사정을 허무 진인이 모를 리 없다. 그는 전날 운송자에게 아직도 자신을 사숙으로 생각하냐고 되물었을 정도로 무당파에 대한 마음이 냉랭한 상태였다. 그런 상황에서 자신의 후계자를 맡길 리 없는 건 자명한 사실.

'허어, 진정 허무 사숙은 단순히 이 아이를 가둬놓을 곳으로 무당파를 생각했단 말인가!'

다시 찬찬히 진자운의 모습을 살피고도 결국 도가의 기풍을 한 점도 찾아내지 못한 운송자는 내심 고개를 저었다. 앞서 자신이 짐작한 바가 크게 틀리지 않으리란 확신과 함께 진자운에 대한 관심이 크게 감소한 것이다.

그런 운송자의 모습은 어찌 보면 매파가 신랑을 고르고, 우마전의 상인이 시장에 나온 말과 소를 꼼꼼히 살피는 듯했다. 적어도 여태까지 무당파에 입문한 후 봐온 도사들 중 가장 후덕해 보이는 인상의 운송자의 뜻 모를 눈빛 앞에 선 진자운은 그리 생각했다.

'쳇, 다른 말코들보다 마음은 좋게 생겨 다행이긴 한데, 어찌 사람을 불러놓고 아무런 말이 없지? 설마 난 앞으로 늙은 말코의 수발을 드는 도동이 되는 건가?'

진자운은 온몸이 마구 뒤틀리는 걸 억지로 참고 이리저리 눈을 굴렸다. 나이 열세 살. 매일같이 산속을 뛰어다니고, 한시도 가만히 있지 못하는 성격에 계속 침묵을 지키고 있자니, 몸에서 좀이 스는 것 같아서 견디기가 쉽지 않았다.

그때 진자운의 내심을 읽기라도 한 것일까?

운송자가 오랜 침묵을 깼다.

"기본이 충실하다고?"

"예!"

기다렸다는 듯 터져 나온 진자운의 시원스런 대답에 운송자가 한차례 고개를 끄덕이고 말했다.

"그럼, 네가 할 수 있는 걸 내 앞에서 펼쳐 보거라."

"몽땅이요?"

"그래, 하나 빠짐없이 펼치거라."

진자운으로선 무당파에 입문한 후 항시 꿈꿔 왔던 일이다. 망설임이란 게 있을 수 없다.

크게 고개를 끄덕이고 자세를 잡은 진자운이 가벼운 기합과 함께 건곤구공을 펼치고, 다시 천화포접공과 무당 장권 삼십육로, 자오원앙각을 전력을 다해 선보였다.

처음은 배운 바와 같이 가장 정확한 동작을, 나중에는 여러 번의 실전을 통해 첨가하고 변화시킨 변초와 꼼수를 섞은 동작을 보였다. 무당파에서도 그리 많지 않은 절정고수의 앞이니만치 한 치의 숨김이나 거짓이 없이 전력을 다한 모습이었다. 진자운도 앞으로 자신의 운명이 이 한 번의 무공 시전에 달렸다는 걸 어렴풋이나마 짐작하고 있었던 것이다.

과연 진자운이 펼친 변초와 기상천외한 움직임은 다소 시큰둥해져 있던 운송자의 마음을 조금 돌려놓았다. 나이 든 무학의 고수치고 재능있는 후학을 예뻐하지 않는 이 없는데, 그 점은 운송자 역시 마찬가지였다.

슉!

최후의 변초를 마치고 선 진자운 앞으로 운송자가 다가가 기해혈에 손을 갖다 댔다. 그리고 운송자는 진자운의 몸속에 한줄기 부드럽고 강인한 진기를 보내 몸 이곳저곳을 살폈다. 몸속을 떠돌던 진기는 독맥을 타고 돌다 어느 순간 임맥으로 흐르더니, 십이정경(十二正經)을 두루 건드렸다. 내공의 기초를 알아보려는 의도였다.

이윽고 진자운의 기해혈에서 손을 뗀 운송자가 미미하게 고개를 끄덕였다.

"하단전에 축기가 충실히 쌓였을뿐더러 이미 소주천을 이루었으니, 그 나이에 쉽지 않은 일이다."

기회를 잡았다는 듯 진자운이 눈을 반짝이며 소리쳤다.

"태사조님, 이미 저는 천화포접공으로 소주천을 이루는 데 성공했습니다! 이젠 다른 상승의 내공을 익혀 대주천을 이뤄야만 하는데……."

"급히 갈 것 없느니."

"그렇지만, 계속 천화포접공으로 소주천에만 매달리고 있을 순 없는 일이라고 생각합니다!"

놀랍게도 자신의 앞에서 목소리를 높이는 진자운의 모습에 운송자는 잠시 들었던 인재를 아끼는 마음이 스러졌다. 그리고 일단 굴리라던 허무 진인의 말이 떠올랐다.

"으음."

잠시 가볍게 신음을 토한 운송자가 눈을 한차례 꿈뻑이고 말했다.

"네가 원하는 것은 천화포접공의 다음 단계의 내공심법이렷다."

"저는 태극구공을 익히고 싶습니다!"

"태극구공을?"

"예, 본 파에 여러 가지 상승의 내공심법이 있지만, 태극구공만이 진정한 상승의 내공심법이라고 들었습니다."

"그만큼 성취를 이루는 게 어렵기도 하다. 태극구공은 본 파의 지보인 태극심공(太極心功)의 기본이기 때문이다. 그래서 본 파의 무수히 많은 무학기재들도 감히 함부로 연마하길 꺼리는 것이고."

"그래도 저는 태극구공을 익히렵니다!"

"그건 어째서이지?"

어깨를 한차례 으쓱해 보인 진자운이 대답했다.

"무학의 길에 뛰어든 이상 본 파의 태극검선 조사님처럼 무공으로 천하제일인이 되기 위해서입니다!"

놀랍게도 운송자는 처음 본 속가제자 진자운에게 태극구공의 구결과 연마 방법을 알려주고, 자신의 내력으로 기초를 잡아주기까지 했다.

매우 이례적인 광경을 바라보며 호법을 서고 있던 현음의 안색이 갑자기 가볍게 일그러졌다. 어느새 장생전의 후원에 현음의 죽마고우이자 우정의 배신자이며, 집법원 칠대판관의 우두머리인 현명이 모습을 드러냈기 때문이다.

"네가 이곳에 어쩐 일이냐?"

처음부터 시비조로 쏘아붙이는 현음의 시선을 유연하게 받아넘기며 현명이 진자운 쪽을 바라봤다.

"죄인을 압송하기 위해 왔다."

"죄인? 흥, 또 어떤 녀석이 우정을 배반하고 윗전에 누군가를 일러바친 게 아니냐!"

"현음, 그건……."

현명은 가볍게 언성을 높이다 말끝을 흐렸다. 어려서부터 친하게 지냈던 친우이자 사형제인 현음이 삐뚤어진 데는 육 년 전의 자신도 일조했음을 알고 있기 때문이다.

그런 현명에게 현음이 비꼬인 심사를 담아 말했다.

"대체 저 어린 녀석이 얼마나 큰 죄를 졌기에 칠대판관의 우두머리인 네 녀석이 온 거지?"

현명이 대답 대신 딴소리를 했다.

"이제는 그만 방황하고 다시 진무각에 들어가 무공 수련에 열중하는 게 어떠냐? 네 무학 재질이라면 육 년이란 시간을 따라잡는 것도 그리 어렵지는 않을 것이다."

"사돈 남 말하고 있네! 네 녀석이야말로 집법원 정도를 노리지 말고 그만 사부의 그늘에서 벗어나는 게 어떠냐?"

"어찌 그런 말을!"

"아니면, 계속 나쁜 놈의 가면을 얼굴에 쓰고 살 셈이냐?"

"현음……."

현음을 뚫어지게 바라보다 다시 진자운 쪽으로 시선을 던진 현명이 혼잣말처럼 말했다.

"저 아이는 칠 년 동안 면벽수련의 벌을 받게 될 거야. 어린아이에겐 가혹한 일이지."

"그런 말도 안 되는……!"

"그러나 면벽수련동은 본 파의 성지. 저 아이에게 기연이 닿는다면, 화가 오히려 복이 될지도 모르지."

"성지는 무슨! 삼 년 동안 그곳에 갇혀 있었지만, 내가 얻은 건 아무것도 없단 말이다!"

화를 내듯 현명에게 쏘아붙인 현음이 진자운을 바라보며 나직하게 혀를 찼다. 자기 자신밖엔 별 관심이 없는 그이지만, 암담하고 끔찍했던 육 년 전의 일을 떠올리며 진자운에게 내려진 벌이 너무 가혹하다 여긴 것이다.

◆ 第五章 ◆

반보붕권이 천하를 위진한다!

반보봉권이 천하를 위진한다!

"씨발 도사들아! 개 같은 도사들아! 순진무구한 어린애를 속이다니! 그러고도 니들이 태사조고 사숙조들이냐! 이 자식들아! 날 풀어줘! 날 풀어달란 말야!"

끔찍하게 큰 굉음과 함께 닫혀 버린 면벽수련동의 석문. 한참 동안 멍청히 바닥에 누운 채 미동조차 않고 있던 진자운은 연달아 욕설을 터뜨렸다. 본래 듣고 열받아 할 사람이 없으면 욕을 하지 않는 게 진정한 욕쟁이의 도(道)라고 항시 주장하던 것과는 사뭇 다른 모습.

진자운은 거의 일각이 지나도록 자신이 알고 있는 욕이란 욕은 몽땅 목이 터져라 쏟아냈다. 그렇게라도 하지 않고선 마음속의 분노가 풀리지 않는 데다, 현재 마혈(痲穴)이 제압된 그가 할 수 있는 일이라곤 오직 그것밖에 없었기 때문이다.

그러다 더 이상 새롭고 기발하며 악랄한 욕지거리가 떨어지자 진자운은 다시 재탕을 하는 대신 입을 다물었다.

무당파에 입문한 후 항시 속마음으로만 내뱉거나 주변을 한참 살핀 연후에야 살짝 하곤 했던 욕을 목이 터져라 쏟아내자 속은 후련했지만 목이 아파왔다. 어느새 목젖에 핏대가 선 것이다.

당연히 진자운이 이리 난리를 피우는 데는 까닭이 있다.

현명에게 개같이 이곳, 면벽수련동에 내동댕이쳐지기 직전의 일이다. 살가운 태도로 태극구공 전수를 끝낸 운송자는 진자운에게 십 년간이나 꼬불쳐 놨던 무당비전의 성약(聖藥)인 자소단을 살짝 손에 쥐어주었고, 태극구공의 완성품인 태극심공에도 관심이 있냐고 물었다.

전형적인 낚시밥.

평소 같으면 더럭 의심부터 하고 봤으리라. 무당파에 들어온 이래 줄곧 지객원에서 뒹굴어야 했던 진자운의 눈치가 그 정도는 됐다.

하지만 느닷없이 바라 마지않던 태극구공을 전수받은 데다 먹기만 해도 수십 년에서 일 갑자의 내공이 증진된다는 소림사(少林寺)의 대환단에 버금가는 영약을 건네받았다. 마음이 둥둥 떠오르고 정신이 아찔해 왔다. 순간적이나마 운송자를 진심으로 사랑하고 존경하게 되어버린 것이다.

그때 열렬히 눈을 빛내며 고개를 끄덕이는 진자운의 머리를 자애롭게 쓰다듬은 운송자의 악마 같은 속삭임이 들려왔다. 오직 장문인과 그 후계자만 알고 있는 태극심공을 비롯해 무당파의 육대검법과 사대권법, 삼대장법 등 수없이 많은 조사들의 무학 심득을 일반 제자들이 익힐 수 있는 곳이 있다는.

그로써 진짜 운송자를 좋은 사람이라 믿어 의심치 않았던 진자운의 고개는 크게 끄덕여졌고, 운명은 결정되었다. 스스로 칠 년 면벽을 동의해 버리고 만 것이다. 무림의 영웅은 본래 약관에 나온다는 운송자의 마지막 말에 홀리기라도 한 것처럼.

해서 현명을 좇아 졸래졸래 자소궁에서 백여 장쯤 떨어진 이곳 면벽수련동에 이른 진자운은 바로 자신의 생각이 무진장 잘못된 것임을 깨달아야 했다. 봄철임에도 황량한 바위투성이인 수련동 앞에서 느닷없이 무당파의 계율을 몇 가지나 외운 현명이, 관에서 중죄인에게나 씌우는 형구와 쇠사슬 달린 족쇄를 꺼내 들었기 때문이다.

그러니 그런 끔찍한 물건을 몸에 두른 채 무공 수련 따윌 할 수 있을 리 만무한 터.

대뜸 일이 잘못됐다는 걸 눈치챈 진자운은 죽기 살기로 도망치려 했다. 평생 이처럼 악에 받쳐 전심전력을 다한 적이 있었나 싶을 정도로 그는 거칠게 저항했다. 나중에는 울며 불며 현명에게 자비를 구하고, 어떻게든 빈틈을 유도해 내려 노력했다.

하지만 모든 게 허사였다. 같은 일대제자의 사조라도 조금쯤은 파고들어갈 틈이 엿보이던 현음과 달리 현명은 마치 얼음을 쪼아 만들어놓은 인간처럼 발버둥 치는 진자운의 마혈을 짚고는 자신이 할 일을 완수했다.

결국 진자운의 머리에는 단단한 오동나무로 만들어진 나무 판때기가 씌워졌고, 양손과 다리에는 어린애 팔뚝만한 두께의 족쇄가 채워졌다. 그리고 무심히 던져진 말.

"이곳, 연무수련동의 본래 이름은 태극동(太極洞)으로 수없이 많은 본 파의 조사들께서 무공을 닦고, 마음을 닦고, 자신의 잘못을 뉘우쳤던 곳이다. 이런 곳에 속가 삼대제자인 너를 폐관하게 한 건 윗전의 큰 뜻이 있어서이니 결코 마음속에 서운함을 품어선 안 될 것이다!"

그 말을 끝으로 진자운은 연무수련동 안으로 내던져졌다. 시장을 굴러다니는 짐짝처럼.

"씨발새끼! 이런 꼴로 만들어놓고 뭐? 서운한 마음을 품지 말라고? 개새끼들! 내가 나가면 몽땅 다 엎어버릴 테다! 다 불질러 버릴 테다! 무당파의 개 같은 도사새끼들을 몽땅……."

진자운은 갑자기 울먹이며 자신을 배웅했던 청풍을 떠올리고 말끝을 흐렸다. 무표정하게 일을 처리하던 현명을 떠올리자, 본래 더욱 저주에 가까운 말을 쏟아내고 싶었지만 청풍을 생각해 참은 것이다.

그렇게 한참을 식식거리다 진자운은 유일하게 움직일 수 있는 눈을 이리저리 굴렸다.

욕을 하느라 들끓던 기운을 그럭저럭 소진하자 소년다운 호기심이 고개를 들었다. 형편없는 꼴로 들어왔지만, 무당파 수백 년 역사 동안 수없이 많은 기인이사(奇人異士)를 태어나게 한 모태라 불리는 면벽수련동의 내부를 살필 필요성을 느꼈다. 어쨌거나 천지개벽할 일이 없는 한 이곳에서 칠 년을 보내야 하니, 당연한 일이었다.

족히 천 근은 더 되어 보이는 석문 안쪽의 면벽수련동 내부는 대략 오백 평이 조금 넘을 정도의 장방형 구조였다. 석문이 닫혔음에도 내부가 환한 걸 보면 햇빛과 공기를 받아들이는 환풍구가 몇 개 정도 있는 듯 보였다.

한쪽 켠에는 물이 졸졸 떨어져 내리는 작은 샘이 보였는데, 그 옆에 큼지막한 단지는 벽곡단이라도 담겨 있을 터였다. 면벽하라고 시켜놓고 굶겨 죽일 리 없을 테니까.

'일단 굶거나 목 말라 죽을 염려는 없겠구나!'

가장 걱정됐던 바가 해결되자 진자운의 시선이 자연스레 천장으로 향했다.

천계처럼 둥그스름한 천장에는 별자리 같은 도형과 도해들이 어지럽게 새겨져 있었다. 역대 조사들이 남긴 무공 구결이나 심득이 분명해 보였다.

거기서 다시 한 번 안도의 한숨을 내쉰 진자운의 시선이 다시 바닥 쪽을 향했다.

한눈에 보기에도 단단해 보이는 청석 바닥.

그 위로 군데군데 사람 발 모양이 어지럽게 찍혀 있었다. 천장에 새겨진 흔적을 미뤄 짐작하면 보법이나 신법 종류의 무공일 터였다.

그렇다면 적어도 운송자가 약속했던 말 중 하나는 맞는 셈이었다. 무진장 다행스럽게도. 시작은 나빴지만, 끝이 좋으면 다 좋은 것 아닌가.

하지만 잠시 헌헌대장부가 된 칠 년 후 자신의 모습, 그리고 면벽수련동을 나설 때의 위풍당당한 광경을 생각하며 흐뭇해하던 진자운의 안색이 갑자기 와락 일그러졌다.

갑자기 떠오른 중요한 사실 하나!

머리와 손발이 꽁꽁 묶인 상황에서 마혈이 풀린다 해도 진자운이 이동할 수 있는 거리는 고작해야 한 걸음 정도. 손이나 팔의 관절 역시 극히 제한된 동작밖엔 행할 수 없었다. 아무리 무공 전적이 산처럼 쌓여 있고, 눈앞에서 굴러다니며, 발에 툭툭 걸어차인다 해도 아무짝에도 쓸모가 없었다. 무공 수련을 할 수 없으니.

"우아아아아!"

면벽하라고 들여보내며 무공을 연마하지 못하게 만든 윗전의 내심.

그 간교하고 야비하며 구역질나는 심사와 잘 가라며 손까지 흔들어주었던 운송자의 후덕한 얼굴을 떠올리며 진자운은 다시 악을 쓰기 시작했다.

그 울부짖음에는 처음, 면벽수련동에 내동댕이쳐진 뒤 그냥 마구 내질러대던 욕설과는 비교가 안 되는 좌절과 분노, 절망이 뒤엉켜 있었다.

태어나 처음으로 맞은 고난은 젊다기보다는 어린 열세 살 나이의 소년이 감내하기엔 너무 컸다. 갑자기 기혈이 역류해 주화입마의 징후를 보일 정도로.

"끄륵! 끄……."

눈이 뒤집히기 시작한 진자운의 몸이 어느 순간부터 바닥을 굴러다니기 시작했다. 기혈이 역전되자 자연스레 마혈이 풀렸기 때문이다.

데굴데굴…….

진자운은 자신의 목을 부여잡고 연신 바닥을 굴러다녔다. 어느새 쉬어버린 목에선 더 이상 비명이 흘러나오지 않았다. 대신 연신 게거품이 흘러나왔다.

누가 봐도 생명이 경각에 이른 상황. 이미 잘못된 곳으로 흘러들어간 진기가 몇 개의 기혈을 뒤틀더니 심맥 쪽으로 몰려들기 시작했다. 본격적인 주화입마의 시작이었다.

그렇게 진자운이 광인이 되기 바로 직전!

마치 여태까지의 상황을 모두 지켜본 듯 가볍게 터져 나온 한숨 소리 하나. 그리고 그와 함께 음울한 목소리가 진자운의 마음에서 울려 퍼졌다.

[허, 어린 녀석의 성격이 정말 대단하구나! 분을 참지 못해 기혈이

뒤틀릴 지경이라니!』

"끄륵, 끅끅."

[본래대로라면 그냥 죽게 내버려 둬야 옳을 것이나…….]

음울한 목소리가 잠시 잦아들었다가 이미 눈이 뒤집힌 진자운에게 속삭이듯 중얼거리기 시작했다.

[족궐음간경으로 몰려 들어간 진기를 되돌려 간을 보호하고, 족소양담경의 양기를 임맥에 속한 회음혈, 기해혈, 음교혈로 보낸다. 이때 독맥의 장강혈, 현추혈, 영대혈, 풍부혈에는 찬 기운이 몰리나니, 두려워하지 말고 차분하게 대처하라. 명문혈, 백회혈, 신정혈에서 떠돌던 한 줄기 진기가 발동하니, 기경팔맥(奇經八脈) 중 충맥, 대맥, 교맥(양교맥, 음교맥)의 마비가 풀릴 것인즉, 결국 흐트러진 진기를 돌리는 것이 이러하니, 모든 기운은 강물이 바다로 흘러들어 가듯 기해혈로 돌아가리라!』

생사의 기로에 섰던 진자운에겐 마치 오랜 가뭄 끝의 단비와 같은 설명이었다. 목소리의 가르침을 들은 것만으로 난마와 같던 진기가 크게 안정되었다. 그러니 거의 정신이 나간 상태였던 진자운이나 심부를 울리는 목소리를 따르지 않을 도리가 없다.

"끄륵, 끄륵……."

거의 본능적으로 진자운은 목소리가 말한 바와 같이 체내에서 날뛰고 있는 진기를 다스리기 시작했다. 애써 한가닥 진기를 모은 그는 먼저 가장 중요한 뇌, 척추, 회음계를 보호하고, 정신을 모아 그와 연계된 독맥으로 진기를 이동시켰다.

독맥은 온몸의 양경을 다스리고 조정하는 장강혈에서 발원하여 척추를 타고 올라가다 풍부혈을 지나고, 다시 뇌 속을 통과해서 정수리의 백회혈로 나오는데, 진자운은 그렇게 도인된 진기를 다시 단전으로 돌려보냈다. 그리고 거기서 한차례 숨을 고른 진기는 다시 임맥으로 흘러서 회음혈을 어지럽히고 있던 기운을 흡수하고 다스렸다.

목소리가 일렀듯 거대한 바다로 강이나 그 옆 지류의 작은 물줄기들이 모여드는 형국!

회음혈에서 잠시 멈춰 조정의 시간을 보낸 진기는 다시 점차 불어나는 지류의 물줄기를 몰고 노도와 같은 움직임을 보였다. 음교혈과 신궐혈을 지나 중완혈, 거궐혈, 중정혈을 단숨에 지나쳐 단중혈, 옥당혈로 치달은 진기는 천돌혈에 이르러서야 기운을 다했다. 그리고 잠시의 숨 고르기 후 인후(咽喉)에 모였다가 혈을 되짚어 다시 회음혈을 거치고 기해혈로 돌아왔다. 주화입마로 인해 뒤틀렸고 헝크러졌던 기혈과 혈도들이 단숨에 제자리를 찾는 데 성공한 것이다.

본래 내공 수련 시 한번 주화입마에 빠지면 헤어나오기가 쉽지 않은 게 일반적인 정설이다. 이 점은 내공을 오래 연마한 고수일수록 더욱 심하다. 체내에 오랜 동안 연마한 내공의 힘이 그만큼 강하고 무섭기 때문이다.

하지만 진자운은 어려서부터 내가공부의 정종인 무당파 내공의 기초가 충실했고, 아직 내공 수련의 정도가 미미하여 화가 크지 않았다.

게다가 시의적절하게 들려온 목소리의 가르침으로 역전됐던 기혈을 되돌리니, 잘못된 길을 버리고 바른길로 돌아선 진기는 쉬이 다스려졌다.

장시간의 행공 끝에 진자운의 까뒤집혔던 눈은 서서히 정상으로 돌아왔다. 그는 조금의 여지도 남기지 않고 진기를 단전으로 갈무리하곤 눈을 몇 차례 깜빡였다.

아무리 천둥벌거숭이 같은 성격이나 자신이 방금 전 평소처럼 잔뜩 성질을 부리다 죽을 뻔했다는 걸 모를 리 없다. 등으로 식은땀이 줄줄 흘러내렸다.

'위험했다! 위험했어!'

진자운은 혹시나 하는 마음에 단전으로 갈무리된 진기를 다시 조심스레 운기해 봤다. 천화포접공으로 익히 이룬 바 있는 소주천을 먼저 돌린 후, 태극구공에 따라 다시 대주천을 해봤다. 아직 진기도인에 어색함은 있으나 운송자가 직접 심후한 내공으로 길을 터준 탓에 그리 어렵지 않게 대주천을 이룰 수 있었다. 정말 다행이었다.

대주천이 끝난 후 진자운은 자신이 태극구공을 택한 것은 역시 선견지명이 있었기 때문이라며 스스로를 치하했다. 그도 그럴 것이 이때 진자운은 생사지간에 마음속에서 울려 퍼진 목소리의 존재를 까맣게 잊고 있었다.

폐관수련동 안에 자신 외의 다른 사람이 있으리란 건 상상조차 할 수 없었고, 주화입마 상황이었기에 기억이 또렷하지 않았다. 한마디로 말해 그냥 자기 자신이 잘나서 위기를 탈출했다고 굳게 믿어 의심치 않고 있었다.

게다가 실제로 태극구공은 다른 여타의 내공심법과 달리 앉아서 기를 수련하는 좌공뿐 아니라 누워서 하는 와공(臥功), 서서하는 입공(入功), 걸으며 하는 보행공(步行功), 자면서 하는 수공(睡功), 물속에서 하는 수심공(水濳功) 등의 아홉 가지 행공법으로 이루어져 있었다.

일시지간 아홉 가지 행공법 모두를 이루긴 힘든 일이나 언제고 운기행공과 진기도인을 할 수 있기에 진자운이 쉽사리 주화입마에서 빠져나오는 데 한몫한 게 사실이었다. 그의 생각이 완전히 틀린 건 아니었다.

그러나 진자운의 득의만면한 표정은 곧 어두워졌다. 주화입마에 빠져 죽기 직전에 살아난 건 천만다행한 일이고 세상에 아직 정의가 살아 있다는 증거이나 앞날이 캄캄했다. 앞으로 칠 년간을 어찌 살아야 할지 암담했다. 그만큼 그의 몸을 철저히 얽어맨 족쇄가 주는 절망감은 보통이 아니었다.

그때 한참 낙담해 있던 진자운의 뱃속이 크게 요동쳤다.

꼬르륵!

아침부터 설치고 다니느라 오후가 한참 지난 여태까지 암것도 못 먹었다. 배가 뒤틀릴 정도로 시장기를 느낀 진자운의 시선이 앞서 가장 먼저 봐뒀던 샘과 단지 쪽으로 향했다.

"쳇, 일단 배부터 채우고 볼 일이려나?"

진자운은 철그럭거리는 쇠사슬 소리를 친구 삼아 샘 쪽으로 걸어갔다.

대략 아홉 달 동안 진자운은 태극구공에 매달렸다.

어찌 보면 칠 년 면벽과 맞바꿨다고 할 수 있을 정도로 어렵사리 전수받은 무공이었다. 마음속의 절망과 좌절이 큰 만큼 진자운은 전심전력으로 태극구공을 연마했다. 그는 거의 잠도 자지 않고 행공에 매달렸다.

사실 태극구공을 연마하는 이외에 진자운이 면벽수련동에서 할 수 있는 일이라곤 아무것도 없었다. 처음 천장에서 발견한 그럴듯한 도형과 흔적들은 놀랍게도 이곳저곳 훼손된 것 투성이였다. 무당파의 육대검법과 사대권법, 삼대장법 등의 이름이 얼핏 보이긴 하는데, 안의 내용은 전혀 알아볼 수 없었다.

　그러니 모든 게 본래대로 남아 있다 해도 무학의 경지가 일천한 진자운이고 보면 이해 못할 것 투성일 텐데, 잔뜩 훼손되기까지 했다. 무당파의 육대검법이고, 사대권법이고, 삼대장법이고 간에 지금의 진자운에겐 단순한 낙서 이상의 가치 이상은 되지 못했다.

　그리고 바닥에 찍힌 보법과 신법의 흔적들!

　어지럽게 종횡하는 보법은 칠성검진의 기본이 되는 칠성둔형이고 그 옆에 적힌 건 제운종, 유운신법의 요결이나, 그 역시 제대로 된 게 아니었다. 천장의 도형과 마찬가지로 바닥의 요결 역시 심하게 훼손되어 있었고, 보법의 변화가 탐나긴 했으나 진자운으로선 선과 후를 구분할 수 없는 데다 족쇄 때문에 고작해야 한 걸음 정도밖엔 다리를 벌릴 수 없기에 단지 그림의 떡일 뿐이었다. 너무 열받아서 바닥을 데굴데굴 구르게 만드는.

　그렇게 진자운은 차츰 체념과 고독에 익숙해져 갔다. 그리고 시간이 아예 멈춘 듯하던 폐관수련동에 이변이 발생한 건 바로 그때쯤이었다.

　가장 손쉬운 좌공과 와공에 이어 입공을 연마하고 있던 진자운의 마음속에서 아홉 달 만에 처음으로 예의 음울한 목소리가 울려 퍼졌다.

　[무당파의 꼬마 도사야! 네 녀석한테 한 가지 물어볼 말이 있다!]

　흠칫!

　진자운은 깜짝 놀라 주변을 둘러봤다. 그가 처음 음울한 목소리를 들었을 때는 반쯤 정신이 나간 상황이었다. 그리고 아홉 달이 아무런 파탄 없이 흘러갔다.

　그동안 이곳 폐관수련동은 사방이 완벽하게 밀폐된 공간이었으니,

다른 누군가가 존재한다는 사실은 미처 예상할 수 없는 게 당연했다. 한마디로 진자운은 대낮에 귀신을 만난 사람 꼴이 된 것이다.

휙휙!

재빨리 주변을 둘러본 진자운의 눈이 몇 차례나 깜빡거렸다. 이젠 눈을 감고도 어디에 뭐가 위치해 있는지 알 수 있는 주변을 꼼꼼하게 다시 둘러봤지만 역시 아무도 없었다. 그렇다면 외로움 때문에 환청이라도 들은 것인가.

[무당파의 꼬마 도사야! 너는 환청을 들은 게 아니다!]

마치 진자운의 내심을 읽기라도 한 것 같은 목소리.

진자운의 얼굴에 여유가 돌아왔다.

'헤헤, 역시 난 미치지 않았다! 귀신을 만난 것도 아닌 것 같구.'

내심 안도의 한숨을 내쉰 진자운이 더 이상 목소리의 위치를 파악하길 포기하고 소리쳤다.

"내 이름은 진자운이지 꼬마 도사가 아니에요!"

[꼬마 도사가 아니다? 그렇다면 설마 무당파의 제자가 아니란 뜻이냐?]

목소리 속에는 가벼운 의혹이 담겨 있었다. 그는 꽤나 오랜 세월 동안 이곳 면벽 수련동을 관찰해 왔는데, 한 번도 무당파의 제자가 아닌 자가 들어온 일이 없었다.

하긴 십수 년 전 허무 진인이 난입해 역대 조사들이 남긴 심득을 죄다 난도질하기 전까지 무당파의 성지나 다름없던 태극동이다. 무당파의 제자가 아닌 자가 들어온다는 것은 사실 상식적으로 말이 안 되는 일이었다.

그런 목소리 주인의 내심을 쉬이 짐작한 진자운이 얼른 대답했다.

"물론 나는 무당파의 제자 비슷한 것이긴 해요. 아주 가련한 운명에 빠진 소년이기도 하고요."

[말을 꽤 재밌게 하는구나. 너는 무당파의 속가제자렷다?]

"그렇게 불리기도 하죠."

[흐음, 그러면 그런 것이지, 사내 녀석이 어찌 그리 말을 이랬다 저랬다 하는 것이냐?]

"그야 겉으로만 보면 무당파의 속가제자가 맞지만, 내실을 들여다보면 진짜 비참한 운명의 소년일 뿐이기 때문이죠."

[네 운명을 그리 비참하게 만든 건 설마 그 몸에 차고 있는 족쇄들을 말함이더냐?]

"어? 내가 보이기도 하는 거예요?"

진자운은 진짜 깜짝 놀라 소리쳤다. 그는 시큰둥하게 목소리에 대답하는 동안에도 연신 폐관수련동 내부를 살피고 있었다. 자신이 귀신을 만나지 않았다는 확신이 들자 어떻게든 목소리 주인의 정체를 알아내고 싶어서였다.

그러나 이미 지난 구 개월간 전혀 빠져나갈 구멍이나 빈틈을 찾지 못한 터였다. 이제와 다시 살핀다 해서 목소리의 주인이 숨어 있을 만한 곳을 발견한다는 건 무리였다. 사실 있을 수 없는 일이었다.

진자운이 결국 단념한 순간 다시 목소리가 울려 퍼졌다.

[너는 주변을 살필 필요가 없다. 나는 네 모습이 보이지 않으니까.]

"그럼 어떻게 내 몸에 족쇄가 채워졌다는 걸 아는 거죠?"

[질문은 내가 먼저 하지 않았더냐.]

"먼저 질문을 했다 해서 먼저 대답을 들으란 법은 없잖아요!"

[그래서 너는 내 질문에 대답하기 싫다는 것이냐?]

"뭐, 딱히 그런 건 아니에요. 대답 한번 먼저 하는 게 크게 힘든 일도 아니고. 다만 나는 손해를 보고 싶지 않을 뿐이에요."

[손해를 보기 싫다?]

"예, 나는 무당파에 입문한 후에 너무 손해를 많이 봤어요. 결국 보시다시피 이런 꼴이 되고 말았구요. 아니, 참, 내가 보이지 않는다고 했던가요?"

쩔그렁!

진자운이 손을 들어 보이자 둔탁한 쇠사슬 소리가 일었다. 마치 자신의 억울함을 호소하는 듯한 모습이었다. 그러자 여태껏 별다른 음색의 변화를 보이지 않던 목소리 속에서 작은 조소가 섞여 나왔다.

[크크크, 진자운이라고 했던가? 꼬박꼬박 대꾸하는 싸가지로 봐서 대충 어린 나이에 이런 곳에 갇히게 된 까닭을 알 만하구나. 아주 맹랑해. 하지만 나는 본래 그런 녀석을 좋아하니, 대충 넘어가겠다.]

'쳇, 대충 넘어가지 않으면 지가 날 어쩔 건데?'

진자운이 내심 투덜거리면서도 순진한 표정을 지어 보이며 말했다.

"그럼, 먼저 내 질문에 대답해 주시려는 건가요?"

[어려울 거 없지. 나는 그저 네 녀석이 움직일 때마다 내는 소리와 혼잣말을 가지고 유추한 것이다. 내가 있는 곳은 네 녀석이 뒹굴고 있는 태극동과는 그저 벽 하나를 사이에 둔 곳이라 귀를 기울이면 몇 가지 동작쯤 읽어내는 건 쉬운 일이다.]

진자운의 눈에 이채가 떠올랐다.

"그렇다면 그동안 내가 이 안에서 뒹구는 모든 과정을 즐기고 있었다는 건가요?"

목소리에 단호함이 섞였다.

[이번에는 네가 대답할 차례다.]

"그건······."

[우리가 서로 얼굴을 맞대고 손바닥을 마주친 건 아니지만, 이미 계약을 맺은 것이나 마찬가지다. 만약 네가 질문에 응하지 않는다면 다시 아홉 달을 기다리는 것도 나쁘진 않을 것이다.]

"알았어요! 대답할 게요! 대답하면 되잖아요! 성격 한번 정말 급하시네. 음, 그런데 질문이 뭐였죠?"

[네 운명을 그리 비참하게 만든 건 설마 그 몸에 차고 있는 족쇄들을 말함이더냐? 라 물었었다.]

"아아!"

탄식하듯 목소리를 높인 진자운이 시무룩한 표정으로 말했다.

"내 모습이 보이지 않는다니 정확히 설명해 드리죠. 지금 내 목에는 커다란 나무 판때기가 옥죄어져 있고, 양손과 양다리엔 굵은 쇠사슬이 연결된 족쇄가 매어져 있어요. 그야말로 죄인도 이런 죄인이 없는 모습이라구요. 게다가 태사조와 사조란 사람들은 나이 어리고 아무것도 모르는 순진한 나를 꼬드겨서 있는 거라곤 아무 맛도 없는 벽곡단 한 단지와 샘물뿐인 이 빌어먹을 석실에다 가뒀어요. 이러니 내 운명이 어찌 가련하고 서글프다고 하지 않을 수 있겠어요. 나는 이 망할 곳에 아직도 육 년 삼 개월 하고도 이틀, 그리고 반나절을 더 있어야 한다구요!"

처음, 애조를 띠긴 했으나 조리있고 논리가 정연하던 설명은 뒤로 갈수록 한탄조로 바뀌었다. 어느새 자신의 서글픈 신세와 운수 나쁨에 진자운이 완벽하게 동화되고 만 까닭이다.

그때 심부를 울리던 목소리 속에 여태까지와 달리 조소 정도가 아닌 사람의 심사를 박박 긁는 비웃음이 담겼다.

[크크크크큭, 크하하하하! 기껏해야 칠 년인가? 칠 년! 나는 이미 이곳에 삼십 년이 넘게 갇혀 있는데, 네 녀석은 정말 운이 좋구나.]

진자운이 발끈했다.

"기껏해야 칠 년이라뇨! 나는 한창 자랄 나이인 열세 살, 아니, 대충 한해가 다 갔으니, 열네 살이라구요! 이런 망할 곳에 갇혀 육 년 삼 개월, 하고도 이틀 하고 반나절을 더 보낸다면 분명 몸에 이상이 생기고 말 거라구요! 몸에 곰팡이가 필지도 몰라요! 새파랗고 냄새 퀴퀴한 곰팡이가! 응? 그런데 방금 삼십 년 동안 갇혀 있었다고 했나요?"

[네 녀석의 표현대로라면 삼십 년 하고도 두 달이 조금 더 지난 것 같구나.]

"헤에!"

진자운은 자신도 모르게 놀란 목소리를 냈다. 그에겐 남은 육 년 남짓한 시간조차 끔찍했다. 자신이 살아 있는 동안 도저히 그날이 올 것 같지 않았기 때문이다. 그런데 삼십 년이 넘는 세월이라니!

'도관을 불지르고 조사님을 폭행이라도 한 건가?'

진자운은 면벽동을 출관하면 자신이 가장 먼저 하려 했던 일을 떠올리곤 눈살을 가볍게 찌푸렸다. 나름대로 무당파 역사상 최초로 기록될 일을 하려 했는데, 이미 선배가 있다면 재미가 덜하단 생각이 든 것이다.

그때 진자운의 걱정을 덜어주려는 듯 목소리에 퉁명스런 기색이 담겼다.

[너는 걱정할 필요가 없다, 나는 더러운 무당파의 제자가 아니니.]

"그럼?"

[너는 구주 이십오성에 대해 들어봤더냐?]

"구주 이십오성이요? 그 천하에서 가장 강하다는 고수들 말인가요?"

[흐흥, 너 같은 어린애가 알고 있다니, 아직 천하에 선배를 능가하는 후기지수가 출현하진 못했구나. 벌써 삼십 년이 지났는데도.]

목소리 속에 담긴 자부심을 간파한 진자운의 눈이 크게 반짝였다. 대충 눈치를 보아하니, 목소리의 주인이 그 구주 이십오성 중 한 명이 란 생각이 들었기 때문이다.

그러나 사실 진자운의 이런 생각은 아직 무림 경험이 전무하기에 할 수 있는 것이었다.

구주 이십오성(九州二十五星)이란, 정파와 마도의 천하제일인인 태 극검선 허공 진인과 마선 담천위를 이르는 정마쌍선(正魔雙仙)을 필두 로 삼패(三覇), 오정(五正), 오마(五魔), 십강(十强)이라 불리는 스물다섯 명의 초강자들을 말함이다.

그들은 하나같이 인간의 한계를 초월해야만 이룰 수 있다는 초절정 고수들이며, 대개 한 문파의 수장이나 그에 버금가는 지위에 올라 있었 다.

처음 무림 중에 이름을 날린 후 사십여 년이 흘러 이젠 정상에 위치 해 있던 정마쌍선이 죽고, 태반이 무림에서 모습을 감춘 상황이지만 누 구 하나 무시할 수 없는 실력자들이었다. 절대 삼십 년간 한곳에 갇혀 있을 수 없는 존재들이란 뜻이다.

해서 조금만 무림에 대한 식견이 있는 사람이라면 얼핏 그런 생각을 떠올렸다 해도 곧 고개를 저어 보였을 테지만, 진자운은 잔뜩 흥분된 표정으로 소리쳤다.

"선배님은 구주 이십오성 중 한 명이신가요?"

[선배님?]

진자운이 헤헤거리며 웃었다.

"비록 저 진자운이 어리긴 하지만 구주 이십오성에 이름을 올린 분들 중 천하의 영웅이 아닌 분이 없다는 건 알고 있어요. 그런 분들을 선배라 부르지 않는다면 제가 너무 버릇없는 게 아니겠어요?"

[천하의 영웅이라…….]

"그런데 선배님은 구주 이십오성 중 어떤 분이시죠? 정파의 영웅이신가요, 마도의 마웅이신가요? 어쩌면 녹림의 삼왕이실지도 모르겠네요! 선배님이 녹림의 삼왕이라면, 정말 근사할 텐데요. 녹림의 호걸들은 자기 마음 내키는 대로 천하를 횡행하고 산천을 벗 삼아 산다던가요? 만약 선배님께서 녹림의 호걸이시라면……."

[그만!]

이미 자신을 구주 이십오성으로 확정지어 버린 진자운의 끝없는 주절거림을 목소리가 제지했다. 그러나 그가 구주 이십오성임을 바로 부인하지 않았기에 진자운의 심증은 강한 확신으로 바뀌어 있었다.

목소리의 제지에도 불구하고 진자운이 더욱 신나 소리쳤다.

"선배님은 무당파의 더러운 도사들한테 잡혀온 건가요? 그렇다면 우리는 서로 공통의 적을 가졌다고 할 수 있겠네요! 함께 이곳을 깨부수고 나가서 무당파의 도관들을 불태우면 정말 근사할 텐데요!"

[감히!]

느닷없이 심부를 울린 목소리 속에 담긴 강한 힘이 진자운의 입을 다물게 만들었다. 그뿐 아니라 진자운은 심장이 뛰고 머리가 어지러워져 자신도 모르게 바닥에 주저앉았다. 만약 지난 구 개월간의 고련이 없었다면 진자운은 창자가 온통 꼬일 때까지 바닥에 구토를 했으리라.

물론 진자운이 그와 같은 사실을 알 리 없다. 다만, 순간적으로 위기의식을 느낀 진자운은 재빨리 가부좌를 틀고 앉아 태극구공을 운기했다. 그러자 거칠어졌던 숨결이 천천히 정상으로 돌아왔다.

진자운이 운기를 끝내기를 기다려 냉소가 섞인 목소리가 다시 울려퍼졌다.

[흥, 그동안 제법 열심히 태극구공을 연마했구나, 내 현음상인(眩陰傷人)에도 꿋꿋하게 버티는 걸 보면. 하지만 다시 한 번 네 녀석이 내 허락 없이 함부로 주둥이를 놀린다면, 그땐 끝없이 발광하다 벽에 머리를 박고 죽게 만들 테다.]

"…예."

풀이 죽은 척 목소리를 내리깐 진자운의 대답이 마음에 든 것이리라. 목소리의 주인이 곧 물어보지도 않았던 사실을 털어놨다.

[나는 네 녀석 말대로 구주 이십오성 중 한 명이다. 하지만 내가 지난 삼십여 년간 이곳을 떠나지 않은 건 남에게 강제당했기 때문이 아니다.]

"그럼?"

[나는 한 사람과의 약속 때문에 이곳을 떠나지 않고 있는 것이다.]

진자운의 얼굴에 다시 활기가 떠올랐다.

"그 한 사람이란 본 파의 검선 조사님을 말하시는 건가요?"

[흥, 알다가도 모를 녀석이구나. 너는 계속 무당파와 처죽일 도사 녀석들에 대해 욕을 하더니, 어째서 허공에겐 조사라 깍듯이 칭하는 것이냐?]

이번에도 목소리의 주인이 질문에 딱히 부인을 하지 않자 진자운이 어깨를 한차례 으쓱해 보이고 말했다.

"검선 조사님이야말로 제가 무당파에 들어오게 된 동기라구요. 그런데 어찌 깍듯이 존대하고 마음속으로 앙모하지 않을 수 있겠어요."

[그렇다면 허공을 제외한 다른 무당파의 도사들은?]

"그야말로 한 명 빠짐없이, 아니, 소도사 딱 한 명을 빼고는 좋은 인간들이 아무도 없죠. 제가 이곳에서 나갈 수만 있다면, 반드시 이자까지 쳐서 복수하고 말 거예요. 하지만 이런 꼴을 하고서야⋯⋯."

진자운은 말끝을 흐리고 가볍게 한숨을 토해냈다. 구 개월 만에 이야기 상대를 만나 시원스레 속마음을 털어놓는 데까진 좋았으나, 자신의 현재 모양새를 생각하니 가슴이 답답해졌다. 솔직히 이런 꼴로는 스무 살이 되어 폐관수련동을 출관한다 해도 마음속의 울화를 풀 자신이 없었다.

그때 목소리의 주인이 다시 비웃음을 터뜨렸다.

[크크크, 하긴 지금 네 녀석이 갇혀 있는 곳은 과거의 태극동이 아니니, 설혹 그곳에서 백 년을 보낸다 해도 무당파를 홀로 쓸어버릴 정도의 고수는 될 수 없을 테지. 네 녀석은 지금이라도 무당파와 처죽일 도사 녀석들에 대한 원한을 잊는 게 좋을 것이다.]

"백 년이나 이곳에 갇혀 있을 생각은 없어요!"

[그럼, 원한을 잊고 나머지 기간을 보내면 될 것이다.]

"그것도 싫어요!"

[그럼 어찌 하려느냐? 무당파의 지보인 태극심공을 익히고, 삼대장법인 면장, 진천철장, 회풍장을 연마하고, 사대권법인 태극권, 무극권, 칠성권, 배운신권을 아우른 후, 십단금을 이루고, 다시 육대검법인 태극검, 양의검, 태청검, 소청검, 유운검, 현천검의 극의를 깨달아 결국 허공과 같은 경지에 오르려느냐?]

"제게 무슨 말을 하시고 싶은 거죠?"

진자운이 잠시의 침묵 끝에 묻자 목소리의 주인이 언제 조소를 던졌냐는 듯 담담하게 답했다.

[천하제일인이라 불리던 허공조차 무당파의 모든 무공을 극성으로 연마하진 않은 것으로 안다. 물론 꽤 여러 가질 극한까지 익혔을뿐더러, 그 자신만의 깨달음으로 새로운 무학의 경지에 올랐지만, 남들이 그 뒤를 따라갈 필요는 없다고 본다. 그의 뒤를 좇는다는 건 영원히 앞지를 수 없다는 의미니까. 으음, 그러니 너는 태극동의 무공을 익힐 수 없게 된 걸 너무 서운해하지 말고 여태까지 해왔듯 자신이 알고 있는 무공에만 몰두하는 게 나을 것이다. 무당파 도사들에 대한 원한은 그냥 마음속에 묻어버리고.]

'쳇, 무공이라도 하나 전수해 주려는 줄 알았더니, 못된 도사들처럼 설교만 늘어놓네. 그런데 어째 뒤의 말은 나한테 하는 게 아닌 것 같은 걸?'

진자운의 생각대로였다. 목소리의 주인은 진자운과 대화를 나누던 중 지난 삼십여 년간 자신이 줄곧 쫓아왔던 게 허공 진인의 허상이었음을 깨달았다.

나이가 먹을수록 무공은 고강해졌고 수양 또한 깊어져 과거처럼 격한 성질이 많이 줄어들었으나 호승심만은 끝내 끊지 못했던 그로선 뜻밖의 기연이었다. 평생의 반추가 한순간에 이뤄진 것이다.

뜻밖에 얻은 기연에 놀란 목소리 주인이 잠시 침묵하자 진자운이 참지 못하고 냉큼 소리쳤다.

"그렇지만 제가 아는 무공이라곤 태극구공을 제외하곤 기본공인 장권 삼십육로와 자오원앙각 정도라구요! 그런 걸 죽어라 익혀본들 어찌 고수가 될 수 있겠어요!"

[그건…….]

불현듯 찾아든 깨달음에서 벗어난 목소리의 주인은 잠시 망설였다. 본래 그가 진자운에게 말을 건 것은 다분히 무료한 일상에서 탈피하고픈 여흥의 의미가 강했다.

인생의 황혼에 이른 그와 달리 젊고 파릇파릇하다 못해 발랑까진 진자운은 태극동에 처음 들어섰을 때부터 여태까지의 무당 제자들과는 달랐다.

정파인들로부터 사마외도 취급을 받았던 목소리 주인보다 더 욕을 잘할뿐더러, 사문인 무당파와 사조들에 대해 저주를 퍼붓기를 서슴지 않았다.

게다가 성질은 또 얼마나 대단한지! 욕을 해대다 못해 발광을 하더니, 제 분에 못 이겨 내가정종의 내공을 익힌 녀석 주제에 대뜸 주화입마에 빠지는 것이 아닌가.

그야말로 삼십 년간 단 한 명의 사마외도도 보지 못했던 목소리 주인으로선 가뭄 끝의 단비와 같이 반갑고 흥미가 동하는 존재가 아닐 수 없었다. 자신도 모르게 금기를 깨고 내공을 전수해 목숨을 구해줬을 정도로.

그러나 진자운에 대한 그의 관심은 거기까지였다. 그것으로 그만이었다. 아무리 욕 잘하고 사마외도 같다 해도 어디까지나 진자운은 무당파의 속가제자였다.

무당파라면 자다가도 이를 가는 목소리 주인으로선 더 이상 관여하고 싶지 않았다. 아니, 적어도 진자운에게 조소를 던지다 스스로를 반추하기 전까진 그러했다.

'하지만 저 욕쟁이 꼬맹이 덕분에 나는 오랜 미망에서 벗어날 수 있었다. 초절정의 경지에 오른 후 허공에 대한 호승심으로 인해 정체되어 있던 한계를 벗어나게 된 것이야. 그러니 결국 녀석에게 빚을 진 셈이 아닌가!'

무림에 속한 자들은 정사를 막론하고 무공에 관련된 은원을 가장 크게 여겼다. 특히 목소리 주인의 경우 허공 진인과의 약속을 지키기 위해 삼십 년을 보낸 사람이니, 설혹 상대방이 전혀 의도치 않은 상황 하에 벌어진 일이라 해도 마음의 빚을 느꼈다면 갚지 않을 도리가 없었다.

잠시의 침묵 끝에 염두를 굴린 목소리의 주인이 끊었던 말을 이었다.

[과거 구주 이십오성이 나타나기 전 천하무림에 한 명의 걸출한 영웅이 있었는데, 너는 혹시 아느냐?]

"구주 이십오성 이전의 영웅이라고요?"

[그렇다.]

일순 진자운의 얼굴에 가벼운 짜증이 떠올랐다. 어떡해서든 무공을 전수받기 위해 온갖 짓을 다했는데 자꾸 딴소리만 해대니 속이 꼬인 것이다. 해서 이때 진자운의 대꾸엔 조금 성의가 없었다.

"선배님은 제 나이가 몇 살이라고 생각하시는 거죠? 고작해야 열네 살밖에 되지 않은 제가 어찌 수십 년 전부터 명성을 날린 구주 이십오성 이전의 영웅을 알겠어요?"

[크크크, 그럴 줄 알았다.]

'제길, 그럴 줄 알았으면 뭐 때문에 물어본 거야!'

입을 쑥 내민 채 진자운이 말했다.

"그 영웅이란 분이 구주 이십오성에 속한 분들보다 대단한가 보죠?"

[삼백 년 내 당금 무림처럼 강한 고수가 많이 출현한 시기는 없었다. 당연히 구주 이십오성을 능가하는 고수도 없었고.]

"그럼 뭣 때문에⋯⋯."

[다만, 그 선배에겐 구주 이십오성으로서도 따를 수 없는 한 가지 대단한 점이 있었다.]

"그게 뭐죠?"

[그 선배가 권신(拳神)이란 존엄한 외호로 천하를 진동시키기 전, 너와 같은 꼴을 한 채 십 년간 감옥에 갇혀 있었다는 것이다.]

진자운이 놀라 펄쩍 뛰었다.

"십 년간이나 감옥에 갇혀 있었단 말예요! 저처럼 몸이 족쇄로 묶인 채?"

[그렇다. 그 선배는 감옥에 갇히기 전 그저 평범한 무림의 이, 삼류 권사에 불과했다. 하지만 십 년이 지나 무림에 다시 출도했을 땐 천하를 한주먹으로 경동시키는 일대고수가 되어 있었다. 너는 그 까닭을 알겠느냐?]

진자운이 흥분해 소리쳤다.

"감옥에서 기연을 만났군요!"

[그건 아니다.]

"그럼 어떻게 무림의 이, 삼류 고수가 온몸에 쇠사슬과 족쇄를 차고서 십 년 만에 일대고수가 될 수 있지요?"

잠시 뜸을 들인 연후 목소리 주인이 말했다.

[반보붕권이 천하를 위진한다! 권신 선배는 감옥에 갇힌 십 년 동안 굳은 의지로 수련을 포기하지 않았다. 그의 다리는 족쇄가 채워져 고

작 반보밖엔 움직일 수 없었고, 양손 역시 길게 뻗을 수 없었다. 그래서 그가 수련할 수 있는 권법은 고작 몇 동작밖엔 되지 않았고, 십 년 후 완성된 반보붕권으로 천하 뭇 고수들을 제압한 것이다.]

"그럼… 저러러 그 권신이란 분처럼 반보붕권을 연마하란 건가요?"

[그건 네가 선택할 문제이다.]

"에이, 그렇게 차갑게 굴지 마시고……."

[네 녀석에게 해줄 얘기는 이것으로 끝이다. 그리고 아마도 앞으로 다신 오늘과 같은 일이 없겠지.]

"그러니까 선배님! 그런 믿을 수 없는 얘기 말고 좀 더 현실성있는 조언을……."

잔뜩 혼자 소리치던 진자운이 갑자기 입을 닫았다. 여태까지 그의 심부에 틀어박혀 있던 묘한 기운이 사라졌음을 깨달은 것이다. 그리고 자신의 심부에서 목소리가 더 이상 들려오지 않는다는 것 역시.

"선배님? 선배님! 이봐요! 정말 간 거예요? 날 이렇게 내동댕이치고서! 아아아아아!"

진자운은 입을 벌린 채 한동안 소리를 질러댔다. 목소리의 주인이 굳이 전대의 일화를 말한 까닭을 도저히 마음으로부터 납득할 수 없었기 때문이다.

그러나 더 이상 목소리는 들려오지 않았다. 진짜 진자운은 다시 지난 구 개월간과 같은 침묵과 고독 속에 홀로 남겨진 것이다.

"씨발! 씨발! 씨발!"

마지막으로 목청이 터져라 욕을 터뜨린 진자운이 입을 닫았다. 하늘의 보우하심으로 기연을 얻나 싶었더니 또다시 물 건너간 상황.

털썩!

다시 입공을 연마하는 것도 마뜩치 않아 바닥에 주저앉은 진자운의 뇌리로 문득 환청처럼 권신의 일화가 스쳐 갔다.

'반보붕권이 천하를 위진한다… 라? 그게 정말일까? 정말 가능한 일일까?'

진자운은 머리를 벅벅 긁었다. 그렇게 몸으로 때우는 일은 정말 하기 싫었지만, 선택의 여지가 없었다. 다른 좋은 방법은커녕 중간쯤 가는 방법도 생각나지 않았다.

"구주 이십오성쯤 되는 사람이 나 같은 어린애한테 거짓말을 하진 않았겠지? 거짓말이기만 해봐라!"

혹시라도 목소리 주인이 엿듣고 있을 것을 겁내 진자운은 과거 무당파와 사조들에게 했던 것과 같은 욕설과 저주는 생략했다. 아무리 화가 나더라도 구주 이십오성을 화나게 할 필요는 없었다. 속으로 얼마든지 욕할 수 있으니까.

철그렁!

다시 자리에서 일어선 진자운이 천천히 자세를 잡았다.

무림에 가장 널리 퍼진 붕권의 자세. 그것도 크게 안정적인 반면 움직임이 작은 반보가 앞으로 나선 모양새였다.

반보붕권!

과연 다시 천하를 위진할 수 있을 것인가?

"제기랄, 나도 모르겠다!"

태극구공 중 보행공을 운기하며 진자운이 주먹을 앞으로 내질르기 시작했다. 걸디건 입과 달리 한 동작 한 동작에 힘이 실린 꽤나 좋은 붕권을.

　　　　　*　　　　　*　　　　　*

　　다시 오 년여의 시간이 훌쩍 지나갔다.

　　그 기간 동안 진자운은 태극구공의 아홉 운기법을 모조리 완성했
고―수심공을 익힐 때는 하루 종일 샘 속에 머리를 처박아야만 했다―쉼없이
장권 삼십육로를 연마했다.

　　처음 아홉 달간은 하루 종일 붕권만을 연마했으나, 다시 들려온 목
소리 주인의 간섭으로 수련은 장권 삼십육로 전체로 확대됐다. 족쇄의
영향으로 움직임이 큰 초식은 펼칠 수 없었으나 동작을 축소시키는 걸
로 대신했다.

　　오직 무학에 대한 강렬한 열정만을 벗 삼은 고독한 수련!

　　그러는 동안 진자운의 몸은 부쩍부쩍 자랐고 몸은 금강석같이 단단
해졌다. 태극구공 자체가 체내의 선천지기를 가장 순수하게 단련시키
는 데다, 워낙 충실하게 수련했기에 내부의 장기뿐 아니라 겉가죽까지
공효가 미친 것이다.

　　그러나 진자운의 가장 큰 변화는 눈빛이었다. 어렸을 때만 해도 총
명함보다는 교활함이 넘치던 눈빛은 오랜 수련으로 깊게 가라앉아 어
느새 담담하게 변해 있었다. 종종 염장을 지르긴 하나 제법 괜찮은 무
학 스승인 목소리 주인의 가르침을 충실히 따른 덕분이다.

　　때문이었을까? 진자운은 일 년 전부터 면벽수련동의 천장과 내부에
잔뜩 남겨진 무당 무공의 흔적을 살피는 데 많은 시간을 할애하기 시
작했다.

　　여전히 그의 눈에 보이는 무당 무공의 흔적 중 상당수는 크게 훼손
되어 그저 낙서에 불과할 뿐이었지만. 만약 이전에 이곳을 찾은 무당

제자들처럼 진자운이 무당 무공에 깊은 조예를 쌓고 있었다면 두 번 다시 쳐다보지 않았으리라.

하지만 진자운은 본래 무학의 조예가 일천할뿐더러 무당 무공에 대해서도 크게 아는 바가 없었다. 어쩔 수 없이 기본 무공에만 매달리던 중 목소리 주인이 중간중간 일깨워 준 무학의 요결로 인해 눈이 크게 개안되자 갑자기 모든 것이 새롭게 느껴졌다.

진자운이 훼손된 무당의 절기들을 살피던 중 묘한 흐름을 느끼게 된 건 바로 그 즈음이었다.

'하나하나를 보면 천장과 벽 이곳저곳에 적혀 있는 무당 무공들 중 익힐 수 있는 건 아무것도 없다. 요결의 중요한 부분을 알아볼 수 없거나 초식의 흐름이 완전히 끊겼기 때문이다. 하지만 그렇게 훼손된 부분들을 빼고 전체를 하나로 놓고 보면 어떠할까?'

실마리를 잡은 뒤 꼬박 사흘이 흘렀다. 뚫어져라 천장을 응시하던 진자운의 머리 속에서 너무 오랫동안 봐서 이젠 아예 화인처럼 새겨진 면벽수련동 전체의 무공 초식들이 빠르게 돌아갔다. 마치 주마등처럼.

그와 함께 떠오른 새롭고 놀라운 광경!

여태까지처럼 단락단락 끊어진 무공 초식이 아니었다. 발견한 진자운조차 놀랄 정도로 정교하고 완벽한 무공 초식이 마치 짙은 운무 속에서 머리를 드러낸 신룡처럼 꿈틀거렸다. 진자운의 뇌리 속으로 마구 파고들었다. 마치 살아 있는 생물이라도 된 것처럼. 그리고 뒤이어 나타난 한 줄의 글귀.

'무당지보(武當之寶) 태극심공! 만마앙복(萬魔仰伏) 단천뢰심강(斷天雷沁罡)! 허공의 심득을 취한 자. 무당의 제자가 될지니, 결코 삿되이 사용치 말지어다!'

진자운의 얼굴이 가볍게 떨렸다.

얼굴에서 시작된 떨림은 곧 몸 전체로 전파됐다.

어렵사리 발견한 절기와 허공이란 이름이 준 환희였다.

그러나 잠시 후 진자운의 얼굴은 놀랍게도 평정을 되찾고 있었다. 오랜 동안의 수련 끝에 이룬 성취 중 하나. 바로 자신의 내심을 숨기는 법, 그리고 어떠한 때도 주변의 경계를 게을리하지 않는 신중함이 발동한 것이다.

'오늘 발견한 태극심공과 단천뢰심강은 어느 누구에게도 빼앗길 수 없다. 이건 어디까지나 나 진자운의 부단한 노력으로 찾아낸 것이니까. 암, 그렇구말구! 그러니 주의해야 한다. 절대 무당파를 증오하는 선배가 알게 해선 안 된다.'

단단히 내심을 굳힌 진자운이 재빨리 무공 구결과 초식을 외운 뒤 시선을 천장에서 거뒀다. 마치 여태까지처럼 아무런 일도 없었다는 듯.

그리고 평소처럼 면벽수련동 내부에 울려 퍼지기 시작한 철그럭거림. 진자운은 묵묵히 반보붕권과 장권 삼십육로를 수련하기 시작했다.

히죽!

입가에 어쩔 수 없이 떠오른 작은 미소와 함께.

◆ 第六章 ◆

불타는 자소궁(紫宵宮)

불타는 자소궁(紫宵宮)

무당산의 칠십이 봉 중 주봉은 자소봉이다.

그래서 사람들은 자소봉이 무당산 자락 중 가장 높은 줄 아나 사실은 그렇지 않다. 높이로만 따지자면 현묘한 기운이 넘실대는 자소봉보다 높은 봉우리가 제법 된다.

운무 자욱한 기암절벽 위.

새벽이 밝기 직전부터 무당산 자락에 삼삼오오 모여든 한 무리의 복면인들이 있었다. 그들의 숫자는 대략 삼십여 명. 자소봉 중턱에 위치한 자소궁을 바라보고 있는 백의인 뒤쪽으로 일제히 부복해 있으나 개개인이 풍기는 기도가 심상치 않다.

고수의 냄새!

복면인들이 자연스레 뿜어내고 있는 기도는 놀랍게도 하나같이 일류고수의 수준이었다. 그것도 최소한 웬만한 보통 무림 문파라면 열

명을 채 확보하지 못했을 정도였다.

그러니 그들을 거느린 백의인의 본색이 궁금하다.

티 한 점 없이 깨끗한 백색 무복에 백색 단화.

허리춤에 걸린 건 만월처럼 휘어진 월형만도(月形彎刀).

도저히 내심을 읽을 수 없을 정도로 무표정한 인상. 아니, 백의인의
인상이 무표정해 보이는 건 대충 얼굴을 가린 백색 면구 때문이다.

해서 백의인의 얼굴 중 유일하게 드러난 부위.

무심하게 가라앉아 있으나 현빙같이 투명한 눈에는 미약한 살기가
감돌고 있었다. 너무나 투명해 아름답기까지한 눈빛과 대조적인 기운.

일순 침묵 속에 잠겨 있던 눈이 한차례 깜빡였다. 백의인의 보는 이
의 가슴을 섬짓하게 만드는 살기가 잠시 흐트러진 것이다. 그리고 조
그맣게 흘러나온 목소리.

"무당파에는 고수가 구름처럼 많다고 했던가?"

복면인들 중 가장 앞에 부복해 있던 자가 기다렸다는 듯 목소리를
높였다.

"정파제일인 태극검선 허공 진인의 사후, 사제이자 무당의 이인자인
허무 진인이 모습을 감췄습니다. 구주 이십오성 중 최상위에 속한 두
명이 없으니, 현재의 무당파는 이빨 빠진 호랑이나 다름없는 줄 압니
다."

"그러나 오정의 한 명인 북검신도가 현 장문인으로 남아 있다고 하
던데?"

백의인의 반문에 앞서 나선 복면인이 대답했다.

"현재 무당파 최강의 고수인 북검신도 운룡 진인과 육대장로는 허공
진인이 남긴 태극무경(太極武經)이란 무서에 빠져 문파 내의 일에 거의

신경을 쓰지 않게 된 지 오래라고 합니다."

"태극무경? 그게 정말 허공이란 말코가 남긴 무서가 맞기는 한 건가?"

백의인의 눈에 흥미의 기색이 담기자 복면인은 움찔 놀라며 조심해야겠다고 속으로 중얼거렸다.

그가 아는 백의인은 마음과 무공 모든 면에서 굉장히 강한 반면, 극도로 무심한 성격이었다. 평소엔 옆에서 사람이 죽어나가도 눈짓 한 번 주지 않을 정도였다.

그런데 그가 태극무경이란 말에 흥미를 보였다. 이건 정말 대단한 일이었고, 자칫 이곳에 모인 서른다섯 명 모두가 목숨을 내놓는 것도 각오해야 한다는 의미였다.

'제길, 설마 무당 장문인과 육대장로를 죽이고, 태극무경이라도 가져오라고 하는 건 아닐 테지.'

내심 꿀꺽 마른침을 삼킨 복면인이 불안한 속마음을 숨긴 채 여상스런 태도로 대답했다.

"본래 속하가 초절정의 경지에 대해선 잘 모르지만 절정의 경지를 대충 짐작하는 바, 무서 따위로 선인의 심득을 취한다는 건 거의 불가능한 일이라 생각됩니다."

"그건 어째서지?"

"보통 강호의 무인들은 어려서 외공을 익힌 뒤 내공을 연마합니다. 반대의 과정을 거치거나 아예 내공 자체를 연마하지 않는 부류도 있으나 보통 그런 자들은 죽을 때까지 무공 수련을 해봤자 일류의 수준에도 미치기가 힘듭니다. 내공의 수련이 원만한 경지에 오르는 것이 바로 일류고수가 되는 첩경이기 때문입니다."

"내가 다 알고 있는 소리군."

서론 따위 빼고 본론과 요점만 간추려 말하라는 뜻이었다. 익히 백의인의 성품을 알고 있는 복면인의 설명이 빨라졌다.

"그래서, 내공의 경지가 체내의 진기를 원활하게 대주천시킬 수 있고, 외공의 수련 정도와 조금의 부족함도 없이 어울리게 되어 일류고수에 오르면 그때부터는 육체적인 수련 대신 정신적인 수련에 들어갑니다. 절정고수란 초식 그 자체에서 벗어나게 되는 경지를 말함이니, 더이상 외공의 수련이 필요없게 되는 겁니다. 그러니……."

"이미 절정의 경지에 오른 자들이 초절정의 경지로 접어드는 건 더욱 높은 정신적인 깨달음이 있어야만 한다는 거로군. 무슨 천하제일고수가 남긴 무서 따위와 관계없이. 내 말이 맞는가?"

복면인이 얼른 고개를 끄덕였다. 아직 절정고수의 반열에 오르지 못한 그로선 그저 대충 그러리라 짐작만 하고 있던 생각인데, 백의인이 말하자 정말 그럴듯하게 들렸다.

'그리고 보면, 나도 이젠 꽤…….'

그때 백의인의 눈빛이 차갑게 가라앉았다.

"확실히 절정에 오른 고수들은 특별한 깨달음이 있어야만 초절정의 경지에 오를 수 있는 게 맞다. 그래서 무림의 고수일수록 겉으로 보기엔 게을러 보이나 기실 그들은 범인들이 알지 못하는 높은 정신 세계 속에서 무공을 익힌다고 할 수 있다. 물론, 그냥 천성 자체가 게으른 자들도 없진 않지만 말이다. 하지만 그렇게만 생각하기엔 이상한 일이 있다. 무림의 고수일수록 무학기서에 목숨을 건다는 거다. 거기에 대해선 어떻게 생각하지?"

"그, 그건……."

"사실 무학기서란 일반 강호의 이, 삼류들에겐 전혀 필요없는 무용지물이나 다름없다. 그들 정도의 수준으론 아무리 초절정의 무공이 자세하게 설명된 무공서라 할지라도 그 진수를 얻는 데 한계가 있기 때문이다. 하지만 수준이 일류, 혹은 그 이상의 경지에 오른 고수라면 사정이 달라진다. 그들은 이미 깊숙이 절학을 체득한 상태이기에 단 한 줄의 어귀로도 커다란 깨달음과 진보를 얻을 수 있다. 단 한 줄의 어귀를 몰라 죽을 때까지 스스로의 한계를 벗어나지 못하기도 하고."

꿀꺽!

마른침을 삼킨 건 백의인 앞의 복면인이 아니었다. 그의 뒤에 부복한 채 두 사람 간의 대화에 솔깃해 귀 기울이고 있던 자들 중 한 명이었다.

'쓰으! 어떤 빌어먹을 자식이, 어른들의 고담준론(高談峻論)에 감히!'

복면인은 백의인의 눈을 피해 슬며시 뒤로 눈알을 부라려 보였다. 뒤에 집결해 있는 서른네 명의 복면인들은 모두 그의 직속 부하들이니, 단숨에 침을 삼킨 녀석과 나머지들의 고개가 땅으로 향했다. 이미 그들은 이번 작전이 끝난 후 상관인 복면인에게 반쯤 죽을 정도로 구를 것을 각오하고 있었다.

그럼에도 성이 안 찼으리라!

확인이라도 하듯 부하들에게 한차례 더 눈알을 부라려 보인 복면인이 재빨리 백의인과 시선을 맞추고 고개를 주억거렸다.

"과연 옳으신 말씀이십니다! 오늘 속하는 무학을 보는 눈이 크게 개안한 것 같습니다! 일깨워 주심에 감사합니다!"

"방금 전, 자네는 절정고수들에게 무학기서 따윈 필요없다고 열변을 토했던 것 같은데?"

"모두 속하의 보는 눈이 없었기 때문입니다! 대주께서는 부디 아량을 베푸시어……."

"대주? 지금 날 대주라고 부른 것인가? 내가 분명히 그렇게 호칭하지 말라고 했을 터인데!"

'엇!'

복면인은 바로 자신의 실수를 눈치챘다. 그가 상관으로 모시고 있는 이는 모든 일에 무심한 반면 자존심이 무척 센 사람이었다. 그것도 아주 많이 셌다.

마교(魔敎)!

교도들 스스로는 천마신교(天魔神敎)라 자칭하며, 천하무림으로부터 외경과 공포로 불리는 천하 최강의 무력 집단―정파의 소림사나 무당파는 이에 대해 침묵으로 일관하고 있지만―이 바로 복면인들이 속한 곳이었다.

그리고 백의인은 본래대로라면 천마신교 내에서도 최강이라 불리는 천마무적대(天魔無敵隊)의 대주가 되어 마교 오 개 부대 전체의 총대주로 위세를 부리고 있어야만 했다.

백의인 스스로 자신했고, 모든 원로들, 이를테면 마교오천좌라 불리는 오마(五魔) 중 교에 남은 세 명과 장로의 직위를 맡은 십대마군(十大魔君)이 공인한 사실이었다. 그만큼 백의인에 대한 교 내의 신망과 기대는 다른 여타의 제자들로선 비교조차 되지 않는 두터움이 있었다.

하나 마교의 혈기린(血麒麟), 혹은 피에 젖은 마성(魔星)이라 불리던 백의인, 혈천마월도(血天魔月刀) 사마진궁의 위치는 요 근래 삼 년간 급변했다. 마교에 새로운 신성(新星)이 등장했기 때문이다.

마군자(魔君子) 상유하.

중원마도의 전통적인 명문인 사마세가의 후광을 업고 마교에 들어선 사마진궁과는 비교조차 되지 않는 태생, 바로 일반 교도를 뽑는 시험을 통과한 자였다.

해서 그의 첫 직책은 일반 교도이며, 마교 본산의 수없이 많은 뒷문들 중 하나를 지키는 문지기였다. 죽었다 깨어나도 마교의 상층부로는 뛰어오를 수 없는 자리.

그러나 무슨 사술을 부렸는가!

상유하는 단 일 년 만에 마교 무투 조직의 정화이자, 뭇 마도 후기지수들의 꿈인 오대부대의 무사가 됐고, 다시 이 년이 흘러 최정상에 도달했다. 그때까지의 최정상인 사마진궁을 철저하게 짓밟고서.

덕분에 고달파진 건 본래 오 개 부대 중 최약체인 잔살묵검대(殘殺墨劍隊)의 대주로 내정되어 있던 복면인, 귀신수(鬼神手) 장진구였다. 상유하에게 밀려 사마진궁이 서열 이위인 천살혈영대(天殺血影隊)의 대주로 좌천되자 그 뒤로 주르륵 서열이 밀렸다. 다른 대주들보다 수준이 좀 떨어지지만 어쨌든 대주급이 될 뻔했던 장진구까지.

그래서 장진구는 현재 서열 이위 천살혈영대의 부대주였다.

대주로만 임명됐으면 적어도 일류의 마공비서 몇 권쯤은 떨어졌을 테고, 몇 년째 절정의 언저리만 맴돌고 있는 무공 역시 가일층 발전했을 터이다. 이미 일류고수로는 실력이 차고 넘치는 그이기에 당연한 수순이었다.

하지만 그는 한마디로 말해 재수가 없었다. 그것도 연달아 없었다. 대주가 되기 바로 직전에 진급이 누락된 것이 첫 번째고, 둘째로 서열 일위의 천마무적대에 들어가지 못한 게 두 번째며, 마지막으로 드높은 자존심에 상처를 입은 사마진궁의 천살혈영대의 부대주가 된 게 세 번째였다.

그런데 거기에 한 가지 덧붙여 천살혈영대의 부대주가 된 후 처음으로 나선 작전의 바로 코앞에서 실언을 하다니!

점차 무심하던 눈에서 진득한 살기를 뿜기 시작한 사마진궁과 시선 마주치길 거부하며 장진구는 연신 속으로 '빌어먹을!'을 외쳤다.

어떻게든 난관을 타개해야만 했다.

그렇지 못하면 마교에서도 손속이 사납고 독하기로 소문난 사마진궁의 손에 살아남지 못할지도 몰랐다. 그는 그만큼 자신이 총대주가 아니라 일개 대주로 불리는 걸 싫어했다. 오른팔이라 할 수 있는 부대주 장진구에게조차 평소 사마 공자라 부르게 할 만큼.

'이렇게 된 거 미친 척하고 그냥 덮쳐 버릴까?'

마도, 그것도 마교에서라면 특별히 문제될 게 없는 내심이었다. 마교가 과거 마정대전의 패배를 극복하고 당금에 다시 욱일승천의 기세를 탄 건 어디까지나 강자존의 철혈율을 철저히 지켰기 때문이다. 승산만 있다면 당장 하극상을 벌인다 해도 굳이 문제될 게 없었다.

단, 장진구의 눈앞에서 차가운 살기를 뿜어내고 있는 사마진궁은 이미 초절정에 근접했다 알려진 절정고수였다. 이제 일류고수를 어슬렁거리며 벗어나려 하는 장진구와의 차이는 족히 하늘과 땅 정도였다. 정면으로 붙어선 절대 이길 승산이 없었다.

그러니 장진구로선 암습밖엔 방도가 없었다.

암습.

정말 좋은 말이다. 특히 상대가 자신보다 월등히 뛰어난 무공의 소유자라면 사흘 굶은 끝에 진수성찬을 눈앞에 둔 것만큼 구미가 동할 만했다.

무림 중에 벌어진 수없이 많은 싸움과 비무 중 무공이 월등하고도 하수의 상대에게 패한 사례는 꽤나 많았다. 분명 심각하게 고려해 볼 만한 방법이었다.

팍!

장진구는 뒤에 눈을 벌겋게 뜨고 있는 부하들 따윈 완전히 무시하고 재빨리 머리를 땅에 박았다. 그리고 목청을 높여 소리쳤다.

"태극무경 같은 절세의 무서를 무당파의 덜떨어진 말코도사 녀석들이 가지고 있다는 건 말도 안 됩니다!"

사마진궁의 눈에 어려 있던 살기가 다소 누그러졌다.

"자네도 그리 생각하는가?"

여전히 장진구가 머리를 땅에서 떼지 않고 소리쳤다.

"물론입니다! 해서 이번에 속하는 양동 작전을 펼치기를 사마 공자님께 건의하는 바입니다!"

"양동 작전?"

"사마 공자님께서 광마(狂魔) 천좌님을 구하시는 동안, 속하는 자소봉에 침투해 태극무경을 빼내겠습니다!"

"흠, 무당파는 만만한 곳이 아닌데, 자신있는가?"

"목숨을 바쳐 임무를 완수하겠습니다!"

사마진궁의 눈에서 거의 살기가 사라졌다. 평소의 모습으로 회귀한 것이다.

'일단 목숨은 건졌다!'

힐끔 사마진궁을 훔쳐보고, 내심 크게 안도의 한숨을 내쉬던 장진구의 어깨가 움찔 떨었다. 어느새 사마진궁의 서늘한 손이 그의 어깨를 토닥이고 있었다.

"장 부대주, 자네의 충성심은 충분히 알겠다. 하지만 무당파는 그리 만만한 상대가 아니야."

"그, 그럼 양동 작전은 없……."

"그러니 자소봉을 습격하는 건 내가 맡도록 하지. 자네는 부하 몇 데리고 가서 광마 천좌님이 있는 곳이나 파악하도록 하게."

'이 자식, 날 믿지 못하는구나!'

장진구는 배알이 뒤틀리는 걸 억지로 참고 입가에 감격스런 미소를 만들어냈다.

"사마 공자님의 배려에 감사드립니다. 그런데 부하는 몇 명이나 데려갈까요?"

"뭐, 한 세 명이면 되지 않겠나?"

"옛?"

"왜, 너무 많은가?"

장진구는 입꼬리를 떨며 고개를 가로저었다. 구주 이십오성 중 한 명인 광마 종리신광을 구출해 내는데, 고작 부하 세 명밖엔 데려가지 못한다는 현실에 내심 한숨지으며.

*   *   *

진자운이 폐관수련동에 갇힌 지 육 년 하고도 십 개월이 지났다. 그동안 몸집이 커지는 것과 함께 무공 역시 일취월장했으나 한 가지 문제가 대두됐다.

족쇄!

어렸을 때부터 뼈가 굵고 몸집이 보통의 또래들보다 컸다지만, 단단히 채워진 족쇄는 성장과 함께 진자운의 생명을 위협했다. 손목과 발목, 목 주위가 굵어지는 것과 동시에 족쇄가 살 속으로 파고들어 왔기 때문이다.

진자운은 이 같은 어려움을 수련으로 극복했다. 그가 꾸준히 연성한 무당파 내공의 근간은 부드러움으로 강함을 제압하는 것이었다. 내공의 수련이 깊어지자 천축 유가술에 비견될 정도는 아니나 온몸의 관절과 근육을 나름대로 조절할 수 있게 됐다.

역시 무공 수련만이 살길이었다.

해서 진자운은 열여덟이 넘으면서부터, 마음이 내킬 시 족쇄를 풀어버릴 수 있었다. 더 이상 반보붕권에 연연할 필요가 없어진 것이다.

하지만 열아홉 살을 한참 넘긴 진자운은 여전히 온몸에 족쇄를 두른 채 수련에 전념하고 있었다.

그동안 족쇄들과 정이라도 든 것일까?

물론 그렇진 않았다. 지금 당장에라도 진자운은 족쇄들과 영원한 작별을 고하고 싶었다. 그렇게만 된다면 속이 다 후련할 것 같았다. 이미 족쇄가 주는 영향으로부터 자유로워졌다곤 하나 손발과 목젖을 강하게 압박해 오는 더러운 느낌은 전혀 나아지지 않았다. 죽을 때까지 익숙해질 만한 성질의 것이 아닌 것이다.

그럼에도 진자운이 족쇄를 친근히 대하는 까닭은 다름 아닌 생면부지의 사부처럼 굴고 있는 목소리 주인, 광마 종리신광 때문이었다.

처음만 해도 구 개월, 칠 개월, 오 개월에 한차례씩 진자운의 마음속을 자기 마음대로 휘젓고 들어오던 그는 요즈음 들어선 부쩍 방문이 잦아졌다.

대충 눈치를 살피니, 오랫동안 수련했던 신공이라도 성공한 듯한데, 덕분에 죽을 맛이 된 건 진자운이었다. 자신이 마교의 오천좌 중 한 명인 광마란 사실을 밝힌 이후 더욱 기세가 등등해진 종리신광이 이것저것 수련을 하라고 시켜놓고, 자기 맘에 안 들면 전음 속에 음파를 섞어 마구 괴롭혀 댔기 때문이다.

'빌어먹을 늙은이!'

내심 욕설을 토한 것과 달리 진자운 역시 종리신광의 심중을 아주 이해하지 못할 바는 아니다. 어찌 생각하면 뼛속 깊이 그의 심정이 이해가 갔다.

칠 년이 조금 안 되는 세월, 진자운이 느낀 외로움도 보통이 아닌데, 삼십 년이 넘은 외로움 중에 만난 단 한 명의 지기—물론 진자운 혼자만의 주장이다—에게 관심이 가지 않을 도리가 없는 게 당연하다.

이해가 갔다. 납득도 갔고.

하지만 이해가 간다고 해서 공감대가 형성되고 납득이 된다고 해서 종리신광의 뻔뻔스런 참견을 고개 끄덕이며 참아주기만 할 순 없었다.

대충 종리신광이 주장하는 바를 참고로 유추해 보면, 그는 허공 진인과의 약속을 지키기 위해 스스로 무당파의 금제를 받고 있을 뿐이었다. 지금이라도 마음만 내키면 언제라도 무당파를 박차고 떠날 수 있는 사람, 초절정고수이자 구주 이십오성 중 한 명인 광마인 것이다.

그러니 종리신광과 진자운은 처한 상황이나 위치가 비슷해 보이나 실제론 완전 딴판이었다. 아예 비교조차 될 수 없다고 보는 게 옳았다. 무진장 강한 고수의 협박에 못 이겨 진자운으로선 연신 고개를 끄덕일 수밖에 없지만.

'쳇, 그래도 그 미치광이 늙은이 덕분에 태극심공과 단천뢰심강 수련의 실마리를 풀 수 있었다. 그 점만은 고맙다고 해야 하려나?

진자운은 곧 고개를 좌우로 흔들었다.

그에 따라 목을 쥔 나무 판때기가 크게 움직임을 보였다.

종리신광에게 당한 수없이 많은 불면의 밤과 고통을 떠올리고 곧 불신에 가득해진 진자운의 내심을 대변하듯.

그때 평소와 다른 소음이 진자운에게서 일어난 걸 귀신같이 눈치챈 종리신광의 전음이 들려왔다.

[갑자기 목은 어째서 흔든 것이냐?]

잔뜩 염두를 굴리면서도 자신이 독창적으로 창안해 낸 반보무적십팔식(半步無敵十八式)의 연환식을 멈추지 않고 있던 진자운이 귀찮다는 듯 중얼거렸다.

"그냥 파리가 날아들었을 뿐입니다."

[파리?]

"선배님이 계신 곳은 어떤지 몰라도 이곳에는 통풍구가 꽤 잘 뚫려 있어서 가끔 날벌레들이 날아들곤 하거든요."

그러나 진자운의 능청스런 말에 종리신광은 넘어가지 않았다.

[흥, 고작 파리 때문에 네 반보필적십팔식(半步必敵十八式)에 틈이 보였단 말이더냐! 세 개의 연환식 중 첫 번째와 두 번째는 거의 완성 단계인 걸로 안다만?]

"아, 거참! 반보무적이라니까요! 왜 자꾸 남이 죽도록 고생해서 만든 무공 이름을 바꾸는 겁니까?"

[무적이란 말은 함부로 붙이는 것이 아니다. 자칫 살신지화(殺身之禍)를 부를 수 있으니.]

"살신지화를 부르든 말든 그건 제 소관입니다. 어째 연세가 들수록 간섭이 심해지십니까?"

[이 고얀 녀석! 감히 내게 반항하는 것이냐!]

"반항이 아니라 자꾸만 무공 이름을 바꾸니까 그러는 거 아닙니까!"

평소와 달리 진자운이 강하게 반발하고 나서자 종리신광이 대뜸 현음상인을 발해 꾸짖음을 주려다 멈칫했다. 과거와 달리 요 근래 진자운이 별로 현음상인을 겁내지 않게 됐다는 걸 깨달은 것이다.

'내 현음상인은 천하 삼대음공 중 하나로 불리는 살공이다. 전력을 다할 경우 웬만한 절정고수라 해도 쉽게 생각할 수 없는. 그런데 저 어린 녀석은 대수롭지 않게 받아넘기고 있다. 물론 전력의 삼분지 일 정도에 불과하나, 저 나이 또래로 볼 땐 가히 쉽지 않은 일이다.'

여태까지 진자운의 무위를 대충 일류고수 언저리로 보고 있던 종리신광은 자신의 생각을 수정할 필요를 느꼈다. 일류고수 정도의 무위로 현음상인을 쉽사리 받아낸다는 건 믿을 수 없는 일이었기 때문이다.

그때 진자운이 반보무적십팔식 중 가장 먼저 완성한 첫 번째 연환식의 투로를 정확히 천 번째 끝내고 종리신광에게 외쳤다.

"이제 곧 칠 년이 끝납니다! 그러면 선배님은 다시 처절한 고독과 외로운 밤을 홀로 보내야 할 터인데, 바늘은 준비해 놓으셨습니까?"

[바늘?]

"그 왜, 과부들이 종종 허벅지에 찔러대는……."

[갈!]

"에구, 귀청이야!"

진자운이 놀란 듯 몸을 움찔거리면서도 입가에 히죽거리는 미소를 담았다. 말로나마 종리신광을 화나게 만들자 수련 중 마음속에 쌓였던 울분이 조금 해소되는 기분이었다.

종리신광이 그런 진자운의 내심을 눈치채지 못할 리 없다.

당장 현음상인을 극성으로 일으켜 피를 토하게 만들려던 그는 갑자기 무슨 생각이 들었는지 목소리를 누그러뜨렸다.

[그래, 이제 네 녀석과도 곧 작별이겠구나. 그동안 미운 정이나마 든 것이 있으니 끝은 좋게 맺는 게 좋겠지.]

'어라?'

진자운은 종리신광의 목소리에 담긴 묘한 기색을 재빨리 간파했다. 뭔가 자신의 예상과 다른 일이 벌어진 게 분명한 낌새.

진자운이 눈을 부라리며 외쳤다.

"혹시 이젠 무당산을 내려가기로 마음먹은 겁니까?"

[허허, 녀석, 눈치 하고는…….]

"무당파의 도관들을 몽땅 불태울 겁니까? 내 몫은 조금 남겨둬야 하는데……."

[내가 어째서 무당파 도관들을 불태우겠느냐! 도사 녀석들 몇 놈을 손봐주고 본 교로 돌아갈 것이다.]

"고작이요?"

[고작?]

"구주 이십오성쯤 되시는 분이 삼십 년이 넘게 감옥에 억류되어 있었는데, 화풀이론 조금 모자라지 싶은데요."

진자운의 목소리에는 진짜 시시하단 기색이 잔뜩 담겨 있었다. 그는 여태까지 종리신광 정도의 초절정고수라면 무당파의 뭇 말코도사들이 모두 달려든다 해도 당연히 문제없으리라 생각했다. 어쨌든 그는 구주 이십오성이니까.

그런데 기껏해야 도사 몇 명에게 화풀이만 하고 꽁지에 불붙은 개처럼 도망가겠다고 하니, 종리신광에 대해 그동안 가졌던 경이가 아주 많이 감소되었다. 사실 조금쯤 얕잡아보는 기분마저 들었다.

그런 진자운의 내심을 읽은 종리신광이 혀를 찼다.

[쯧쯧, 어떻게 정파 떨거지들 중에선 그래도 가장 낫다고 하던 무당파에 너 같은 망나니가 나왔단 말이냐! 내가 굳이 손을 보지 않더라도 네 녀석 손에 무당파의 높던 명성과 명운은 끝이 나겠구나.]

진자운이 히죽 웃었다.

"그건 염려 마십시오. 이번에 밖으로 나가면 아주 작살을 내놓을 생각이니까."

[아주 자신만만하구나.]

"그 정도 수련은 했다고 생각하거든요."

진자운의 말이 끝난 것과 동시였다.

[갈!]

여태까지완 비교가 되지 않는 현음상인을 토해 진자운을 비틀거리게 만든 종리신광이 차갑게 말했다.

[무당을 우습게 보지 말거라! 네 녀석이 본 무당은 겉 껍데기에 불과할지니.]

"……."

[그리고 좀 더 자신을 숨기는 법을 배우는 게 좋을 것이다. 네 녀석이 비록 다른 무당파의 말코 녀석들과 달리 태극동에서 기연을 만났다 하나, 복(福)은 언제나 화(禍)를 동반하는 법이니라.]

'복은 화를 동반한다? 그럼 여태까지 내가 복을 받았다는 소린가? 미치광이 늙은이가 오랫동안 감옥에 갇혀 있다 보니 도사라도 된 것처럼 말하는구나.'

철그렁!

양손의 족쇄를 들어 보인 진자운이 내공을 운기해 들끓어 오른 내식을 안정시키다 눈살을 가볍게 찌푸렸다. 내공을 움직인 순간, 폐관수련동 밖에서 움직이는 몇 개의 조심스런 발자국 소리를 눈치챈 것이다.

"누가……."

진자운의 말이 떨어지기가 무섭게 귀청을 찢어발기는 폭발음이 연달아 터져 나왔다.

콰콰쾅!

장진구는 요란한 폭발음에 눈살을 찌푸렸다. 몇 명의 무당 도사들을 처리한 후 마음이 급해진 터라 마교비전의 진천벽력구를 사용한 것까지는 좋은데, 소리가 너무 컸다. 얼마 떨어지지 않은 자소궁에서 늙은 말코도사들이 달려올까 봐 속으로 겁이 덜컥 났다.

'빌어먹을 자식들! 진천벽력구를 사용하려면 좀 잘 사용하지. 이렇게 큰 소리를 내면 완전히 이곳으로 달려와 달라고 광고하는 거나 마찬가지잖아!'

장진구는 옆에서 알짱거리고 있는 부하 하나를 발로 걸어차며 호령했다.

퍽!

"이 자식아! 너도 여기서 어그적거리지 말고 빨리 달려가 봐!"

장진구가 이곳에 데려온 세 명의 부하는 천살혈영대에서도 뛰어난 인재들인 천살삼절검(天殺三絶劍), 그의 심복들이었다. 이렇게 일 처리를 잘못했다고 아무렇게나 발로 걸어채이는 일은 그다지 없었다.

하지만 평소 무공과 더불어 성격이 더럽기로 소문난 장진구의 기분이 안 좋다는 걸 대충 짐작하고 있던 천살일검(天殺一劍)은 군소리없이 앞으로 달려나갔다.

'씨발, 그러니까 도사 한 놈 살려서 뇌옥의 문 여는 방법을 알아내자고 했더니 지놈이 진천벽력구로 폭파하면 된다고 다 죽여놓고, 이제 와 지랄이야!'

천살일검은 아직도 폭발의 여운이 남아 눈앞이 잘 파악되지 않는 돌산 쪽으로 달려가며 연신 투덜거렸다. 자기처럼 뛰어난 인재가 장진구 같이 무식한 녀석의 밑에서 고생하는 게 너무 억울했기 때문이다.

그렇게 천살일검이 막 돌산 앞에 만들어져 있던 석문의 잔해 앞에 도착했을 때다. 평생 처음 보는 괴상한 광경을 발견한 그의 신형이 멈칫했다.

'응?'

신형을 멈춘 천살일검의 동공을 확대시킨 건 익히 눈에 익은 두 사람, 천살이검과 천살삼검이 벌이고 있는 행태였다.

돌가루 자욱한 석실 안쪽, 그들 중 한 명은 천천히 원을 그리며 제자리를 맴돌고, 다른 한 명은 춤이라도 추듯 주춤주춤 뒤로 물러서고 있었다.

크게 빠른 움직임이 아니라 더욱 이상한 두 사람.

천살일검의 눈에는 그저 놀고 있는 것으로밖엔 보이지 않았다. 그래서 화가 불끈 치솟았다. 그가 성격 더러운 장진구에게 엉덩이를 걷어채일 동안 의동생이란 것들은 이런 곳에서 시간을 죽이며 놀고 있었던 것이다.

"뭐 하는 짓들이냐!"

천살일검은 단숨에 석실 안으로 뛰어들어 가 뒤로 주춤거리고 있던 천살이검의 어깨에 손을 댔다.

바로 그때 연신 제자리에서 맴을 돌고 있던 천살삼검의 입에서 절규에 가까운 비명이 터져 나왔다.

"대형, 위험……."

'응?'

천살일검은 천살삼검의 경호성에 놀라 재빨리 단전에서 내공을 바짝 끌어올리며 기변에 대비했다. 하지만 그것만으론 부족했다. 아니, 오히려 더욱 안 좋은 결과가 야기됐다.

쾅!

그가 내공을 끌어올린 것과 동시, 천살이검의 어깨에서 한줄기 거대무비한 기운이 솟구쳐 올랐다. 천살일검으로선 감히 감당하지 못할 정도로 거세고 무지막지한 거력.

천살일검은 마치 시위를 떠난 살처럼 석실 밖으로 튕겨져 날아갔다. 마치 절세의 호신강기라도 건드린 것처럼.

'크윽, 언제 둘째 녀석이 나 몰래 이렇게 강맹한 호신강기를 익혔지?'

천살일검은 짧은 순간 튕겨지는 속도를 줄이기 위해 연신 수장으로 내력을 방사했다.

어떻게든 암벽이나 나무에 부딪치기 전에 속도를 줄여야만 했다. 그렇지 않으면 뼈와 힘줄이 차례차례 분리되어 산산조각이 날 게 분명한 터.

그때 예상 밖의 구원자가 천살일검의 목숨을 구해줬다. 뒤에 남아 주변을 경계하고 있던 장진구가 대뜸 포환처럼 석실에서 튕겨져 나온 그의 몸을 받아 든 것이다.

지지직!

장진구 역시 불같이 치솟는 기괴한 힘에 진저리쳤다. 천살일검의 포환과 같은 속도를 보고 처음부터 잔뜩 대비하고 있지 않았다면 그 역시 큰 낭패를 봤으리라.

어쨌든 십성이 넘는 내력을 한꺼번에 방사한 보람이 있어, 장진구는 천살일검의 목숨을 구하는 데 성공했다. 바닥에 길디긴 발자국 크기의 홈을 만들어놓고서.

"어떻게 된 일이냐? 설마 너희 겁없는 것들이 광마 천좌님께 불경이라도 저지른 것이냐?"

"그, 그게……."

천살일검은 죽음의 고비에서 살아나자 갑자기 상관에 대한 존경심이 끓어올랐는지 잠시 말을 잇지 못했다.

사실 내력을 억지로 방사하느라 기혈이 끓어올라 그런 것이지만, 장진구는 그리 생각하기로 마음먹고 다소 멋을 부리며 말했다.

"설혹 네 녀석들이 광마 천좌님께 죄를 지었다 해도 내가 대신 사죄를 할 터인즉, 너무 걱정할 필요는 없다. 기껏해야 팔이나 귀, 눈알 하나쯤 파내는 걸로 끝나지 않겠느냐?"

'켁!'

천살일검은 열심히 내기를 안정시키다 자칫 피를 토할 뻔했다. 그의 생각에도 이 정도의 신공을 발휘할 사람은 광마 종리신광 정도밖에 없어 보였다.

그래서 동생들이 멍청해서 그에게 불경을 저질렀다고 내심 생각 중이었는데, 장진구가 아예 확인을 시켜주니 덜컥 겁이 났다. 천하의 오마 중 일원에게 불경을 저질렀다면 어찌 마교의 제자로서 목숨을 부지

할 수 있으랴.

"부, 부대주님, 살려주십시오! 저와 동생들은 교에 늙은 노모와 처자
가……."

"염려 말아라. 팔이나 눈깔 하나 없다고 뒈지진 않으니까."

"그, 그렇지만, 그게……."

'자식, 겁은 많아서!'

천살일검을 향해 눈살을 가볍게 찌푸려 보인 장진구가 갑자기 품 안
의 그를 한쪽으로 내동댕이쳤다. 석실 안쪽에 자욱하던 돌가루가 점차
진정 기미를 보이자 슬슬 움직일 때가 됐다는 판단을 내린 것이다.

우당탕!

아직 체내의 기혈이 완전히 안정되지 않은 탓인가. 천살일검은 일류
고수답지 않게 아무렇게나 바닥을 뒹굴었다.

사실 그의 이런 모습은 조금이라도 불쌍하게 보이려는 의도가 담긴
연기였다. 잠시 잠깐 동안 어떻게든 광마 종리신광에게 가벼운 처벌을
받으려면 이 수밖엔 없다는 얄팍한 생각을 한 것이다.

그러나 장진구로선 이미 몸으로 체득한 바가 있기에 마음 한 켠이
무거워졌다.

종리신광이 손을 썼다면 그건 그것대로 곤란한 일이나 아니라면 더
욱 문제가 심각하다. 이와 같은 신공을 발휘하는 상대와는 도저히 자
웅을 겨룰 수 없고, 겨루고 싶지도 않기 때문이다.

그때 그런 장진구의 답답한 내심을 짐작하기라도 한 듯 석실 안에서
봉두난발을 하고 온몸에 족쇄와 쇠사슬을 잔뜩 매단 괴인이 쑥 모습을
드러냈다.

몸에 걸친 거라곤 상거지라도 눈살을 찌푸릴 듯 다 헤지고 몸통만 간신히 가리고 있는 걸레 조각.

양팔과 다리엔 단단한 족쇄가 채워져 있고, 머리 역시 중죄인이나 하는 나무 형틀을 매달고 있는 봉두난발의 괴인은 거의 칠 년 만에 폐관수련동을 나선 진자운이었다.

폐관수련동의 석문이 진천벽력구로 박살나자 진자운은 잠시 몸을 그늘로 숨겼다. 일단 무슨 일이 일어났는지 알아본 후 다음 행동을 결정할 생각이었다.

그러자 박살난 석문 안쪽으로 두 명의 불청객이 뛰어들어 왔다.

검은색 무복에 얼굴을 가린 두건.

침입자들은 무림에 관해 잘 안다고 떠들어대곤 하는 이야기꾼이나 사람들이 항상 목청을 높이는 대목에 자주 등장하는 복면인들이었다. 그것도 아주 전형적인 모습을 한.

물론 진자운은 주인의 허락도 없이 무단침입한 자들에게 너그러운 성격은 아니었다. 사실 무척 박하다고 할 수 있었다.

잠시 복면인들—천살이검과 천살삼검—을 살펴본 그는 바로 숨어 있던 그늘에서 모습을 드러냈다. 일단 사실 관계를 확인하기 전에 두들겨 패고 보자는 생각이었다.

그러자 마치 귀신을 만난 것처럼 진자운의 등장에 놀란 천살삼검이 무심결에 검을 빼 들고 달려들었다. 발검과 함께 진자운의 얼굴을 비롯한 가슴의 삼 개 대혈을 노리는 전광석화 같은 수법.

그러나 그가 진자운의 반보 안쪽으로 파고들었을 때다.

퍽!

반 족장가량 옆으로 신형을 옮긴 것만으로 천살삼검의 살검을 무산

시킨 진자운의 주먹이 번개같이 움직였다.

거의 육 년에 걸쳐 하루도 빼놓지 않고 연습한 반보무적십팔식 중 첫 번째 연환식인 일권파(一拳破)!

단순한 붕권의 동작.

하지만 그 속에는 무당 내공의 특징인 세밀하면서도 끈끈한 사량발천근과 수년간 쌓인 채 폭발하기만을 기다리고 있던 진자운의 권력(拳力)이 담겨 있었다.

피잉!

일순 머리가 크게 도는 듯한 느낌을 받은 천살삼검의 신형이 크게 비틀거리더니, 제자리에서 천천히 맴을 돌기 시작했다. 몸 안에서 맹렬히 회오리치기 시작한 진자운의 권력을 본신 내공으로 억누르자 자연스레 생긴 일이었다.

천살삼검 같은 일류고수로선 천만뜻밖의 변화!

천살삼검의 상태가 이상하다는 걸 눈치챈 천살이검이 수장에 잔뜩 내력을 주입한 후 그의 명문혈에 손을 댔다. 일단 천살삼검부터 챙기려는 의도였다.

하지만 그때 천살삼검의 체내에서 맹렬한 회전을 일으키고 있던 진자운의 권력은 밖으로 터져 나갈 기회만을 엿보고 있던 중이었다. 천살이검의 수장이 명문에 닿는 순간, 단단하던 방죽에 작은 구멍이 뚫렸다.

"컥!"

천살이검은 천살삼검의 명문혈에서 솟구친 권력을 감당치 못하고 입에서 피화살을 토하곤 전력으로 신형을 뒤로 뽑아 올렸다. 자칫 천살삼검의 몸속에 담긴 회전력에 같이 휩쓸린다면, 목숨이 위태롭다는 판단이었다.

물론 그 짧은 순간 진자운의 권력은 천살이검의 체내 깊숙한 곳까지 침투한 상태였다.

그는 평생 상대한 바가 없는 괴이한 권력에 맞서기 위해 전력으로 내공을 운기했고, 연신 뒤로 물러설 수밖에 없었다. 눈앞에서 여전히 맴을 도는 천살삼검보다 하나 나을 게 없는 상태가 되고 만 셈이다.

천살일검이 석실 안으로 뛰어든 건 바로 그때였다.

다시 몸을 숨긴 채, 천살일검이 자신의 일권파로 촉발된 권력에 포환처럼 밖으로 날아가는 꼴을 훔쳐본 진자운의 입가에 미소가 떠올랐다. 그동안의 고련이 헛되지 않았다는 생각에 득의만면해진 것이다.

하지만 흐뭇한 웃음도 잠시, 진자운은 정확히 육 년 하고 십 개월, 삼 일 만에 활짝 열린 석문 밖을 바라보고 눈살을 찌푸렸다. 마음속에 갈등이 일었기 때문이다.

'흠, 아직 칠 년 면벽이 끝나려면 조금 시간이 남았긴 한데……. 뭐, 이번 일은 불가항력이니까 상관없으려나?'

한차례 고개를 갸웃해 보인 진자운은 더 생각해 볼 것도 없이 면벽 수련동을 박차고 나갔다. 훗날 벌어질 일 따윈 아예 고려도 하지 않고 서.

장진구는 폐관수련동 안에서 모습을 드러낸 진자운의 괴상한 행색을 대하고 볼살을 가볍게 떨었다. 그가 긴장할 때 보이곤 하는 버릇이었다.

하긴 장진구의 심복인 천살삼절검의 무위는 일류 중에서도 중상류에 속한다고 할 수 있었다. 비록 그와는 상당한 차이가 있다곤 하나 세

명이 합격을 가할 경우 쉽사리 이긴다고 장담할 수 없었다.

적어도 삼십 초 이상!

그것도 장진구 자신의 자존심이 많이 가미된 판단이었다. 일류고수들 간의 싸움은 무공의 고하만 가지고 가리기 쉽지 않은 경우가 많기 때문이다.

'그런데 저 괴인 녀석은 단숨에 천살삼형제를 제압했으니, 결코 호락호락한 상대는 아니다. 손을 쓴 사람이 광마 천좌님이 아닌 건 다행스런 일이나, 일살 녀석의 몸 안에 담겨 있던 무시무시한 경력은……'

장진구는 문득 뇌리를 스치는 생각에 주변을 이리저리 살피며 별다른 적의를 보이지 않고 있는 진자운에게 외쳤다.

"정말 대단한 신공! 혹시 귀공은 광마 천좌님을 알고 있지 않으시오?"

"광마 천좌?"

"천마신교의 위대한 오마 중 한 분이시며, 구주 이십오성 중 한 분이신 경세무적의 대고수를 아시느냐고 묻는 것이오!"

진자운은 참으로 오랜만인 바깥 구경에 마음이 크게 흥거워진 상황이었다. 사실 좀 전까지 허락도 없이 폐관수련동에 침입한 천살삼절검에게 가지고 있던 나쁜 감정 따윈 완전히 사라진 상황이었다. 그들이 아니었으면 아직도 어둠침침하고 음습한 폐관수련동 안에 갇혀 있었을 테니, 어쩌면 당연한 일이다.

그래서 천살일검의 몸 안에서 세 번째로 증폭된 자신의 일권파를 해소시킨 장진구를 살피며 짐짓 모른 척하고 있었는데, 그에게서 광마 종리신광에 대한 얘기가 나왔다. 척 보기에도 천살삼절검보다 고수로 보일뿐더러, 더욱 의심스런 장진구의 정체가 대충 짐작 갔다.

'마교의 고수들이 자소궁 뒤편에 위치한 이곳까지 몰려왔다는 건가?'

진자운의 입가에 미소가 떠올랐다. 사문인 무당파가 위급에 처했을지도 모르는 상황이 그에겐 무척 재밌는 것이다.

"당신들은 마교, 아니, 천마신교의 마웅들이었군요?"

'무당파의 말코는 아니다!'

내심 안도의 한숨을 내쉰 장진구가 어깨를 한차례 으쓱해 보이고 말했다.

"본인은 신교 오대부대 중 하나인 천살혈영대의 부대주인 귀신수 장진구요. 귀공은 무당파의 더러운 말코들에게 억류된 마도의 영웅이 아니신지?"

"무당파의 더러운 말코들한테 억류된 건 맞지만, 마도의 영웅은 아직 아닙니다만."

"그렇다면 역시……."

"역시?"

장진구는 다시 한 번 진자운의 행색을 살폈다. 나이를 알아볼 수 없는 봉두난발에 허름한 행색이나 무당파의 중지에 억류되어 있었던 자일뿐더러, 수족과 목을 금제한 족쇄가 평범치 않다.

즉, 광마 종리신광과 어떤 식으로든 관련이 있어 보이는 인물이었다. 그래서 일부러 신분과 목적을 알려준 것인데, 상대의 대응을 듣자니 자신의 예상이 옳았던 것 같다.

'이 괴인이 광마 천좌님과 밀접한 관련이 있다면, 조금쯤 아부를 하는 것도 나쁠 것은 없겠지.'

재빨리 머리를 굴린 장진구가 슬며시 목소리를 낮췄다.

"귀공은 광마 천좌님께서 거둬들인 제자가 아니신지요? 사실 오늘 우리가 목숨을 걸고 무당산에 오른 것은 광마 천좌님이 무당파에 억류되어 있다는 사실을 어렵게 알아냈기 때문입니다. 그러니 귀공께서 광마 천좌님의 제자라면 우리와는 한가족이나 다름없는 것이지요."

"흠, 그렇군요. 하지만 그런 식으로 말하면 안 될 텐데요."

"예?"

"종리 선배는 그런 식으로 말하는 걸 굉장히 싫어하거든요. 그리고 당신의 예상은 틀렸어요. 나와 종리 선배는 나이를 뛰어넘은 지기이지, 사제지간이 아니니까요."

"그게 무슨……?"

"종리 선배와 나 진자운은 그냥 친구라는 뜻입니다."

진자운의 광오한 말에 장진구는 가볍게 눈살을 찌푸렸다. 자신의 예상이 틀려서 기분이 나쁜 것도 있지만, 더욱 중요한 문제는 살기가 치밀어 올랐기 때문이다.

'저 괴인이 광마 천좌님과 사제지간이 아니라면 살인멸구(殺人滅口)를 해야 한다!'

장진구는 더 이상 말하지 않고 앞으로 슥 나섰다. 이미 진자운을 죽이기로 마음먹은 이상 더 이상 아부를 하거나 말을 섞을 필요를 느끼지 못한 것이다.

우웅!

장진구의 쌍수에 성명절학인 유령귀신수(幽靈鬼神手)의 공력이 잔뜩 집결됐다. 이미 진자운의 무공을 견식한 바 있기에 처음부터 전력을 다할 요량이었다.

물론 장진구가 뿜어내는 살기와 바뀐 태도를 진자운이 모를 리 없다. 이미 천살삼절검보다 뛰어나 보이는 장진구과 싸우고 싶어 몸이 근질거리고 있던 진자운의 눈이 반짝였다.

'오늘 무당산을 내려가겠다고 큰소리친 미치광이 늙은이가 나타나기 전에 저 녀석과 싸워봐야겠다!'

스윽!

먼저 움직인 건 장진구였다.

그는 유령신법(幽靈身法)을 펼쳐 진자운에게 달려들며 이미 반투명하게 변한 유령귀신수로 매섭게 살초를 뿌렸다. 금강석조차 바스러뜨리는 위력이 담긴 일격!

그러나 진자운의 신형이 다시 반 족장 옆으로 이동한 순간이다. 단숨에 십여 개나 되는 수영을 만들어낸 장진구의 일격은 몽땅 수포로 돌아갔다. 그 반 족장의 움직임이 유령귀신수의 모든 변화의 맥을 끊어버린 것이다.

꿈에서조차 예상치 못한 기가 막힌 현실!

하지만 장진구는 앞의 천살삼검처럼 크게 놀라 방어를 소홀히하는 바보 짓을 하진 않았다.

그는 바로 벼락같이 파고든 진자운의 일권파를 쌍수를 모아 맞받았다. 충분한 내력을 모은 채로.

파앙!

잔뜩 응축됐던 공기가 폭발하는 파열음이 일었다.

순간 복면 안쪽에 숨은 장진구의 안면이 크게 일그러졌다. 총 육 초식의 연환식으로 이뤄진 진자운의 일권파가 연달아 다섯 차례나 작렬한 것이다.

'크윽!'

이때 십성에 달한 장진구의 유령귀신수의 방어는 무지막지한 일권파의 회오리 앞에 위기를 맞았다. 광풍노도와 같이 파고든 여섯 차례의 권력이 그의 기혈을 끓게 하고 내부를 온통 뒤흔들었다.

해서 장진구는 뒤로 물러서는 것과 동시, 전력을 다해 뒤엉킨 기혈을 진정시키기 위해 이를 악물어야만 했다.

그의 악물린 잇새로 핏물이 흘러나왔다. 그만큼 진자운이 연달아 쏟아낸 일권파에는 그의 상상을 불허하는 위력이 담겨 있었다.

"제법!"

전 육 초의 일권파를 받아낸 장진구에게 다시 반걸음 파고든 진자운의 어깨가 철산고의 동작을 펼쳤다. 반보무적십팔식 중 두 번째 연환식인 파산경(破山勁)이었다.

콰콰!

반보를 이동하는 동안, 진자운의 발끝을 타고 일어난 강렬한 전사경(纏絲勁)이 어깨에 이르러 강한 폭발을 일으켰다. 이미 체내의 기혈이 잔뜩 뒤틀려 있던 장진구로선 절대 막아내지 못할 파괴력을 동반한 채.

"제길, 자소궁이 불타고 있는 건… 가?"

진자운은 자소궁의 고루거각 사이로 보이는 연기를 힐끔 보고 잔뜩 인상을 썼다.

물론 갑자기 무당파에 대한 애정이 생긴 건 아니었다.

그는 폐관수련동에 갇힌 후 항시 입에 달고 살던 일이 현실에서 벌어지자 분한 마음이 들었다. 자소궁의 도관들을 멋지게 불태우는 건 자신의 몫이었다. 다른 누군가가 먼저 선수를 치자 기분이 더러웠다.

마치 잔뜩 눈독 들여놨던 걸 빼앗긴 기분!

진자운은 두 번 생각할 것도 없이, 바닥에 개구리마냥 쓰러져 있는 장진구에게 달려갔다. 일단 그에게라도 분을 풀려는 생각이었다.

"이 빌어먹을 마교의 복면새끼야! 니놈이 감히 나, 진자운님을 물 먹일 수 있단 말이냐!"

"으으……."

장진구의 입에서 반쯤 죽어가는 신음이 흘러나왔다. 진자운이 뿜어내는 살기에 얼핏 정신을 차린 것이다.

그러나 그의 정신은 돌아오지 않음만 못했다.

퍽퍽퍽!

진자운은 전혀 사정을 봐주지 않고 장진구를 발로 밟아대기 시작했다. 그대로 죽일 기세!

'도, 독한 놈!'

천살일검은 여전히 정신을 잃은 양 바닥에 고개를 처박고서 상관에게 닥친 액운을 애써 외면했다. 조금 무리를 하자면 무방비 상태인 진자운을 공격할 수 있으나 당최 엄두가 나지 않았다. 무서운 것이다.

그때 장진구에게서 발을 뗀 진자운이 천살일검에게 고개를 돌리고 히죽 웃어 보였다.

"조금만 기다려! 이놈 다음은 네 차례니까."

'컥!'

천살일검의 입에서 피가 터져 나왔다. 내력으로 안정시켜 놨던 내상이 진자운의 한마디에 도져 버린 것이다.

第七章 ◆ 독하지 않으면 장부가 아니다

콰콰쾅!

마치 또 한차례 진천벽력구가 폭발한 듯한 굉음이 터져 나온 것과 동시였다. 폐관수련동이 위치한 돌산 반대편에서 기쾌한 인영이 날아 왔다. 무당파 내부에서도 극비 중의 극비로 다뤄지고 있는 금마옥(禁魔獄)을 깨고 광마 종리신광이 모습을 드러낸 것이다.

슉!

백발백염에 신광이 번뜩이는 부리부리한 호목(虎目).

압도적인 기세.

몸 전체로 위험한 분위기를 잔뜩 풍겨대고 있는 종리신광이 코앞에 도착한 순간, 진자운은 얼른 천살일검에게서 발을 뗐다. 종리신광과는 첫 대면이나 그가 풍기는 분위기만으로도 대충 정체를 알 만했다.

힐끔.

종리신광을 빠르게 곁눈질한 진자운이 입가에 흐릿한 미소를 담았다.

"헤에, 천하의 광마치고 풍채가 너무 좋으신 거 아닙니까? 무당파의 말코도사들보다 더 도사 같아 보이니."

"너는……."

"이제 떠나시려는 겁니까?"

종리신광 역시 진자운을 한눈에 알아봤다.

여전히 족쇄를 떨궈내지 않은 진자운의 모습에 미간을 슬며시 좁혀보인 그가 말했다.

"생각했던 것보다 무당파에 충실한 꼬맹이로구나."

진자운의 입가에서 미소가 사라졌다.

"무슨 말을 하시고 싶은 겁니까? 될 수 있으면 제가 알아들을 수 있는 말로 해주시죠."

"흥, 태극동을 빠져나오고도 그 꼴을 하고 있기에 하는 말이다."

종리신광이 굳이 손가락질까지 해 보이자 진자운의 시선이 자신의 몸을 결박한 족쇄를 스윽 훑고 지나갔다. 갑작스레 폐관수련동의 석문이 폭발한 이래 정신이 없어 신경 쓰지 못하고 있던 일을 종리신광이 일깨워 준 것이다.

'육 년 전이었다면, 당장 이 빌어먹을 족쇄부터 부숴 버리고 말았겠지만…….'

진자운이 한차례 어깨를 으쓱해 보이고 말했다.

"아직 무당파에서 할 일이 남았으니까요."

"할 일이 남았다?"

"아쉽게도 선배님의 천마신교에서 제가 할 일을 먼저 끝내 버렸거든요."

진자운이 손가락을 들어 연기로 뒤덮인 자소궁 방향을 가리키자 종리신광의 입가에 대뜸 파안대소가 걸렸다.

"크하하, 진짜 자소궁이 불에 타고 있구나! 불에 타고 있어!"

"예, 불에 타고 있어요. 아주 빌어먹을 일이죠. 제가 할 일 중 하나가 사라진 셈이니까요."

"그래서 아직은 무당파를 떠날 생각이 없다?"

"자소궁을 불태우지 못했으니, 다른 식으로라도 복수를 해야 제 마음속의 울분이 조금 풀리지 않겠어요?"

"……."

진자운의 천연덕스런 말에 종리신광은 눈 깊은 곳에서 신광을 뿜어냈다. 그가 금마옥을 깨고 이곳으로 달려온 건 어디까지나 진자운을 살핀 후, 죽여 후환을 없애거나 마교로 끌고 가려는 의도였다. 처음, 심심파적 삼아 가르쳤던 진자운의 성취가 자신의 예상을 훨씬 웃돈다는 걸 오늘에서야 눈치챘기 때문이다.

해서 진자운이 태극동을 나선 이후에도 족쇄를 부수지 않은 걸 보고 퉁명스레 말했던 것인데, 돌아온 대답이 걸작이었다. 지금 진자운을 죽이거나 마교로 데려가는 것보다 무당파에 그냥 내버려 두는 편이 훨씬 재밌을 것 같다는 생각에 갈등이 생겼다.

'으음, 저 맹랑하고 발칙한 꼬맹이 녀석을 어찌할까?'

그때 불길에 휩싸인 자소궁 쪽에서 종리신광의 상념을 끊는 변화가 발생했다. 갑자기 천지를 진동케 하는 폭발음이 연달아 들리더니, 대붕과 같은 움직임으로 백영 하나가 쏜살같이 태극동 쪽으로 날아들었다. 일곱 개의 청영을 뒤로한 채.

백영의 정체는 휘하의 천살혈영대를 이끌고 자소궁을 급습한 혈천마월도 사마진궁이었다.

기습과 더불어 수중에 있던 진천벽력구의 절반을 사용한 그는 원무전과 장생전을 특히 눈여겨 보다 회심의 미소를 지었다. 자소궁의 도관에 불길이 치솟은 것과 동시, 원무전과 장생전을 빠져나온 노도사들의 시선이 일제히 향한 곳이 조사전임을 눈치챘기 때문이다.

'태극무경은 조사전에 있다!'

이미 태극무경이 있을 만한 곳을 상정하고 배치해 뒀던 천살혈영대를 그는 빠르게 조사전으로 집결시켰다. 태극무경을 탈취할 시간을 벌려는 의도였다.

그러나 이미 천살혈영대는 깜짝 놀라 진무각을 빠져나온 진무각주 운진자의 지휘를 받은 일대제자들과 곳곳에서 교전을 벌이고 있던 참이었다.

쉽사리 몸을 빼낼 수 있을 리 만무한 터.

간신히 집결한 여섯 명의 부하들에게 대뜸 나머지 진천벽력구에 대한 사용 허가를 내린 사마진궁이 조사전으로 뛰어들었다. 태극무경의 위치를 눈치챈 이상 망설일 까닭이 없었다.

해서 일사불란하게 움직이던 천살혈영대의 지휘에 공백이 생기자 무당파의 반격이 거세게 전개됐다. 운진자를 중심으로 한 진무대 일대제자들은 격렬히 저항하던 천살혈영대를 하나하나 제압했고, 하궁에서 달려온 이, 삼대제자들에 의해 자소궁의 수백 년이 넘은 도관들을 전소시킬 듯하던 불길 역시 차차 잡히기 시작했다.

무당파는 역시 무당파였다.

물론 이 역시 사마진궁의 계산 속에 들어 있던 결과였다.

그는 마군자 상유하 이전 마교제일의 기재라는 명성대로 재빨리 조사전에서 태극무경을 탈취하곤 바로 도주를 감행했다. 처음부터 그가 이끌고 온 천살혈영대는 버리는 말에 불과했다. 다시 혈천마월도 사마진궁이란 이름이 마군자 상유하 위에 서기 위한.

그러나 사마진궁의 예상 범위 하에서 벌어지던 일은 거기까지였다. 무려 여섯 개나 되는 진천벽력구를 백 장 밖에서 날린 비검(飛劍)으로 쪼개 버린 절대고수가 등장했기 때문이다.

무당 장문 북검신도 운룡 진인.

구주 이십오성 중 오정의 일인이자 현 무당제일고수.

그의 상상을 뛰어넘는 비검술을 본 것과 동시, 사마진궁은 꽁지에 불붙은 꿩마냥 뒤도 돌아보지 않고 신형을 날렸다. 처음 세웠던 도주 계획을 완전히 포기한 것이다.

'비검? 백 장을 격하고 날아든 그 시퍼런 검영은 분명 전설의 이기어검(以氣馭劍)이었다! 아직도 무당파에 그런 절대고수가 남아 있을 줄이야!'

전력으로 신형을 날리는 사마진궁의 눈가에 가벼운 그늘이 떠올랐다. 지금 그의 뒤를 쫓고 있는 사람은 운룡 진인뿐이 아니었다. 어느새 장생전의 육대장로 역시 합세해 있었다.

최악 중에서도 최악인 상황!

자칫 오늘 사마진궁은 앞길이 구만 리 같은 목숨을 내놓아야 할지도 몰랐다. 그만큼 현재 그가 맞은 위기는 절체절명이라 할 만했다. 최후로 시도한 모험이 성공하지 못한다면 말이다.

'오늘 내 목숨은 광마 천좌님에게 달렸다!'

여태까지 안중에도 두지 않고 있던 종리신광의 건재를 사마진궁은 간절히 바랐다. 구주 이십오성을 상대할 수 있는 사람은 같은 구주 이십오성밖엔 없는 것이다.

막 태극동이 위치한 돌산을 눈앞에 두고 있던 사마진궁의 볼살이 가볍게 떨렸다.

쇄액!

등꼴이 오싹해지는 느낌. 백 장 밖에서 여섯 개의 진천벽력구를 처리했던 운룡 진인의 이기어검이 공기를 가르는 소리였다. 극단적일 정도로 빠르게.

'피할 수 없다!'

순간적으로 사마진궁은 발도(拔刀)가 이미 늦었다는 걸 직감했다. 이기어검의 빠름을 능가할 발도술은 존재하지 않았다. 때문에 그는 자신의 한쪽 팔을 희생하기로 결정했다. 그 편이 목숨을 잃는 것보다는 나았다.

콰릉!

공중에서 신형을 회전시키는 것과 동시, 사마진궁의 좌수에 성명절학인 월인마벽강(月印魔碧罡)이 푸른 강기를 만들어냈다. 왠만한 신병이기에 버금가는 위력을 담고서.

그런데 바로 그때였다.

콰콰콰!

막 월인마벽강의 반월강과 이기어검이 충돌을 일으키려는 찰나, 무지막지한 회오리바람이 둘 사이를 갈랐다. 늦지도 빠르지도 않는 적절한 시기에.

지이잉!

'큭!'

천공을 가르던 이기어검이 가느다란 검명을 일으켰고, 사마진궁의 손을 떠났던 월인마벽강은 흔적도 없이 소멸했다. 그리고 공중에서 잠시 멈칫했던 사마진궁의 신형이 끈 떨어진 연처럼 바닥으로 추락했다. 이미 꽤나 심한 내상을 입은 것이다.

거의 순식간에 벌어진 변화!

그러나 다음 순간, 어느새 귀청이 찢어지는 듯한 검명을 토하기 시작한 이기어검이 현란한 변화를 일으키기 시작했다.

쇄쇄쇄!

보는 이의 눈을 멀게 만들 정도의 광채와 함께 이기어검이 주변을 감싸고 있던 회오리바람을 갈가리 찢어발겼다. 일순간에 벌어진 일이다. 회오리바람의 직격과 마찬가지로.

휘오오!

그렇게 갑자기 찾아든 침묵 속에 진자운 앞을 떠난 종리신광이 모습을 드러냈다. 물론 그의 앞에는 어느새 검을 회수한 운룡 진인이 백지장같이 창백한 안색을 한 채 도착해 있었다. 마치 처음부터 약속이라도 한 것 같은 상황.

잠시 먹이를 노리는 매와 같이 상대방을 살피던 두 사람 중 먼저 입을 연 사람은 주인 격인 운룡 진인이었다.

"역시 천하의 광마를 가두기에는 본 파의 금마옥이 너무 비좁았단 것이외까?"

"천하의 광마라?"

"설마 정파의 수뇌인 빈도에게 선배라 불리고 싶은 건 아니실 테고……."

종리신광의 노안이 꿈틀거렸다.

"흥, 그 사람을 묘하게 비꼬는 재주는 허공에게 배운 것이냐?"

"아쉽게도 빈도의 덕이 부족해 사백의 진전을 잇진 못했소이다."

"무공에 덕이 필요할까?"

"그렇다면 광마께서는 어째서 삼십여 년이 넘도록 본 파의 금마옥을 떠나지 않았소이까? 빈도는 그게 허공 사백과의 약조를 지키기 위함이라 생각했는데… 빈도가 잘못 안 것이외까?"

"됐다, 됐어! 허공과 맺었던 약속을 부인할 생각은 내게도 없다."

"그럼, 역시 광마께서는 마도 역사상 몇 명 넘지 못한 탈마(脫魔)의 경지에 오르신 것이외까? 그렇다면 천하창생을 위해 빈도, 경하드릴 뿐이오!"

운룡 진인이 검을 거꾸로 든 채 포권을 해 보이자 종리신광이 재빨리 소매를 털며 소리쳤다.

"탈마라 부르지 말고 극마(剋魔)라 불러라! 나는 절대 마도를 버릴 생각이었으니까!"

"그건 그것대로 경하할 일이지요."

"경하라……."

운룡 진인의 말투가 조금 부드러워진 것과 동시였다. 같이 출발했으나 한참이나 뒤떨어졌던 육대장로가 종리신광의 주변을 삼엄하게 에워쌌다. 무당파 전력의 오 할이 집결한 것이다.

그들의 면면을 차분한 시선으로 둘러본 종리신광이 끝으로 운룡 진인에게 시선을 맞추곤 미미하게 고개를 끄덕였다.

"허공이 그렇게 마음 편히 우화등선한 까닭을 알겠군. 그가 간다 해도 무당에는 이만한 전력이 남았으니.”

“빈도들이 어찌 허공 사백의 빈자리를 메울 수 있겠소이까. 그저 무당의 명예를 지키기 위해 최선을 다할 뿐이지요.”

“그도 그렇군. 허공의 빈자리는 그리 쉽게 메울 수 있는 게 아닐 테니까. 그런데, 허공의 뒤를 졸졸 쫓아다니던 허무는 여전히 소식이 없는 건가?”

일순 육대장로 중 한 명인 운송자의 안색이 가볍게 상기되었다. 이곳에 모인 노도들 중 오직 그만이 최근 들어 사숙 허무 진인과 만난 일이 있었으나, 그것도 거의 십 년이 다 되어가고 있었다. 솔직히 현 시점에서 운룡 진인을 비롯한 대부분의 무당 수뇌진은 허무 진인의 생존을 희박하게 보고 있었다.

‘허허, 그러고 보니 허무 사숙이 당부했던 그 맹랑한 꼬맹이 녀석이 폐관을 끝마칠 시간이 다 됐구나. 정말 칠 년이란 시간이 빠르게도 흘러갔어.’

운송자는 세월의 무상함에 내심 혀를 찼다. 허무 진인에 대한 소식이 딱 끊긴 시점에서 진자운이란 존재는 별다른 의미를 그에게 부여하지 못했다.

그때 운룡 진인이 종리신광을 그윽하게 바라보며 말했다.

“허무 사숙께서는 꼬리를 보이지 않는 신룡과 같은 분, 종종 본 파에 안부를 전하시긴 하나 쉽사리 모습을 드러내지 않으십니다.”

“크크크, 꼬리를 보이지 않는 신룡? 제 사형이 먼저 우화등선했다고 태극동에 들어와 난리를 치던 모습이 눈에 선한데, 이젠 무당제일인이란 말씀이로군.”

“천하를 통틀어도 허무 사숙과 상대할 만한 사람은 그리 많지 않을 거외다. 광마께서 속한 마교라 해도."

"그건 그렇겠지. 허무도 당당한 구주 이십오성 중 한 명인 삼패니까. 하지만 지금 그는 이곳에 없지 않은가?"

"그건 무슨 말씀이신지?"

"구주 이십오성 중 오마에 속한 나 광마 종리신광이 오정의 일인인 자네, 북검신도 운룡에게 한 수 가르침을 받고 싶단 말씀이야."

"……."

"왜, 자신없는가?"

명백한 도발이었다. 하지만 오정의 일인. 천하제일인을 배출한 무당파의 당대 장문인인 운룡 진인으로선 결코 피할 수 없는 도발이었다. 상대는 정파와 같은 하늘을 이고 살 수 없는 마교의 오마 중 일인, 광마였기 때문이다.

"장문 사형, 굳이 그러실 필요는……."

육대장로 중 으뜸인 운학자(雲鶴子)가 황급히 나섰으나, 운룡 진인은 그에게 가만히 고개를 저어 보였다. 역사상 어떤 사마외도의 도전 앞에서도 무당파 장문인은 등을 보인 일이 없는 것이다. 상대가 천하의 광마 종리신광이라 해도.

슥!

종리신광을 향해 한 걸음 다가선 운룡 진인이 물처럼 담백한 표정을 한 채 말했다.

"빈도 운룡이 한 수 가르침을 받겠소이다!"

"그렇게 나와야 무당의 장문인이지."

"빈도가 무당의 장문을 맡지 않은 일개 속가제자라 해도 사마외도를 앞에 두고 등을 보이진 않았을 것이외다."

"크크크, 과연 그럴까?"

문득 뇌리로 내심을 알 수 없는 진자운을 떠올린 종리신광의 입가에 흐릿한 미소가 떠올랐다.

한 번도 경험한 바 없는 회오리바람과 이기어검이 만들어낸 폭발을 사마진궁은 월인마벽강을 전신으로 회전시켜 막아냈다.

물론 탁월하기 이를 데 없는 그의 순간적 판단에도 불구하고 두 개의 거력에서 일어난 반진력은 무시무시했다. 결코 장난이 아닌 것이다.

거의 정신을 못 차릴 정도로 심하게 바닥에 나뒹군 사마진궁은 연거푸 입에서 피를 게워냈다. 처음, 검게 죽어 있던 피는 세 번째에 이르러선 붉은 기운을 띠기 시작했다.

'그나마 다행이군. 적어도 삼 개월은 운기요상해야 할 테지만 목숨은 건졌어……'

사마진궁은 어느새 대치 상태에 들어간 백발백염의 종리신광과 운룡 진인을 곁눈질하곤 입가에 비릿한 미소를 담았다. 그가 천분의 일의 확률로 걸었던 모험은 결국 성공한 것이다. 약간의 내상을 남기긴 했으나.

사마진궁은 한참 죽은 듯 자리를 지키고 있다, 슬그머니 신형을 일으켰다. 어떻게든 종리신광이 무당파의 지긋지긋한 노도사들을 막는 사이 달아나야만 했다.

해서 평생 처음으로 지당권을 펼치듯 바닥을 훑으며 태극 동쪽으로 기어가던 사마진궁의 눈살이 가볍게 찌푸려졌다. 그의 코앞으로 거의 사람의 몰골로 볼 수 없이 쥐어터진 장진구와 천살일검이 보였다.

"장 부대주……."

거의 정신을 놓은 듯 보이던 장진구의 통통 부은 눈이 꿈지럭거렸다. 익숙한 목소리에 정신이 번쩍 든 것이다.

"사, 사마 공자님이십니까?"

"그래, 나다."

장진구가 억지로 몸을 뒤집었다. 사마진궁을 확인하려는 의도였다.

그런 장진구에게 손을 한차례 휘저어 보인 사마진궁이 작은 목소리로 물었다.

"어떻게 된 일인가? 설마 광마 천좌님께 실수라도 한 것인가?"

"과, 광마 천좌님이라굽쇼?"

"광마 천좌님과 관계없는 일이란 말인가!"

사마진궁의 목소리가 조금 높아지자 장진구의 혼란스럽던 뇌리로 악마 같은 괴인의 얼굴, 하나가 떠올랐다. 평생 본 어떤 것보다도 무섭고 공포스런 웃음과 함께.

"우아악! 우아……."

갑자기 비명을 질러대기 시작한 장진구의 행동에 놀란 사마진궁이 재빨리 주먹을 휘둘러 그의 아래턱을 부쉈다. 아혈을 제압하는 것보단 그 편이 빠르다는 판단이었다.

덕분에 장진구는 다시 졸도했고, 그 모습을 옆에서 지켜본 천살일검의 얼굴에 치가 떨린다는 표정이 떠올랐다. 그는 종리신광의 등장으로 인해 장진구보다 훨씬 적게 진자운에게 얻어맞은지라 꽤 정신이 온전한 편이었던 것이다.

'개자식! 저런 놈을 직속 상관으로 믿고 이런 거지 같은 곳을 따라나섰다니!'

천살일검은 온몸을 부르르 떨다 사마진궁의 시선이 자신을 향하자 얼른 고개를 땅에 파묻었다. 분노한 건 분노한 것이고, 여기서 더 얻어 맞고 싶진 않았다.

물론 그렇다고 사마진궁 정도 되는 고수가 순간적으로 천살일검이 보인 행동을 발견하지 못했을 리 없다. 교로 돌아간 즉시, 참혹한 형벌을 가하리라 속으로 중얼거린 그는 재빨리 신형을 일으켜 세웠다.

'광마 천좌에게 장진구와 천살일검이 당한 게 아니라면, 근처에 또 다른 무당파의 고수가 숨어 있다는 뜻인데…….'

사마진궁은 가만히 내식을 가다듬었다. 장진구와 천살일검 정도 되는 일류고수를 묵사발 낼 정도의 고수라면 내상을 입은 자신에게는 다소 버거울 수도 있으리란 판단이었다.

그때 주변의 바위 뒤에 숨어 사마진궁이 하는 행동을 처음부터 지켜 보고 있던 진자운의 눈에 이채가 떠올랐다.

'하는 꼴로 봐서 오늘 자소궁을 불태우고 면벽수련동을 박살 낸 녀석들의 우두머리는 저 녀석이 분명하다. 그런데 당당한 마교의 마웅답지 않게 하는 짓거리가 꼭 쥐새끼 같으니 이게 웬일이지?'

진자운은 완전히 정신을 놓아버린 장진구를 한차례 일견하고 바위 뒤에서 천천히 걸어나왔다. 그렇지 않아도 찾아 나서려 했는데, 자소궁을 먼저 불태운 자가 제 발로 찾아왔다. 그에 마땅한 대접을 해주는 게 도리인 것이다.

"너는……."

그제야 온몸에 족쇄를 찬 괴인의 존재를 눈치챈 사마진궁의 물음에 진자운이 화사하게 웃어 보이며 말했다.

"나? 당신이 찾고 있던 사람이야."

“내가 찾고 있던······.”

“저기 나뒹구는 사람들, 다 내 작품이거든.”

진자운은 슬쩍 손가락을 들어 한쪽 방향을 가리켰다. 물론 그 손가락이 가리키는 방향에 널브러져 있는 건 장진구와 천살일검이었다.

그쪽을 일별한 사마진궁의 눈이 무심하게 가라앉았다.

“그렇군.”

“응, 그래.”

“그럼, 너는 무당파의 제자이겠군?”

진자운의 눈살이 가볍게 찌푸려졌다. 여태까지 무당파에 들어와 당한 고초를 생각하면 사실 제자이기를 포기하고 싶은 심정이었다. 세상에서 떠드는 한번 스승으로 삼으면 평생 부모와 같이 공경하라거나 문파에 대한 눈물겨운 충성 따윈 그의 사전엔 없었다.

그냥 마음이 내키는 대로!

그것이 바로 여태까지 진자운의 삶이었고 철학이었다. 이제 와서 바꾸고 싶은 생각은 전혀 없었다. 특히 철이 든 후 자신을 가장 극심하게 고생시킨 무당파에 관련된 일이라면 더욱 그러했다.

'하지만 나는 허공 진인의 비전을 이어받은 몸이다! 그러니까 결국 그분의 제자가 되는 셈인데, 무당파의 제자가 아니라고 하기도 뭐하잖아!'

내심 심각한 고민 끝에 결론을 내린 진자운이 천천히 고개를 끄덕여 보였다.

“그래, 나는 무당파의 제자다. 그러니까 네 녀석같이 꽁무니 빠지게 도망치다가 자기 부하나 두들겨 패는 녀석을 그냥 보낼 순 없다.”

'역시, 그렇군.'

눈빛을 더욱 가라앉힌 사마진궁이 다시 내식을 가다듬고서 냉소했다.

"흥, 본래 독하지 않으면 장부가 아니라고 했다!"

"독하지 않으면 장부가 아니다?"

"그렇다. 본래 대업을 위해서라면 천만 인도 죽일 수 있는 게 영웅인데, 고작 부하 몇 명쯤 죽는 거야 우스울 뿐이지 않겠는가!"

'재수없는 새끼!'

"퉤!"

내심 욕을 한 것과 동시, 바닥에 침을 뱉은 진자운이 철그렁 소리를 내며 사마진궁 쪽으로 한 걸음 다가섰다. 도발이었다. 이미 사마진궁을 단단히 손봐주기로 마음먹고 있었는데, 하는 말을 들으니 속이 뒤집혔다. 더 이상 거리낄 게 없는 것이다.

그러나 사마진궁은 그때 내식을 돌려 확인한 결과, 자신이 내상으로 인해 본신 무공을 절반 이상 발휘할 수 없는 상태임을 눈치챈 상황이었다.

느닷없이 모습을 드러낸 진자운의 괴상한 행색이 마음에 걸린 그는 오히려 뒤로 한 걸음 물러섰다.

"잠깐, 나는 네게 복수할 생각이 없다!"

"복수?"

"그렇다. 네 녀석이 비록 내게 모욕을 줬고, 부하들에게 심한 짓을 했지만 오늘 일은 덮어주겠다는 거다. 그러니 괜히 서로 화기를 상하지 말고 오늘은 이만 헤어지는 게 어떤가?"

만약 이곳에 평소 사마진궁을 알고 있는 사람이 있었다면, 자신의 귀를 의심했으리라. 평생 남을 짓밟고 군림하는 데만 익숙했던 그가 이처럼 상대에게 양보를 하는 경우란 있을 수 없고, 있어서도 안 되는 일이었기 때문이다. 적어도 마교에 마군자 상유하란 초유의 신성이 등장하기 전까진.

'그 비천한 문지기 녀석을 꺾기 위해서다! 그 녀석을 꺾고 다시 과거의 위치를 되찾을 수만 있다면, 나는 지옥의 유황불 속이라도 마다하지 않으리!'

그러나 사마진궁은 한 가지 사실을 간과하고 있었다. 그의 앞에 서 있는 진자운은 결코 남과 타협을 하는 사람이 아니며, 사마진궁이란 사람의 과거나 마교에서의 위치를 전혀 알지 못한다는 것을.

히죽!

재밌다는 듯 입가에 미소를 만들어낸 진자운이 자연스레 일권파의 자세를 만들곤 말했다.

"주접 떨지 말고 빨리 덤비기나 하시지!"

운룡 진인의 손에 들린 검은 평범한 청강장검이었다.

이미 무검(無劍)의 경지에 오른 터.

손에 든 게 신검이기이든 초목죽석(草木竹石)이든 상관이 없을 텐데, 운룡 진인은 지금 무당 장문의 상징인 태청보검을 들고 오지 않은 걸 후회하고 있었다.

'태청보검에 담긴 검기는 세상의 모든 마(魔)를 금제하는 힘이 있다. 비록 광마가 탈마의 경지에 올랐다 해도 능히 마공의 위력을 감소시킬 수 있었을 터인데…….'

운룡 진인은 태극혜검(太極慧劍)으로 만들어낸 촘촘하고 부드러운 검기로 연신 종리신광을 압박하며 노안을 찌푸렸다. 그의 태극혜검은 이미 극한에 이르러 검기만으로 검기성강을 제압하고 풍우조화를 일으키는 단계였다. 설혹 그보다 더욱 뛰어난 고수라 해도 제압할 자신이 있었다.

그러나 종리신광 역시 이미 과거와 달리 세상을 오시하는 탈마지경에 올라 있었다. 이미 허공 진인에게 제압당할 당시완 사정이 달랐다. 그때와 비교할 때 지금의 그는 거의 한 단계 정도의 수준 차이가 있었다.

그는 가벼운 장풍(掌風)만으로 태극혜검의 압박을 벗어나며 간간이 독문무공인 혈음지(血陰指)로 연신 운룡 진인을 뒤로 물러서게 만들었다.

스치기만 해도 살이 썩고 피가 말라가는 마공!

혈음지의 붉은 지강이 덮쳐 올 때마다 운룡 진인의 이마에는 조금씩 땀방울이 솟아올랐다. 정파 삼대검법의 으뜸일뿐더러, 모든 내가검의 지존이라 불리는 태극혜검이 없었다면 벌써 자신이 종리신광에게 제압당했으리란 걸 알고 있었기 때문이다.

'그렇다 하나 이처럼 날 밀어붙일 수 있다니! 지난 삼십여 년간 광마는 줄곧 금마옥에서 본 파의 무공을 파해하는 법을 연구한 게 틀림없다!'

운룡 진인의 검끝에서 시퍼런 검강이 넘실거리기 시작했다. 부드러움으로 강함을 제압하는 무당 무학의 근본을 버리고 검에 패도를 담은 것이다.

고오오!

검강이 담기자 태극혜검은 단번에 몇 배나 강해졌다.

천지를 뒤집을 듯한 기세!

그러자 여태껏 가벼운 장풍만으로 태극혜검에 대항하던 종리신광 역시 마공을 발휘하기 시작했다. 그의 몸을 휘돌고 있던 미풍이 일순 광풍으로 변하더니, 운룡 진인을 휘감은 검강의 바다를 향해 노룡처럼 달려들었다.

콰콰콰!

탐색전이 끝나고, 본격적인 대결전의 막이 오른 것이다.

"저, 저저……."

주변을 에워싼 육대장로 중 가장 손에 땀을 쥐고 싸움 구경을 하고 있던 운송자의 볼살이 연신 작은 떨림을 보였다. 운룡 진인의 태극혜검이 기세를 올린 것과 동시, 여태껏 팽팽하던 승부의 추가 종리신광 쪽으로 급격히 기울기 시작했기 때문이다.

그때 역시 심각한 표정을 짓고 있던 운학자가 운송자에게 전음으로 소리쳤다.

[운송 사제, 아무래도 우리가 나서야겠네!]

운송자의 얼굴에 망설임의 기색이 떠올랐다.

[운학 사형, 장문 사형께서는 결코 우리더러 나서지 말라 하셨습니다만…….]

[그럼 운송 사제는 장문 사형이 저 마두에게 일패도지해도 괜찮단 말인가!]

[그럴 리가 있겠습니까만…….]

[모든 책임은 나, 운학이 지겠네. 장문 사형께서 저 마두에게 다시 뒤로 밀리는 순간, 우리는 칠성검진을 펼치고 달려들어야 할 것이야!]

[치, 칠성검진까지 펼치는 것입니까!]

운학자의 표정이 단호해졌다.

[장문 사형은 본 파에 남은 유일한 구주 이십오성이시네! 같은 구주 이십오성에게 밀린 사실이 세상에 알려져서야 앞으로 우리 무당파가 어찌 얼굴을 들고 다닐 수 있겠는가! 앞서 말했듯 이 일은 모두 내가 책임질 터인즉, 운송 사제는 검진을 펼칠 시 실수나 하지 말게!]

운송자는 그제야 운학자가 자신에게만 따로 전음을 날려 주의를 준 까닭을 눈치챘다. 같은 육대장로라 하나 무공에만 일로정진한 다른 오장로와 달리 운송자는 한두 수 무공이 떨어지고 눈치 역시 없는 편이었다. 때문에 운학자를 비롯한 다른 장로들이 칠성검진을 펼칠 준비를 하고 있을 때도 그만은 유독 아무 생각이 없었다. 오직 장문인의 결코 나서지 말라는 명령만을 상기한 채.

물론 거기에는 무당파 장로로서 운송자가 가진 자부심이 큰 역할을 한 게 사실이었다. 천하의 무당파 장로로서 결코 상대를 향해 합공을 펼칠 수 없다는.

어쨌든 상황은 운송자로 하여금 다른 사형제들과 합공을 펼쳐 종리신광을 공격하게끔 흘러갔다. 운룡 진인은 더욱 검강을 강하게 일으켰음에도 거의 철저할 정도로 종리신광에게 밀렸고, 다른 오장로는 노한 표정으로 다들 검을 빼 들고 있었다.

결국 종리신광이 뿜어낸 장력에 운룡 진인이 크게 뒤로 밀려났을 때다. 미적거리며 검을 빼 든 운송자가 다른 오장로들과 함께 검진을 펼치며 내심 나직이 탄식했다.

'허어, 어찌 우리 무당이 이런 지경까지 이르렀단 말인가!'

차차차창!

일대제자를 벗어난 후 처음으로 이뤄진 칠성검진!

그러나 운룡 진인을 중심으로 칠성의 모양을 이룬 육대장로의 움직임은 일사불란, 그 자체였다. 마치 처음부터 검진을 펼치기만을 기다리고 있었던 듯.

'우웃!'

갑자기 밀려든 거센 압력에 밀려 운룡 진인을 겁박하길 포기한 종리신광의 입가에 득의로운 웃음이 떠올랐다.

"크크크, 태극혜검 다음은 칠성검진인가? 그것도 나쁘진 않겠지!"

종리신광이 쌍수를 하늘을 향해 들어올렸다.

순간, 그의 머리 위에서 검은 소용돌이가 일어나기 시작했다.

겁멸광폭류(劫滅狂暴流)!

허공 진인을 제압하기 위해 삼십여 년에 걸쳐 완성한 마공의 첫 번째 등장이었다.

쩌르르!

진자운의 일권파를 월인마벽강으로 막아낸 사마진궁의 신형이 잠시 비틀거렸다. 충분할 정도는 아니나 강기로 몸 안팎을 철저히 보호하고 있던 그로선 천만뜻밖의 변화였다.

'역시, 큰소리칠 만한 실력은 있다는 건가?'

사마진궁의 신형이 가벼운 회전을 일으켰다.

휘리리!

그와 함께 일어난 회륜각(回輪脚)!

순식간에 진자운의 전신을 휘감은 각영들이 궁극적으로 노리는 장소는 장딴지와 무릎의 관절 부위였다. 진자운이 족쇄로 한 보 이상의 움직임은 보일 수 없는 걸 노린 일격!

사마진궁은 빨리 승부를 보고자 했다.

그러나 사마진궁이 일권파를 막아낸 것과 동시, 진자운은 눈앞 상대에 대한 첫인상을 지웠다. 오랜 막싸움의 경험에 비춰 당연한 일.

개자식이나 비루먹은 강아지가 일권파를 받고도 무사할 수는 없다. 뒤이어 매서운 반격을 가하는 것 역시.

스스스!

순식간에 무려 다섯 차례. 여전히 반 족장만으로 화륜각의 각영을 모두 무산시킨 진자운의 움직임이 여태까지와 달리 능동적으로 변했다. 사마진궁을 제법 빼어난 실력을 지닌 마웅으로 격상시킨 이상 대응 역시 달라지는 게 당연했다.

파파파!

연속적으로 여섯 차례나 변화를 일으킨 일권파가 대기를 찢어발겼다. 반보무적십팔식의 첫 번째 연환 육식이 동시에 펼쳐진 것이다.

가볍고, 무거우며, 느리고, 또한 빠르다!

연속적으로 파고드는 일권파의 권기는 흡사 천군만마와 같았다. 별다른 변화가 없어 보이나 그 속에 담긴 건 능숙한 군사의 손에 의해 일사불란한 움직임을 보이는 대군이었다.

'큭!'

일시, 일권파 연환 육식이 일으킨 권기에 미처 대응치 못하고 몇 번이나 강기를 일으킨 사마진궁의 목구멍이 뜨거워졌다. 어느새 뜨거운 핏물이 다시 치솟고 있었다. 내상이 더욱 심해진 것이다.

'위험하다!'

사마진궁은 박투를 포기하고 재빨리 뒤로 물러섰다. 처음 가졌던 오만함을 버리고 자신의 특기인 도법으로 단숨에 진자운을 해치울 심산.

물론 진자운은 처음부터 사마진궁의 허리에 매달려 흔들리고 있는 반월도를 주시하고 있었다. 이제 재빨리 뒤로 몸을 빼려 하자 마음이 움직이는 바가 없을 리 없다.

'그렇게는 안 되지!'

진자운이 여태까지의 반 족장 움직임을 버렸다. 그리고 강하게 바닥을 차며 일으킨 진각!

타탁!

진자운의 신형이 여태까지의 정적인 동작을 버리고 맹렬히 돌진했다. 발의 움직임을 금제한 족쇄를 의식하고 있던 사마진궁의 예상을 완전히 뛰어넘을 정도의 움직임과 빠름으로.

위잉!

어느새 가슴팍을 노리며 몸 전체로 회전을 일으키기 시작한 진자운의 파산경에 놀란 사마진궁이 발도를 포기했다. 그리고 순간적으로 내식을 돌려 일으킨 월인마벽강을 수장에 집결시켰다.

진자운의 무지막지한 돌격을 막기 위한 어쩔 수 없는 선택!

해서 사마진궁의 수장으로 몰려든 푸르스름한 강기가 막 진자운의 천령개를 박살 내려는 찰나!

휘릭!

사마진궁의 가슴을 노리고 왼쪽으로 파고들던 진자운의 파산경이 느닷없이 방향을 바꿨다. 왼쪽에서 오른쪽으로. 게다가 돌진하던 부위역시 어깨에서 등으로 변했다. 거의 처음 돌진 때의 두 배가 넘는 회전력을 담아서.

쾌쾅!

급히 수장으로 월인마벽강을 몰아넣느라 호신강기의 위력이 약해져 있던 사마진궁의 입에서 피가 튀었다. 억지로 삼켰던 핏물에 더해 새롭게 당한 내상의 여파였다. 그가 펼치려던 회심의 일격은 진자운이 처음으로 전개한 파산경 이식에 의해 무참히 박살나고 만 것이다.

게다가 진자운의 파산경은 일권파와 마찬가지의 전 육식!

이미 변화하기 시작한 이상 대충하고 그칠 리 만무하다.

콰콰콰콰쾅!

등에서 어깨로 이어진 회전은 다시 양 팔꿈치로 이동했고, 양 무릎에 이르러 거센 폭발을 일으켰다. 첫 식을 막지 못한 사마진궁으로선 무방비 상태로 당할 수밖에 없는 상황.

연신 뒤로 물러서면서도 간신히 쓰러지는 것만은 면한 사마진궁의 눈에 핏발이 섰다. 기혈이 치솟다 못해 눈의 모세혈관마저 죄다 파열하고 말았다.

그때 파산경 전 육식을 끝마치고야 몰아세우기를 멈춘 진자운의 입가로 흐릿한 미소가 떠올랐다.

"그놈, 맷집 한번 좋네!"

"끄으······."

"덕분에 몸 한번 잘 풀었다! 뭐, 대충 내 마음도 풀렸으니, 아직도 움직일 기력이 남았거든 무당의 말코도사들이 잡으러 오기 전에 도망가라!"

진자운의 말이 끝난 것과 동시였다. 부들부들 떨리는 손으로 발도를 하려던 사마진궁의 몸이 썩은 짚단처럼 그 자리에 무너져 내렸다. 비록 장진구나 천살삼절검보단 오래 버텼으나 동일한 결과였다.

긁적!

손을 들어 진자운이 뒤통수를 긁적일 때다.

콰콰쾅!

진자운이 깜짝 놀라 뒤로 물러설 정도의 폭음과 함께 한줄기 화염이 하늘로 치솟아올랐다.

광마 종리신광의 삼대절기 중 하나인 벽린화염강(碧燐火焰罡)의 위력!

다시 한줄기 광풍이 바닥에 쓰러진 사마진궁의 몸을 휘감아 공중으로 띄웠다. 겹멸광폭류로 운룡 진인과 육대장로가 펼친 칠성검진에 팽팽히 맞서고 있던 종리신광이 사마진궁이 쓰러지는 걸 보고 손을 쓴 것이다.

"이놈은 내가 데려가겠다!"

사마진궁을 옆구리에 낀 종리신광이 바람같이 신형을 날리자 진자운이 버럭 소리 질렀다.

"호언장담할 때는 언제고 도망가는 겁니까!"

종리신광이 잠시 신형을 멈추더니, 진자운에게 눈살을 살짝 찌푸려 보였다.

"무당의 말코들이 떼거리로 덤비니 낸들 어쩌겠느냐!"

"광마라는 명호가 아깝습니다!"

"이 버릇 없는 녀석, 다음에 나를 만났을 때도 그런 소리를 할 수 있나 보자!"

"도망이나 치는 사람한테 볼일은 없습니다만?"

"이 녀석이……."

잠시 진자운을 지그시 응시한 종리신광이 슬쩍 목소리를 낮춰 말했다.

"그런 소리 하지 말고, 이번 참에 날 따라가지 않으려느냐?"

"마교로요?"

"천마신교다!"

"어쨌거나……."

잠시 망설이던 진자운이 어깨를 한차례 으쓱해 보이고 말했다.

"역시 난, 아직 무당파에서 할 일이 있는 것 같습니다. 그거 끝마치면 한번 생각해 볼 테니, 그만 가십시오."

"정말 안 따라갈 테냐?"

"제가 두말하는 거 봤습니까?"

"많이 봤지."

"제길! 어쨌든 지금은 그냥 가십시오. 내 일간 노인장 뼈마디가 여전한지 알아보러 갈 테니까."

종리신광의 노안에 복잡한 기색이 잠시 떠올랐다 사라졌다. 진자운의 의지가 굳은 걸 보자 일시 살심이 일었으나, 지금은 때가 아니란 판단을 내린 것이다.

"그럼, 다음에 보자."

서서히 막판에 일으킨 겁멸광폭류의 여력에서 벗어나기 시작한 운룡 진인과 육대장로 쪽에 한차례 시선을 던진 종리신광이 다시 신형을 날렸다. 조금의 망설임도 없이.

"아아, 떠났구나! 떠났어!"

나름대로 존경심을 담아 종리신광을 배웅한 진자운이 나직이 혀를 차다 눈을 반짝였다. 사마진궁이 쓰러졌던 자리에 떨어진 어른 두 사람의 손바닥만한 양피지 조각을 발견한 것이다.

'자소궁을 불태우고 늙은 말코들을 한 무더기나 몰고 온 게 저것 때문인가?

진자운은 재빨리 양피지를 집어 들어 그 내용을 살폈다. 보통 이런 경우 다른 무당파 제자들이라면 눈앞에 있는 문파의 사조들에게 공손히 갖다 바칠 테지만, 그에겐 눈곱만큼도 그럴 생각이 없었다.

재빨리 양피지 안의 내용을 숙지한 진자운의 입가에 흐릿한 미소가 떠올랐다. 양피지 속 내용이 무척 눈에 익다는 걸 눈치챘기 때문이다.

'그랬던가……'

내심 흐뭇하게 고개를 끄덕인 진자운 주변으로 결국 겁멸광폭류를 뚫고 나온 운룡 진인과 육대장로가 속속 도착했다. 이미 종리신광을 추격하긴 힘들다는 판단을 내린 게 분명했다.

진자운의 괴상한 행색을 한차례 눈으로 훑은 운룡 진인이 그의 손에 들린 양피지를 주목했다.

"아이야, 네가 펼친 권법은 모양과 형식은 다르나 본 파의 사기종인과 이정제동의 묘리가 담겨 있더구나."

"무당파의 제자이니, 당연하지요."

진자운의 대꾸는 누가 듣더라도 버릇이 없었다. 특히 그의 눈앞에 있는 사람이 무당파 장문인인 운룡 진인이라면 더 더욱 그러했다.

운룡 진인의 옆 자리를 지키고 있던 운학자가 눈살을 찌푸리자, 산산조각난 면벽수련동의 석문을 주의 깊게 살핀 운송자가 다소 곤혹스런 목소리로 말했다.

"너는 혹시, 진자운이란 아이가 아니냐?"

"……"

진자운이 운송자 쪽을 힐끔 바라보고 입술을 묘하게 비틀었다. 가슴 한 켠에 잠재워 놨던 심술이 불쑥 고개를 든 것이다.

"맞습니다. 제가 바로 나이 열세 살에 싸움 한 번 했다고 칠 년간이나 아무것도 없는 면벽수련동에 갇혀 있던 그 진자운입니다."

"그, 그건······."

운송자의 얼굴이 가볍게 붉어졌다. 그날의 일은 아무리 생각해도 사제 운현자의 처벌이 너무 심했다고 오랫동안 생각해 왔다. 최선을 다해 막지 못한 자신의 무책임함과 더불어. 그런데 다른 사형제들 앞에서 진자운이 대놓고 쏘아붙이자 무안함에 고개를 못 들 지경이었다.

그때 뭔가 사연이 있어 보이는 진자운과 운송자의 대화를 가만히 지켜보고 있던 운룡 진인이 손을 내밀었다.

"네가 본 파의 제자라니, 그보다 좋을 순 없다. 네가 손에 든 양피지는 본 파의 지보이니 본 장문인에게 내놓는 게 좋겠다."

'장문인?'

진자운은 새롭다는 듯 운룡 진인을 바라봤다. 허공 진인이 우화등선한 직후 운룡 진인을 비롯한 무당 육대장로 중 대부분—운송자를 제외한—은 무공에만 빠져 있었다. 모두 지금 진자운의 손에 들린 양피지에 적힌 허공 진인의 심득 때문이었다.

덕분에 진자운은 무당파에 입문한 지 한참이 지났음에도 오늘 처음으로 운룡 진인을 비롯한 육대장로와 대면하게 됐다. 새롭게 다시 살피는 것도 무리는 아니다.

'흠, 그래서 그 천하에 무서울 게 없는 듯 큰소리를 쳐대던 종리 선배가 달아날 수밖에 없었군.'

내심 고개를 끄덕인 진자운이 슬그머니 벽린화염강이 떨어져 아직 끔찍한 불길을 토해내고 있는 쪽으로 신형을 비틀었다. 거의 눈에 띄지 않을 정도로 미묘하게.

"양피지라면 이걸 말씀하시는… 엇!"

손에 든 양피지를 아깝다는 듯 한차례 만지작거린 진자운이 손가락을 살짝 튕겼다. 벽린화염강의 불길 쪽으로 한줄기 바람이 불어온 것과 동시에.

"이런!"

"저저저!"

강철마저 녹일 듯한 벽린화염강의 불꽃.

그 속으로 순식간에 빨려들어 간 양피지를 향해 재빨리 접인지기를 펼친 운룡 진인과 육대장로의 입이 딱 벌어졌다. 허공 진인이 남긴 유일무이한 무학의 비전이 담겨 있던 양피지가 이미 한 줌의 재로 변해 버린 것이다.

'흥, 독하지 않으면 장부가 아니라고? 이 정도는 독해야 비로소 진정한 대장부라 할 수 있지!'

수십 년간의 수련으로 불그스름하니 좋던 얼굴들이 삽시간에 누런 똥 빛으로 변해 버린 운룡 진인과 육대장로를 바라보며 진자운이 득의롭게 미소 지었다.

第八章 ◆

천하제일인의 제자

천하제일인의 제자

장생전 후원.

꽤나 오랫동안 자소궁 내에서 가장 한적한 장소로 분류되던 이곳에 현 무당파를 좌우하고 있는 운 자 배 노도들이 모여들었다. 모두 과거 태극동이라 불리던 폐관수련동에서 나오자마자 허공 진인이 남긴 태극무경을 불태우는 만행을 저지른 진자운 때문이었다.

평소 육대장로가 소일하는 장소답게 장생전 후원에 마련된 정자 주변은 경관 좋고 조양 역시 따뜻하게 쏟아지고 있었다. 전문적으로 묏자리를 보러 다니는 감여가가 본다면 천하의 명당이라 탄성을 지를 정도였다.

한데 그런 곳에 백발 성성한 노도들이 모여 한결같이 낯을 붉히자 그 광경은 사뭇 진풍경이라 할 만했다. 흡사 자신이 죽어 들어갈 묏자리를 서로 차지하기 위해 싸우러 온 노인네들 같은 것이다.

그렇게 낯을 붉힌 노도들 중 최연장자이며 육대장로의 으뜸인 운학자가 좌중을 진정시켰다.

"사제들, 어찌 오랜 동안의 수양을 포기하고 그리 언성을 높이는 것인가! 모두 진정들 하시게. 장문 사형께서 이미 진자운이란 아이를 심문하고 계시니, 곧 모든 시시비비(是是非非)가 가려질 것이야."

"허! 시시비비가 가려진다라?"

나직이 혀를 찬 사람은 진무각주 운진자였다. 육대장로에 들지는 않았으나 서열로 보면 운학자 다음인 그가 노골적으로 불만을 표시한 것이다.

좌중을 한차례 둘러본 운학자의 시선이 운진자를 향했다.

"혹여, 운진 사제에게 다른 의견이 있는 것인가?"

운진자가 멋들어지게 난 수염을 한차례 쓰다듬고 말했다.

"운학 사형, 그동안 참고 있었으나 오늘은 이 사제가 한마디 해야겠소이다. 그래도 되겠소이까?"

"어찌 내가 오랫동안 본 파를 위해 묵묵히 후진을 양성해 온 운진 사제의 말을 막겠는가. 의견이 있거들랑 기탄없이 말해 보게나."

고개를 한차례 숙여 보인 운진자가 속마음을 털어놨다.

"허공 사백께서 우화등선하신 뒤 본 파에는 이상한 기류가 흐르기 시작했소이다. 허무 사숙께서 느닷없이 광태를 부려 본 파에서 조사동 다음으로 중시되던 태극동을 엉망으로 만들어놓지 않나, 장문 사형을 비롯한 여러 사형제들이 문파의 중대한 사안은 미뤄놓은 채 무공에만 빠져들어……."

"운진 사형, 그 이야기는 이번 일과는 관련이 없지 않소이까!"

육대장로 중 차석을 차지한 운안자(雲鴈子)가 중간에 끼어들자 운진자의 얼굴에 노기가 떠올랐다.

"운안, 네가 육대장로가 됐다 하여 이 사형의 말을 가로막는 것이냐!"

"그런 게 아니옵고……."

"이미 운학 사형께서 허락한 일이다! 너는 이 사형의 말이 끝나기까지 나서지 않는 것이 옳다!"

"죄송하게 됐습니다."

결국 운안자가 무색한 얼굴로 고개를 숙여 보였다.

기세가 오른 운진자가 끊겼던 말을 이었다.

"장문 사형과 육대장로는 본 파의 중심이라 할 수 있소이다. 도가 문파인 본 파의 기풍을 다듬고, 무파로서 허공 사백께서 이룩한 천하제일이란 이름에 걸맞는 활동을 해야 하는 것이다, 이 말씀이오. 그런데 장문 사형과 육대장로에 오른 사형제들이 모두 무공에만 골몰하기 시작했으니, 어찌 본 파의 아래위가 깨끗할 수 있겠소이까? 오랫동안 자소궁 쪽은 이 사람이 맡고, 오궁 쪽은 집법원을 맡은 운현 사제가 맡아 관리했으나 곳곳에서 문제가 적지 않았소이다."

"운진 사제의 말인즉슨, 이번에 발생한 일 역시 장문 사형과 본 사형을 비롯한 육대장로가 본 파의 일에 무심했기에 벌어진 일이란 뜻인가?"

"그 영향이 적지 않다고 봅니다. 그 진자운이란 아이가 칠 년 면벽을 하게 된 것이나, 터무니없는 짓을 저지른 후 거짓말을 늘어놓고 있는 것 역시 본 파의 물이 흐려졌기 때문이니. 도대체 그 아이의 나이가 몇 살이고, 허공 사백께서 우화등선하신 게 몇 해 전입니까! 어찌 그 못된 것이 허공 사백의 제자를 사칭할 수 있는지 이 사람은 도저히 납득이 가질 않소이다!"

운진자의 말이 끝난 순간, 정자 안에 모여 있던 상당수 노도들의 고개가 절로 끄덕여졌다. 그들은 마교 천살혈영대의 침입 시 직접적으로 싸움에 끼어들지 않아 진자운의 무공 실력을 확인하지 못한 자들이었다.

물론 운학자를 비롯한 육대장로들은 당시 진자운의 놀랄 만한 무공 실력을 직접 목격한 바 있었다.

그러나 자신들의 눈으로 보고도 믿기 힘든 일이었다. 어떻게 말을 꺼내야 할지 몰라 주저하던 장로들 중 진자운과 가장 인연이 깊은 운송자가 슬그머니 입을 열었다.

"저기, 운진 사형, 그 진자운이란 아이가 허공 사백의 제자라고 주장한 건 아닙니다만……."

운진자의 시선이 운송자를 향했다.

"그럼, 면벽수련동 안에 갑자기 찾아와서 무공을 가르쳐 주고, 장문 사형을 앞으로 대사형이라 부르라고 한 사람이 또 누가 있겠는가! 설마 운송 자네는 미쳐서 본 파를 떠난 허무 사숙이 찾아왔다고 말하고 싶은 건가?"

"그래도 우화등선하신 허공 사백보다는 타당성이 있지 않겠습니까?"

그때 침묵을 지키고 있던 운학자가 나섰다.

"운송 사제, 그건 아닐 걸세. 허무 사숙은 태극동을 망쳐 놓고 본 파를 떠나며 다시는 돌아오지 않겠다고 하셨네. 어찌 다시 본 파에 몰래 돌아와 벌을 받고 있는 아이에게 무학을 전수하겠는가. 하지만 그 진자운이란 아이는 분명 특이한 점이 있어, 거짓말을 늘어놓고 있다고만은 볼 수 없는 게 사실이긴 하네."

운진자의 눈에서 정광이 번뜩였다.

"그 아이에게 무슨 특이한 점이 있다는 것인지 이 사제가 알아도 되겠습니까?"

"그건 딱히 한 마디로 잘라 말할 수 없다네. 그러니 장문 사형께서 홀로 그 아이를 원무전에 데려가신 것일 테고."

"그럼 결국 장문 사형께서 원무전을 나오셔야 이 일은 해결되는 게 아닙니까?"

"그럴 것이네."

운학자의 대답이 떨어지자 운진자는 여전히 불만스런 표정을 보이면서도 입을 다물었고, 정자 안이 조용해졌다. 육대장로의 으뜸인 운학자가 장문인인 운룡 진인에게 공을 넘긴 이상, 더 이상의 소요는 무의미해진 것이다.

그때 홀로 허무 진인과 진자운 간의 관계를 생각하며 궁시렁거리고 있던 운송자는 문득 깨닫는 바가 있었다. 진자운과 허무 진인과의 관계는 꽤나 깊은 터였다. 만약 허무 진인이 지난 칠 년 동안 진자운을 가르쳤다면, 못 알아볼 리 없었다.

'그렇다면 진짜 허공 사백께서 환생해 그 아이를 가르치기라도 하셨단 말씀인가?'

자소궁을 불태운 사마진궁의 무공은 대단히 빼어났다. 솔직히 육대장로 중 가장 무공이 처지는 운송자로선 홀로 맞붙어 그를 이길 자신이 없을 정도였다.

그런데 그런 절정고수를 진자운은 온몸에 족쇄를 두른 채 물리치는 쾌거를 이룩했다. 그 당시 비록 사마진궁이 내상을 입은 상태였다곤 하나 진자운의 나이가 아직 십대인 걸 감안할 때 믿을 수 없는 진전이었다.

결국 운송자는 혼란스런 표정이 됐고, 운진자와 더불어 장생전에 올 때부터 가장 불만스런 표정을 짓고 있던 운현자가 입을 열었다.

"그럼 운학 사형의 말대로 진자운이란 아이의 처결은 장문 사형께서 알아서 하실 문제이고, 나머지 사안에 대한 논의가 있어야 한다고 봅니다."

"나머지 사안이라면?"

운학자의 시선이 자신을 향하자 운현자가 살짝 고개를 숙여 보이고 답했다.

"이번 마교의 침입으로 인해 본 파에서 입은 손실은 허공 사백께서 남기신 태극무경의 소실뿐이 아닙니다. 자소궁의 도관 중 삼 할이 불탔고, 보수해야 할 곳도 수두룩합니다. 그리고 일대제자 다섯 명이 중경상을 입고, 이, 삼대제자 십수 명이 사상을 입었으니……."

딱딱한 얘기였다. 그리고 오늘 장생전 후원, 천하 명당의 터에 세워진 정자에 모인 노도들 중 그런 딱딱한 얘기에 즐거이 귀 기울이는 사람은 극히 적었다. 사실 괜시리 말을 잘못 꺼낸 운학자와 진무각을 맡은 운진자, 운현자의 눈치를 보는 처지인 운송자가 전부였다.

나머지 노도들은?

어느새 늘어진 얼굴들이 된 그들은 주변의 참 좋은 풍경과 따뜻한 조양에 눈을 돌리고 조금씩 고개를 끄덕이기 시작했다. 노인들의 밤잠이 갈수록 없어지는 이유에 슬슬 몰입하기 시작한 것이다.

원무전.

평소 시중을 들던 도동과 제자들마저 물리친 운룡 진인은 코앞에 진자운을 꿇어 앉힌 채 침묵에 잠겨 있었다. 반나절이 지나도록 그는 별다른 행동을 취하지 않았다.

물처럼 흘러가는 시간.

하나 오랫동안 폐관수련동에 갇혀 있던 진자운이다. 시간 죽이기는 그의 특기였다. 처음부터 이만한 압박에 눈 하나 깜빡할 리 없는 것이다.

그는 마냥 천진난만한 표정으로 눈을 말똥거리며 운룡 진인의 침묵에 동조했다. 처음부터 단단히 마음먹었던 것처럼 절대 먼저 입을 열지 않을 작정이었다. 허공 진인을 내세우며 무조건 우겨놓고 본 상황이니, 먼저 입을 여는 자가 진다는 판단이었다.

사실 진자운의 주장은 그리 크게 틀린 것도 없었다.

진짜 그는 폐관수련동에서 허공 진인의 진전을 취했고, 무당파의 제자가 되어야 한다는 말에 충실히 따랐다. 어찌 보면 스승이라 불러도 무방한 광마 종리신광을 좇아 마교로 가지 않은 것만으로도 충분히 치하를 받을 만했다. 딱히 허공 진인의 제자가 아니라고 할 수도 없는 노릇이다.

게다가 그는 우연히 발견한 태극무경 속에 담긴 태극혜검과 귀원일여(歸元一如)의 진기도인법마저 단숨에 파악했다. 폐관수련동에서 취한 허공 진인의 진전과 대동소이한 방법으로 무공이 남겨져 있었기 때문이다.

즉, 지금 진자운은 폐관수련동의 태극심공과 단천뢰심강, 태극무경에 담긴 태극혜검과 귀원일여의 연기법을 모두 얻은 진정한 허공 진인의 후계자였다.

태극무경의 진본이 세상에서 사라진 현 시점에선 더 더욱 그랬다. 이제 천하제일인 허공 진인의 모든 절학은 진자운의 뇌리 속에만 남아 있었다.

다만 이건 어디까지나 진자운 혼자만의 생각이었다. 그가 마음속으로 내린 결정을 다른 무당파의 노도들이 한결같이 쌍수를 들고 찬성을 하리란 보장은 전혀 없었다. 어쩌면 종리신광에게 그랬던 것처럼 떼거리로 달려들어 무공만 토하게 한 채 개같이 팽을 시킬지도 몰랐다.

해서 허공 진인이 직접 무공을 전수해 주고, 제자로 삼았다는 새빨간 거짓말을 늘어놓은 진자운은 운룡 진인 앞에서 하나 거리낌없는 표정으로 태연자약했다. 본래 진정으로 남을 속이기 위해선 자기 자신을 먼저 속여야 한다는 걸 아는 까닭이다.

'흥, 나는 천하제일인 허공 진인의 제자라구! 그러니까 늙어도 죽지 않는 말코도사들아! 날 다시 똥이나 푸게 할 생각은 포기하는 게 좋을 거야!'

진자운은 운룡 진인을 향해 한차례 어깨를 으쓱해 보였다.

그렇게 다시 한참의 시간이 흘렀다.

그동안 묵상을 하는 척하며 청경(聽經:눈으로 보지 않고 상대의 움직임을 파악하는 기술)을 이용해 진자운을 살핀 운룡 진인의 창백한 안색에 가벼운 수심이 떠올랐다.

그가 보기에 아무리 살펴도 진자운이 익힌 무공은 무당 무공이 맞았고, 다소 경망스러운 점을 제외하곤 별다른 사기를 발견할 수 없었다. 거짓말의 징후를 발견하는 데 실패한 것이다.

'하나 어찌 우화등선한 허공 사백이 다시 속진에 모습을 보일 수 있단 말인가! 설마 하니, 그분께서 세상과 무당을 속였더란 말인가?'

아주 가능성이 없는 일은 아니었다.

실제로 허공 진인이 우화등선한 장소에는 한 벌의 도복과 먼지만이 남았을 뿐, 시신은 찾을 수 없었다. 딱히 죽었다고 보기엔 석연찮은 점이 많은 게 사실이었다.

하지만 무당파는 이미 허공 진인이 우화등선했다고 천하에 공표한 상황이었다. 이제와 그의 죽음을 되돌릴 수 없는 건 자명한 사실. 당연히 그의 제자라고 자처하는 진자운의 존재 역시 껄끄러울 수밖에 없었다.

문득 눈살을 찌푸려 보인 운룡 진인이 침묵을 깼다.

"허공 사백께 무공을 전수받았다고?"

'이겼다!'

내심 승리의 사자후를 토한 진자운이 자못 도가제자다운 표정으로 대답했다.

"앞서 장문인께 말했다시피 그건 확실치 않습니다. 그분께서는 제게 끝까지 신분을 밝히지 않으셨습니다."

"허나 본 장문인을 대사형이라 부르라 했다지 않았는가?"

"그건 그렇습니다만……."

말끝을 흐리는 진자운의 안색이 다소 수줍은 기색을 띠었다. 기골은 건장하나 아직 소년의 표정이 남아 있었다.

그 모습이 하도 자연스러워 천천히 고개를 끄덕여 보인 운룡 진인이 질문을 바꿨다.

"그럼, 일단 그 일은 뒤로 미루고……."

잠시 말끝을 흐린 운룡 진인의 눈빛에 추상같은 기운이 서렸다.

"너는 어찌하여 본 장문인의 명에 따르지 않고 본 파의 지보인 태극무경을 불에 태운 것이더냐?"

"그건……."

"설마 실수란 변명을 댈 셈은 아닐 테지!"

진짜 냉큼 실수라 말하려던 진자운이 잠시 움찔했다. 폐부를 꿰뚫는 듯한 운룡 진인의 눈빛을 보자니, 몸에 가벼운 소름이 돋는 게 종리신 광을 처음 만났을 때와 다름없었다. 자칫 한마디라도 잘못하면 목숨이 위태롭겠다는 생각이 들었다.

'제기랄, 구주 이십오성이란 작자들은 하나같이 이런 괴물들뿐이라 니…….'

내심 한차례 투덜거림으로서 마음을 안정시킨 진자운이 짐짓 긴장한 표정으로 말했다.

"장문인께서 바로 아셨습니다. 저는 일부러 태극무경을 불길 쪽으로 날렸습니다."

파라락!

바람도 없는데 운룡 진인의 옷자락이 격하게 펄렁거렸다. 의형수형(意形隨形)의 경지에 오른 자답게 심중의 분노가 자연스레 몸 밖으로 드러난 것이다.

그러나 무당파 장문인의 수양이 범인과 같을 리 만무하다. 그의 창백한 안색은 곧바로 정상을 되찾았다. 진자운의 눈에는 처음부터 전혀 감정의 기복을 드러내지 않은 것처럼 보였다. 물론 그럴 리 없지만.

"…어째서 그리했느냐?"

심중의 분노를 꾹 참은 운룡 진인의 질문에 기다렸다는 듯 진자운이 대답했다.

"저는 절 가르친 분께서 시킨 대로 행했을 뿐입니다."

"그분께서?"

"예."

운룡 진인은 다시 묻지 않을 수 없었다.

"그분께서는 단지 태극무경을 불태우란 명만 내리셨더냐? 다른 말은 없었고?"

"있어봤자 깨우치는 이가 없으니 남겨둬 봐야 뭐 하겠냐고 하셨습니다."

"그……."

"처음에 저는 그게 무슨 말인지 몰랐으나, 장문인께서 광마와 싸우는 걸 보고 확연히 깨달을 수 있었습니다."

"광마와의 싸움?"

"예, 그때 장문인께서는 처음에 광마를 태극혜검으로 제압하려다 쉽게 이룰 수 없자 검기를 검강으로 바꾸셨는데, 그건 매우 잘못된 것이었습니다. 실제로 검기를 일으켜 태극혜검을 펼칠 때 박빙(薄氷)이던 승부는 장문인께서 검강을 일으킨 순간 광마 쪽으로 기울었지요."

"……."

운룡 진인의 창백한 안색에 가벼운 경련이 일었다. 심중의 놀라움이 극에 달해 수십 년간의 수양이 일거에 무너질 것만 같았다.

그만큼 진자운의 지적은 그에겐 뼈아팠다. 일시 별다른 말을 할 수 없을 정도로.

한참을 말이 없던 운룡 진인의 목소리가 떨려 나왔다.

"본 장문인의 태극혜검의 어디가 잘못됐는지 네게 물어봐도 되겠느냐?"

"그건……."

잠시 말끝을 흐리고 운룡 진인을 바라본 진자운이 마치 숨겨뒀던 꿀단지를 몰래 건네듯 말했다.

"모든 공부(功夫)는 기본 속에 모든 게 담겨 있고, 무당의 무공은 부드러움으로 강함을 제압하는 것이다! 그 말밖엔 장문인께 제가 해드릴 수 있는 말은 없는 것 같습니다."

"모든 공부는 기본 속에 모든 게 담겨 있고, 무당의 무공은 부드러움으로 강함을 제압하는 것이다?"

"예, 저는 그분에게 그리 배웠습니다."

그 말을 끝으로 진자운은 입을 닫았다. 마치 커다란 깨달음을 전한 자와 같은 표정을 하고서.

'에구, 대충 태극무경에 담긴 태극혜검의 검의(劍意)에 맞춰 말하긴 했는데, 통했으려나?'

진자운은 엄숙한 기색 중에서도 망연자실한 표정이 된 운룡 진인을 슬쩍슬쩍 곁눈질했다.

궁하면 통한다고 했던가!

그가 그럴듯하게 말한 건 어디까지나 종리신광의 비위를 살살 맞춰 알아낸 무당 무공의 약점과 태극무경상에 적힌 글귀에 의거한 바가 컸다.

사실 그 말이 완벽하게 맞는지도 현재로선 미지수였다. 그 말을 듣고 운룡 진인이 대오각성(大悟覺醒)을 할지 주화입마를 당할지 전혀 알 수 없다는 뜻이다. 일단 급한 불부터 끄자는 생각이 앞섰기 때문이다.

그런데 운룡 진인에겐 통한 것일까?

잠시 온몸을 벌벌 떨고 있던 운룡 진인의 창백하던 안색이 점차 사람 같은 빛깔을 되찾기 시작했다. 혈색이 돌아오기 시작한 것이다.

게다가 항상 차가운 삭풍이 몰아치는 듯하던 기운까지 변했다. 원무전 내를 감돌던 한기가 점차 누그러들더니, 부드럽고 따사로운 기운이 감돌기 시작했다. 모두 운룡 진인의 안색이 변한 것과 동시에 벌어진 일이었다.

'기연을 만난 건가? 하지만 광마 종리 선배가 말한 바론 초절정고수가 갑자기 너무 큰 깨달음을 얻으면 등선밖엔 남은 게 없다고 하던데……'

안 될 일이었다. 지금 운룡 진인의 깨달음이 극해 달해 우화등선이라도 하면, 진자운의 입장이 매우 곤란해졌다. 어쩌면 장문인 암살죄를 붙여 이번엔 한 백 년쯤 폐관시킬지도 모른다.

호기심 어린 표정으로 운룡 진인을 살피던 진자운이 잠시 눈을 굴리더니, 입가에 본래의 악동 같은 미소를 지어 보였다.

철그렁!

바늘 떨어지는 소리마저 들릴 듯 침묵에 잠겨 있던 원무전이다. 진자운이 슬쩍 손목의 족쇄를 부딪치자 그 파장은 컸다. 일시 평생에 한 번 찾아오기 힘들다 알려진 무념무상의 경지에서 운룡 진인이 떠밀려 현실로 돌아올 정도로.

'어허! 조금만 더 시간이 있었다면 좋았을 것을……'

운룡 진인은 반개했던 눈을 뜨며 내심 안타까움에 혀를 찼다. 방금 전에 자신이 평생 다시 가질 수 없는 기회를 만났음을 직감했기 때문이다.

해서 소리를 낸 원인 제공자를 노려보자 진자운은 천연덕스런 표정으로 딴청을 부렸다. 전혀 운룡 진인이 만난 기연과 상태를 알지 못했다는 듯.

'하긴…….'

운룡 진인이 내심 다시 혀를 찬 순간, 원무전 내부를 감돌던 따사로운 기운이 흔적도 없이 사라졌다. 마치 방금 전의 변화가 한낱 백일몽에 불과한 것처럼.

그러나 진자운 앞에 좌정한 운룡 진인은 더 이상 예전 같지 않았다. 창백하던 안색은 평범해졌고, 몸에서 풍기는 기도 역시 부드러워져 이젠 무공 고수라기보다는 시중의 저자에서 흔히 볼 수 있는 늙은이 같았다.

중간에 깨졌기는 하나 잠시 동안이나마 기연을 맛봤다. 때문에 그는 오랫동안 태극무경에 집착한 탓에 온 정체에서 벗어나는 데 성공한 것이다.

자소궁이 불타고 십수 일이 지나갔다.

그동안 무당파 내부에서는 꽤나 많은 일들이 벌어졌는데, 그중 가장 경악스런 일은 장문인인 운룡 진인이 진자운의 존재를 정식으로 인정한 것이었다. 당금 무당파를 이끄는 최고 배분인 운 자 항렬과 동배의 속가제자로서.

무당파 역사상 처음 있는 일. 일개 나이 어린 속가제자가 장문인이나 장로들과 동배로 인정받는 순간이었다.

덕분에 연일 자소궁의 장생전은 운 자 항렬의 노도들이 모여 불평불만을 털어놓는 장소가 됐고, 그 밑의 일대제자들은 자기들끼리 진무각에 모여 설왕설래했다. 전례가 없던 일인만큼 당연한 소동이었다.

만약 불에 탄 자소궁의 도관들을 복구하는 작업이 한창이지 않았면 소동은 그저 소동으로 그치지만은 않았으리라!

어쨌든 장문인의 명령은 절대적이었다.

아무리 장생전이 육대장로를 중심으로 벅적거리고, 일대제자들의 입이 한 자나 튀어나왔어도 이미 엎질러진 물이었다. 다시 주워 담을 순 없었다. 무당파에 스무 살도 안 된 속가제일인이 탄생하고 만 것이다.

철커덩!

거의 칠 년 만에 풀린 족쇄와 목을 옥죄던 나무 형구가 하나하나 풀리더니, 힘없이 바닥에 떨어져 내렸다.

막혔던 속이 다 뚫린 듯 시원하면서도 섭섭한 기분.

진자운은 오랫동안 고생했던 자신의 수족과 목 둘레를 번갈아 주물럭거렸다. 사실 내공이 진경에 오른 이후 그다지 큰 불편함을 느끼진 않았다. 수련을 더해갈수록 오히려 족쇄의 구속이 친근하고 편안하게 느껴졌다.

모두 반보무적십팔식의 영향이었다.

하지만 지금 진자운 앞에는 빤히 쳐다보는 시선 하나가 존재했다. 그냥 아무렇지도 않은 듯한 표정을 짓기엔 왠지 억울했다. 그래서 눈앞의 시선을 잔뜩 의식한 진자운의 몸짓과 목소리엔 다소 과장이 섞여 있었다.

"아, 정말 고생 한번 많았다!"

"……"

그때 새벽부터 진무각으로 찾아온 집법원 칠대판관의 우두머리인 현명이 정중히 고개를 숙여 보였다.

"그럼, 장문진인의 특별 사면령에 의해 소사숙의 칠 년으로 예정됐던 면벽의 남은 형기는 오늘부터 유예되었습니다."

"유예?"

"예, 아직 소사숙의 형기는 두 달이 더 남았습니다. 그 기간 동안 소사숙께서는 본 파의 계율을 지키는 데 특히 조심하셔야 합니다."

"그렇지 않으면 어떻게 되는데요?"

현명의 얼굴에 냉정한 기색이 떠올랐다.

"다시 소사숙께서는 집법원의 심사청에서 심판을 받아야만 합니다. 물론 유예 기간에 계율을 범한 죄의 대가는 다른 때보다 엄하게 적용됩니다."

"흥, 그러니까 결국 앞으로 두 달 동안은 내가 몸을 사려야 한다는 뜻이로군요?"

"소사숙께서는 계율을 지키기만 하면 됩니다."

"쳇, 말은 쉽지."

나직이 투덜거린 진자운이 현명에게 한차례 눈살을 찌푸려 보이곤 손을 휘저었다.

"알았어요. 내 두 달 동안은 진무각에 찰싹 엉덩이를 붙이고 복지부동하기로 하지요. 어차피 이곳의 주인인 운진 사형이 매일 와서 들볶는 통에 다른 볼일을 보기도 힘든 상황이니까."

"소사숙께서 명찰하셨다니 다행입니다. 그리고……."

잠시 말끝을 흐린 현명이 슬쩍 목소리를 낮췄다.

"소사숙께서 비록 나이가 어리고 속가라 하나 현명의 사숙이 되시는 게 사실입니다. 면벽수련동에 들어갈 때처럼 제게 공대를 하실 필요는 없습니다."

"그런가?"

바로 말끝이 짧아진 진자운에게 현명이 바로 대답했다.

"예."

"흠, 다른 사질들은 그저 내 눈치나 슬슬 살피며 공대조차 하지 않으려 하던데, 현명 사질의 태도는 꽤나 다르군?"

"그게 마땅한 일이니까요. 그럼, 저는 이만……."

진자운에게 가볍게 목례를 해 보인 현명이 바닥에 떨어진 족쇄와 형구를 챙기기 시작했다. 한 점 흐트러짐 없는 그 모습은 칠 년 전 진자운을 폐관수련동에 처넣을 때와 전혀 달라진 게 없었다.

오히려 더욱 진중해졌달까?

문득 마음이 움직인 진자운이 족쇄와 형구를 들고 신형을 돌리는 현명을 불러 세웠다.

"현명 사질!"

"무슨 하명하실 일이라도?"

"뭐, 하명까지는 아니고……."

잠시 말끝을 흐리고 뒤통수를 긁적인 진자운이 눈빛을 빛내며 물었다.

"혹시 나한테 하고 싶은 말은 없어? 칠 년 전의 일을 사과하고 싶다던가?"

"그때의 일은 집법원의 판관인 제가 집법원주님의 명을 받아 무당파의 율법을 수행한 것입니다."

"그래서?"

"소사숙께 사과할 일은 아니라고 생각합니다. 다만, 그때 집법원주님의 결정은 다소 과한 점이 있었던 것도 사실입니다. 애석하게

도……."

자신의 사부에 대해 비판적인 말을 꺼낸 것에 죄의식을 느꼈음인가.
다시 진자운에게 고개를 숙여 보인 현명이 총총히 진무각 밖으로 떠나
갔다.

'제길, 저렇게 당당하고 멋지게 굴면, 쪽팔려서 복수도 못하겠잖아!'

"퉤!"

현명이 떠나간 방향을 향해 침을 내뱉은 진자운이 어깨를 한차례 으
쓱해 보였다. 현명을 본 순간부터 부글거리며 끓기 시작한 더운 피를
식혀야 할 필요성을 느꼈다. 감히 사숙을 깔보고 멸시하는 사질들을
상대로.

"켁!"

"흐허억!"

"허걱!"

진천철장과 배운신권을 펼쳐 협공한 현도(玄道)와 현황(玄黃)은 바닥
에 대자로 뻗었고, 유운검으로 배후를 노리던 현진(玄眞)은 무릎까지
땅에 파묻혔다.

입을 통해 터져 나온 비명성의 종류와 선후는 달랐다.

그러나 잠시 뒤 연무장 바닥에 차례대로 개구리처럼 쓰러진 모양새
는 셋 다 크게 다른 점이 없었다. 진무각 일대제자 중 삼대고수랍시고
은근히 어깨에 힘을 주고 다니던 자들에게 진자운이 내린 징벌이었다.

탁탁!

비무를 가장한 구타. 그 가운데에서도 반보의 영역을 지킨 진자운이
손을 털자 주변에 늘어서 있던 일대제자들이 일제히 몸을 움찔 떨었다.

은연중 앞서 나섰다가 묵사발이 된 삼 인에 동조해 진자운에게 불손하게 굴었던 일들이 주마등처럼 뇌리를 스쳐 지나갔기 때문이다.

족쇄의 구속에서는 벗어났으나 여전히 잔뜩 헝클어진 머리 사이로 진자운의 눈이 야성적으로 번뜩였다.

"더 나설 사람!"

"……."

일대제자들의 시선이 일제히 바닥에 고개를 처박은 채 얼굴조차 못들고 있는 삼 인을 향했다.

'현도, 현황, 현진은 실질적인 진무각 일대제자들 중 제일고수들이다. 저들이 연수합격을 펼치고도 저 꼴인데, 내가 나선다고 뭐가 달라질까?'

'나는 확실히 저들보다 떨어진다!'

'정말 장문인께서 특별히 명령을 내려 사제로 삼은 까닭이 있구나!'

재빨리 삼 인에게서 시선을 떼고, 무언의 합의를 본 일대제자들이 이구동성으로 진자운에게 목소리를 높였다.

"저희 사형제들은 감히 소사숙과 대련할 수 없습니다!"

"저희들 모두 소사숙께 감복했습니다!"

"진짜로 감복했습니다!"

일대제자들의 목소리는 뒤로 갈수록 커졌다. 설산 위에서 눈덩이를 굴리는 것과 마찬가지였다. 모두 현명을 만난 후 끓어오른 진자운의 더운 피 때문에 생긴 일이었다.

그때 연무장이 갑자기 시끄러워진 연유를 알아보려 진무각에서 운진자가 모습을 드러냈다.

"무슨 일들이냐! 어찌 도가의 제자들이 경망되이 목소리를 높인단 말이냐?"

"아!"

"그, 그것이……."

무당파에서 배분과 서열만큼 중요시되는 건 없었다. 배분이 높은 사람한테는 비무를 요청하는 것조차 금기시되는 일인 것이다. 때문에 일대제자들이 우물쭈물하는 사이 진자운이 운진자 쪽으로 쑥 나섰다.

"운진 사형, 오셨습니까?"

"자네……."

"장문 사형의 은혜를 받아 남은 두 달간의 형이 유예되었습니다."

"허험, 그랬는가?"

"예."

그때 운진자의 시선이 진자운 어깨 뒤로 향했다. 늘어선 일대제자들에 가려 보이지 않던 삼 인의 목불인견의 참상을 발견한 것이다.

"으음, 저 녀석들이 감히 사제에게 덤볐단 말인가?"

일순 주변 일대제자들의 안색이 핼쑥하게 변했다. 무당파 제일의 무골인 반면, 원리원칙에 집착하는 운진자의 평소 성정을 아는 까닭이다.

진자운이 뒤통수를 한차례 긁적이고 슬쩍 둘러댔다.

"그게 사질들이 연수합격하는 방법을 잘 모르겠다고 해서 제가 좀 가르쳤습니다."

"연수합격을 하는 방법?"

"예, 지난번 마교의 침입 때 홀로 마두들을 제압하다 상처를 입은 다른 사질들의 일이 마음에 걸렸던가 봅니다."

"흥, 그렇다 하나 어찌 당당한 무당파의 일대제자가 연수합격 따위에 관심을 보인단 말인가!"

못마땅한 듯 냉소를 터뜨린 운진자가 짐짓 누그러진 표정으로 진자운에게 말했다.

"오늘도 시간이 됐으니 가세나."

"예."

"그럼 따라오게."

다시 삼 인을 향해 눈살을 찌푸려 보인 운진자가 꼴도 보기 싫다는 듯 신형을 돌려 성큼거리며 걸어갔다. 그러자 얼른 그 뒤를 따르려다 잠시 멈칫한 진자운이 가장 가까운 곳에 서 있던 현양(玄陽)을 손짓해 불렀다.

"소사숙, 무슨……."

"응, 다름이 아니라 저기 널브러진 녀석들 말야. 저대로 두면 나중에 크게 고생할 테니까 자네가 다른 사질들과 함께 고생 좀 해야겠네."

"염려 마십시오. 제가 책임지고 약원으로 데려가겠습니다."

"아니, 저들은 내가 독창적으로 창안한 내공에 당했기 때문에 약원에 데려가 봐야 소용이 없어. 그러니까……."

잠시 말끝을 흐린 진자운이 현양의 귀에 입을 가져다 대고 조용히 말했다.

"저들이 원기를 잃지 않으려면, 절대 햇빛이 들지 않는 그늘진 장소에 하루를 꼬박 파묻어야 해. 물론 몽땅 파묻으면 숨을 쉴 수 없으니까 숨통은 틔게 만들어야지."

"아, 알겠습니다."

"그리고 또 한 가지. 저들을 파낸 뒤에 반드시 뒷간에서 막바로 퍼낸 신선한 똥물을 한 됫박 먹여야 해."

"또, 똥물을요?"

"그래. 자네도 민간에서 두들겨 맞은 어혈을 풀 때 똥물을 먹인다는 말을 들어봤을 것 아닌가?"

"그야 그렇지만, 어찌 똥물을……."

진자운의 눈꼬리가 슬쩍 치켜 올라갔다.

"자네는 저들에게 평생의 후환을 남기려는가!"

"아, 아닙니다!"

"그럼, 이 사숙의 말에 따르라구. 필시 나중에 저들이 자네에게 크게 고마워할 테니까."

말을 끝마치고 현양의 어깨를 툭툭 한차례 두드려 준 진자운이 벌써 한참이나 멀어진 운진자를 좇아 달려갔다. 입가에 흐뭇한 미소를 한껏 머금은 채.

'녀석들, 똥물 맛 좀 봐라!'

멀어져 가는 진자운을 바라보며 망연한 표정이 된 현양의 얼굴에 굳은 결의가 떠올랐다. 앞으로 살아생전 절대로 진자운에게 덤비는 우둔한 짓은 하지 않겠다는. 얻어맞는 것까진 몰라도 절대 똥물만은 마시고 싶지 않았기 때문이다.

진무각 내 대련실.

대략 삼백 평이 조금 넘어 보이는 대련실의 중앙을 차지하고 선 운진자의 손에는 이미 검이 빼 들려 있었다. 열흘 전부터 시작한 비무 중 처음 있는 일.

일순 운진자의 눈에 담담한 신광이 떠올랐다.

"오늘이 마지막이네."

진자운이 고개를 끄덕였다.

"예, 오늘까지 합해 열흘 동안 절 공격해서 한 보 이상 뒤로 물러서게 만들지 못하면 운진 사형께선 진무각에서 즉시 절 풀어주신다 했지요."

"제대로 기억하고 있구만."

"기억력 하나는 좋습니다. 이제부터 진무각을 떠나 하고 싶은 일도 좀 있고요."

"그렇겠지. 칠 년 만에 세상에 나왔으니 하고 싶은 일이 많을 것이야."

"예, 그래서 오늘로 진무각의 신세를 지는 건 그만둘 작정입니다."

"허허, 그런가? 그럼 바로 시작해 보도록 하지."

"예."

대답과 함께 일권파의 자세를 잡은 진자운이 갑자기 생각난 듯 한마디 덧붙였다.

"근데, 제가 족쇄를 풀었다고 마구 검기나 검강 같은 걸 사용하시지 않겠지요?"

"그야 이를 말인가! 당연히 나는 여태까지처럼 무당검의 검식만을 사용할 것이야."

진자운의 말에 슬쩍 백미를 치켜 올린 운진자가 빠르게 기수식을 끝내곤 바람같이 검을 찔러왔다. 어제까지 펼친 총 다섯 개의 검법 중 하나인 소청검이었다.

'역시 무광(武狂)이라 불리는 진무각주라 해도 태극혜검은 익히진 못했나 보군!'

이미 눈에 익을 대로 익은 검식의 흐름이었다. 검식이 변하기를 기다려 재빨리 반 족장을 움직인 진자운의 입가에 히죽 웃음이 떠올랐다.

운진자의 밑천이 드디어 바닥을 드러냈다는 판단이었다.

그런데 갑자기 운진자의 소청검이 양의검으로 변했다. 여태까지와 달리 하나의 검식에 두 가지 검법의 변화가 섞인 것이다. 그것도 막 진자운이 변화에 맞춰 신형을 움직인 때에 맞춰.

쇄에!

아찔하게 변화한 검봉(劍鋒)이 진자운의 코끝을 스쳤다. 거의 코가 베어졌나 싶을 정도로 전광석화 같은 변화.

'이크!'

진자운의 신형이 다시 반 족장 이동하자 운진자가 슬쩍 검을 거두고 외쳤다.

"이번 건 경고였네! 이제부터는 손에 사정을 두지 않을 것인즉, 사제는 조심하게나!"

'제기랄!'

진자운은 경고성과 함께 상반신 전체를 노리며 파고드는 유운검의 현란한 변화에 내심 욕설을 토했다. 유운검에 맞춰 신형을 이동한 순간, 검봉이 파르르 떨리며 현천검을 토해내고 다시 태청검의 변화를 더했기 때문이다.

진자운은 한참 동안 진땀을 빼며 바삐 움직였다. 그의 걸음이 조금만 늦춰지려 하면 운진자의 검은 연신 재촉이라도 하듯 달려들었다.

양의검, 태청검, 소청검, 진천검, 유운검의 많고도 많은 변화들이 마치 하나의 검법이기라도 하듯 쏟아졌다.

익히 무당파 육대검법의 중대한 변화나 약점을 파악하고 있던 진자운이나 일시 머리가 혼란하고 눈앞이 빙글거리며 돌았다. 그만큼 운진자는 무당파 오대검법의 변화를 거의 완벽하게 하나로 일통시키고 있었다.

과연 무당파 제일의 무공교두인 진무각주다웠다!

그러나 검식의 변화가 물이 올라갈수록 마음이 초조해지는 건 오히려 운진자 쪽이었다. 아무리 검법을 바꾸고 교묘한 변초를 쏟아내도 진자운을 한 보의 간격 밖으로 밀어낼 수 없었기 때문이다. 여태까지와 마찬가지로.

'역시 그 방법밖엔 없단 건가!'

쇄에에!

일순 빠르고 현란하던 운진자의 검에 담긴 기운이 변했다. 변화 자체는 현천검인데, 빠르지도 느리지도 않게 진자운을 압박하며 파고들었다.

'이건!'

위기를 느낀 진자운의 신형이 자연스레 뒤로 물러서려다 멈칫했다. 여기서 다시 뒤로 물러서면 간격이 한 걸음을 벗어나게 되는 것이다.

스슥!

순간적으로 신형을 뒤로 물리기를 포기한 진자운의 발끝이 번개가 무색할 만큼 바쁘게 움직였다. 어떻게서든 기묘한 기세를 담은 검의 변화를 회피하려는 의도였다.

그러나 순간 운진자의 검끝이 다시 파르르 떨렸다. 그리고 귀청을 울리는 기음과 함께 갑자기 도저히 믿을 수 없는 변화를 일으켰다.

위잉!

바로 코앞에서 갑자기 붉게 달아오른 검신이 유연한 채찍처럼 중간이 꺾이더니, 진자운의 가슴을 파고들었다. 도저히 좌우로 이동하는 것만으론 피할 수 없는 변화!

문득 진자운의 입가에 강인한 웃음이 떠올랐다. 순간적으로 운진자의 내심을 간파한 것이다.

'날 진무각에 가둘 순 없다!'

내심 크게 소리친 진자운이 뒤로 물러서는 대신 가슴을 검에 내줬다. 차라리 죽을지언정 뒤로 물러날 수 없다는 듯.

파아!

막 진자운의 가슴을 꿰뚫으려던 검봉이 아슬아슬하게 움직임을 멈췄다. 그러나 이미 길게 베인 가슴의 옷자락이 붉게 물들고 있었다. 검봉이 훑고 지나간 건 얇은 옷자락만이 아니었던 것이다.

"자네……."

검을 거두고 운진자가 눈살을 가볍게 찌푸려 보이자 진자운이 이를 드러내며 웃어 보였다.

"운진 사형, 오늘도 먼저 검을 거두셨으니 제가 이긴 겁니다!"

"으음."

운진자는 나직이 신음했다. 그가 마지막 순간 검봉을 돌리지 않았다면 진자운은 죽은 목숨이었다. 이렇게 건방진 말을 내뱉을 수 없는 게 당연했다.

하지만 결과는 운진자의 패배였다.

변명의 여지는 없었다.

성큼성큼 진자운에게 다가간 운진자가 품에서 꺼낸 금창약으로 검상을 치료하며 나직이 한숨을 토했다.

"그래, 내가 자네한테 졌네. 승부를 위해 목숨조차 초개처럼 여기는 사제를 내 욕심을 위해 계속 진무각에 잡아둘 순 없는 일이겠지."

"아야!"

"하지만 오늘의 비무로 자네도 많은 걸 느낄 수 있었을 것이네, 자네의 무공에 중대한 결함이 있다는 것을."

"아야야! 운진 사형, 좀 살살 치료해 주세요! 너무 손이 맵습니다!"

"허허, 원, 엄살도!"

진자운의 검상에서 더 이상 피가 배어 나오지 않는 걸 확인한 운진자가 그만 손을 뗐다. 진자운 정도면 방금 전 자신이 한 말에 담긴 의미를 충분히 이해했으리라 생각한 것이다.

문득 운진자의 얼굴에 담긴 따뜻한 배려의 기운을 느낀 진자운이 엄살 떨던 입으로 히죽 웃음을 만들어냈다.

"오늘 운진 사형의 가르침, 절대 잊지 않겠습니다."

"복수하겠단 말인가?"

"설마요!"

진자운이 눈을 동그랗게 뜨고 소리치자 운진자의 입가로 담담한 미소가 떠올랐다.

◆ 第九章 ◆

누룽지 맛은 변함없다

청풍은 산더미 같은 나무를 해 가지고 산을 조심조심 내려오던 중 발길을 멈췄다. 지객원으로 향하는 길목을 떡하니 막고 서 있는 속가 복장의 장발 청년을 발견했기 때문이다.

휘잉!

한줄기 불어온 바람에 청년의 장발이 흩날렸다. 그러자 드러난 익숙한 눈매와 얄궂은 입매무새.

'자운!'

청풍은 앞뒤 생각 할 것도 없이 진자운에게 달려가려다 몸을 가볍게 떨어 보였다. 갑자기 자신의 처지와 소문으로 들려온 진자운의 신분 상승을 떠올린 것이다.

비틀!

일순 한쪽 발을 살짝 절어 보인 청풍이 신형을 돌려 내려오던 산길을 되짚어 올라갔다. 돌연 일어난 진자운을 만나선 안 된다는 생각이 시킨 대로였다.

'저 녀석이!'

진자운의 입꼬리가 일그러졌다. 눈물 펑펑 쏟는 감격의 해후를 기대한 건 아니나 이런 상황은 그가 전혀 의도하지 않은 바였다.

스윽!

가볍게 발을 굴러 신형을 뽑아 올린 순간 진자운이 청풍을 따라잡았다. 아니, 아예 그의 앞을 가로막아 섰다.

그리고 휘둘러진 주먹!

퍽!

청풍의 어깨를 때려 뒤로 벌렁 나자빠지게 만든 진자운이 다소 성난 목소리로 말했다.

"이 자식아! 이 형님이 칠 년 만에 네 녀석을 만나러 왕림하셨는데, 의리도 없이 내빼기냐?"

"그, 그게……."

청풍이 어렵사리 신형을 일으키더니 고개도 들지 못하고 머리를 조아렸다.

"처, 청풍이 태사숙조를 뵈옵니다!"

"이 자식이!"

진자운의 눈에서 불꽃이 튀었다. 그는 청풍에게 존장 대접을 받으러 찾아온 것이 아니다.

퍼퍽!

처음의 주먹질이 단순한 미는 동작이었다면 이번에는 힘이 실려 있었다. 단숨에 청풍의 얼굴을 퉁퉁 부을 정도로 때린 진자운이 성난 목소리로 말했다.

"청풍, 네놈은 영원한 내 쫄따구이고 친구다! 언제부터 네놈이 그렇게 무당파의 서열이나 배분에 목숨을 걸었다고 날 이렇게 실망시키는 거냐! 너, 오늘 나한테 죽도록 한번 맞아 볼래! 엉!"

"……"

진자운은 그래도 아무런 대꾸가 없는 청풍의 멱살을 잡고 일으켰다. 그리고 다시 안면에 주먹을 먹이려다 동작을 멈칫했다. 청풍의 눈가로 흘러내린 맑은 눈물을 본 것이다.

"씨발놈, 사내새끼가 질질 짜기는!"

"자운……"

진자운이 멱살을 놔주자 청풍이 비틀거리며 뒤로 물러났다. 유난히 절룩이는 왼쪽 다리가 진자운의 눈에 이채를 띠게 만들었다.

"그 다리, 어떻게 된 거냐?"

"다리?"

"왼쪽 다리 말야! 움직임을 보니, 상처를 입은 지 꽤 오래된 거 같은데?"

청풍의 입가에 씁쓰레한 미소가 떠올랐다.

"자운, 네가 면벽수련동에 처박히고 며칠이 지나지 않아 청운 사형이 칠성원에 정식으로 들어가게 됐다."

"청운, 그 쥐새끼 같은 놈 말이냐?"

"그래, 널 팔아먹은 그 씨발새끼 말이다! 그 새끼가 좋아 날뛰는 꼴을 보다가 갑자기 욱하고 성질이 치솟아서……."

진자운의 눈가에 살기가 떠올랐다.

"그 쥐새끼가 네 다리를 이렇게 만들었다는 게냐?"

"대신 그 새끼는 다신 주먹을 못 쓰게 돼서 무당파에서 나갔다. 양쪽 근맥이 파열됐거든. 내가 자운, 네 복수는 확실히 한 셈이지. 덕분에 나는 지객원주인 현학 사숙조한테 찍혀서 여전히 요 모양 요 꼴이지만……."

펔!

퉁퉁 부은 얼굴로 웃음 짓던 청풍의 얼굴이 반대편으로 돌아갔다. 진자운이 다시 주먹을 날린 것이다.

"자, 자운……."

떠듬거리는 청풍을 바라보는 진자운의 눈가에 슬며시 붉은 기가 머물다 사라졌다. 대신 그의 입에서 연달아 쌍욕이 튀어나왔다.

"이 씨발새끼야! 이 빌어먹을 놈아! 이, 지 주제도 모르고 나대는 새끼야! 내가 언제 내 복수를 네놈한테 해달라고 했냐! 지 주제도 모르고 나대니까 이런 개 같은 꼴을 당하는 거잖아!"

"그렇지만 나는……."

"입 닥쳐, 이 새끼야! 무공을 익힌다는 놈이 다리 근맥이 못 쓰게 됐어! 절름발이가 됐단 말야! 이대로 네 녀석은 만족한단 말이냐?"

"시끄러! 이 새끼야! 나도 그러기 싫었어! 나도 그렇게까지 꼴통은 아니란 말야!"

"그럼 왜 그 딴 짓을 했냐!"

"난, 난 자운, 너같이 더러운 성격을 지닌 놈은 필시 폐관수련동에 갇혀 날뛰다가 죽을 거라고 생각했단 말이다!"

끝내 마음속에 담고 있던 말을 토해낸 청풍의 입에서 식식거리는 숨결이 토해져 나왔다. 그의 인생 중 가장 격한 순간이 한꺼번에 휩쓸고 지나간 것이다.

"씨발놈!"

진자운이 들릴락 말락 한 욕설과 함께 손가락을 뻗어 청풍의 입을 벌렸다.

"읍읍!"

"새끼야, 가만히 있어! 지금이라도 내 마음이 변하기 전에!"

진자운은 사추리 사이를 뒤져 칠 년간 몰래 숨겨놨던 자소단을 끄집 어냈다. 조금 시고 구린 냄새가 났다.

하지만 칠 년 전 운송자가 전해준 태극구공과 더불어 보물같이 간직 해 왔던 무당파 제일의 영약이었다. 냄새가 조금 난다고 해서 아깝지 않을 리 만무했다.

'씨발, 그냥 먼저 먹을걸······.'

잠시 청풍을 노려본 진자운이 수중의 자소단을 아낌없이 그의 입 안 에 쑤셔 넣었다. 조금쯤 감정을 담아서.

"끄윽!"

진자운의 도움을 받아 몸 안에 들어간 자소단의 약력을 모조리 단 전으로 흡수한 청풍의 입에서 만족스런 트림이 흘러나왔다. 하긴 자 소단을 복용한다 해도 약력을 모조리 흡수하기 위해선 내공이 절정인 화경(化境)에 달한 고수의 도움이 필수였다. 약력을 심후한 내력으로 녹여야 하기 때문이다.

그런데 청풍은 자소단을 복용했을뿐더러, 마침 같은 무당파 제일의 내공인 태극심공을 익힌 내가고수인 진자운의 도움을 확실하게 받았 다. 만족스런 트림이 나오는 건 전혀 이상할 게 없었다. 사실 이와 같 은 기연을 맞이하고도 만족하지 못한다면, 나쁜 놈일 터였다.

"씨발놈!"

어느새 뜨인 눈에 담담한 신광이 어린 청풍을 향해 나직이 이죽거린 진자운이 호령하듯 말했다.

"대충 운기조식 끝냈으면 나랑 같이 가자."

"응? 나는 아직 할 일이……."

"이 새끼야! 태사숙조가 같이 가자면 같이 가는 거지 무슨 말이 그리 많아! 확 지객원으로 달려가서 현학, 그 새끼를 먼저 밟아버릴까?"

"아니다, 아니야!"

청풍이 얼른 신형을 일으키다 흠칫 놀란 표정이 됐다. 몸이 날아갈 것처럼 가벼운 게 여태까지 무거운 짐처럼 매달려 있던 왼발의 거북함이 거의 느껴지지 않았다.

"이, 이게……."

진자운이 피식 웃었다.

"그게 내공의 좋은 점이다. 좋은 걸 혼자 냉큼 처먹었으니, 그 정도는 효과를 봐야지."

"아아……."

청풍의 얼굴로 진득한 고마움이 떠올랐다. 그러나 그는 입에 발린 말을 진자운에게 하진 않았다. 그냥 묵묵히 웃어 보일 뿐이었다.

진자운 역시 청풍에게 치하를 받고 싶은 마음 따윈 전혀 없었다. 그를 바라보다 나직이 코웃음을 친 진자운이 휑 하니 앞서 걸어가기 시작했다.

나뭇짐을 내동댕이친 청풍이 그 뒤를 따르며 소리쳤다.

"가, 같이 가자!"

잠시 후 진자운이 청풍과 함께 도착한 곳은 오원 중 하나인 칠성원의 정문이었다.

'내, 저곳을 꼭 들어가고 싶었었다!'

다소 복잡한 기색인 진자운을 청풍이 쭈뼛거리며 불렀다.

"자, 자운……."

"앞으로 그런 호칭은 너와 나 둘이 있을 때만이다."

청풍이 바로 알아들었다.

"태사숙조, 여긴 칠성원인데요."

"알아."

"그럼, 혹시 옥진 사숙을 만나러 오신 겁니까? 옥진 사숙이라면 이미 환속해서……."

"지놈 집으로 돌아갔다는 말 들었다. 손이 귀한 집안의 외아들이니 대충 무당파에서 무공을 익힌 이상 집안의 대를 이으러 가는 게 당연하겠지."

"그럼 이곳은 어째서?"

진자운이 청풍을 한차례 바라보곤 어깨를 으쓱해 보였다.

"어째서긴, 내 막강한 권력을 이용해서 청풍 네 녀석을 칠성원에 집어넣어 주려는 게지."

"예?"

"뭐, 네 녀석은 그동안 부정으로 칠성원에 들어가는 새끼들 때문에 매번 미역국을 먹었지만, 기초가 탄탄하고 자소단을 먹어 내공 또한 견실해졌다. 이제라도 칠성원에 들어가 노력한다면 몇 년 후엔 송문고검(松紋古劍)을 하사받고, 칠성검수(七星劍手)가 되는 것도 큰 무리는 아닐 거다. 물론 한참 뒤늦은 네 녀석은 다른 녀석들보다 두 배는 더 노력해야 할 테지만."

"……."

무당파의 기재들이 모인다는 칠성원에서도 십 년이나 십오 년에 한 번 뽑는 게 칠성검수이다. 그러니 송문고검을 하사받고 칠성검수에 뽑힌다는 건 장래 무당파를 이끌 최고의 후기지수가 된다는 뜻.

오늘 진자운을 만나기 전까진 꿈도 못 꿨던 행운을 연달아 얻은 청풍의 얼굴이 얼떨떨해졌다. 당최 실감이 나지 않을뿐더러, 더럭 두려움마저 느껴졌기 때문이다.

그때 칠성원의 문이 열리자, 진자운이 성큼성큼 안으로 걸어 들어갔다. 그리고 오랫동안 무당 후기지수들의 꿈이자 희망이었던 칠성원이 거센 광풍에 휘감겼다. 무당파에 입문한 뒤 여태 아무런 부족함이 없이 지내던 명문거족과 부유한 집안 자제들의 곡소리와 함께.

진자운이 칠성원을 발칵 뒤집어놓은 지 보름이 지났다.

그동안 진자운은 매일 칠성원에 출근하며 기재들을 호되게 굴렸다. 거의 인정사정을 봐주지 않는 그 행동은 두 달간의 집행 유예 기간이 무색할 정도였다.

그렇지 않아도 예의 진자운을 주시하고 있던 무당파의 노도들이 다시 장생전으로 몰려들었다. 그리고 그중에는 단단히 화가 난 집법원주 운현자가 포함되어 있었다.

탕!

다탁을 소리나게 내려친 운현자가 목소리를 높였다.

"도대체가 장문 사형의 특별한 사면령으로 형의 집행을 유예당한 주제에 어찌 그리 경망스런 일을 하고 다닐 수 있단 말입니까! 이는 집법원을 맡은 이 사람을 완전히 무시하는 처사가 아니냐는 말입니다!"

그 앞에 앉아 흥분한 운현자가 내뱉는 침을 그대로 맞고 있던 운송자가 얼른 소매로 얼굴을 닦으며 말했다.

"운현 사제, 어찌 자운 사제가 자네를 무시하겠는가. 내 그렇지 않아도 칠성원을 맡은 현청 사질에게 사정을 알아보니, 다소 자운 사제의 처사가 심하긴 해도 무공 수련의 도리상 틀린 것은 없다고 하더군."

"무공 수련의 도리상 틀린 것이 없다니, 그게 무슨 말씀이십니까?"

"그러니까, 자운 사제가 칠성원 아이들의 수련 방법을 다소 과격하게 뜯어 고쳤지만, 그로 인해 수련 효과는 배가됐다는 걸세."

운현자의 미간에 파르스름한 기운이 떠올랐다. 그가 극도로 분노할 시 보이는 변화였다.

"그럼 어째서 현청 사질이 절 찾아와 하소연을 늘어놓은 것입니까? 설마 현청, 그 아이가 절 희롱했다는 것인지요?"

얼른 운송자가 소매를 휘저으며 당황하여 소리쳤다.

"어찌 현청 사질이 그런 짓을 했겠는가! 현청 사질이 자네에게 하소연을 한 거야 자운 사제가 시키는 수련의 강도가 너무 심해서, 혹여 칠성원 아이들에게 변이라도 생길까 저어한 것이겠지."

"그럼 운송 사형의 뜻은 무엇입니까? 자운 사제의 방약한 행동을 그냥 내버려 두자는 겁니까? 아니면 제재를 가하고 벌을 주자는 겁니까?"

"그, 그야······."

운송자가 재빨리 다른 사형제들의 눈치를 살폈다. 그의 인생 중 중요한 순간마다 홀로 결정을 내려본 일이 없었다. 언제나 눈치를 보는 인생을 살아왔다. 이제 와서 그다지 큰 정도 없는 진자운 때문에 여태까지 고수해 온 삶의 철학을 바꿀 생각은 전혀 없었다.

결국 운현자가 냉소를 터뜨리자, 보다 못한 운진자가 나섰다.

"장문 사형의 명령을 받고 자운 사제를 내가 진무각에 며칠 데리고 있었네."

"예."

운송자를 대할 때와 눈에 띌 정도로 다르게 운현자의 태도가 정중해졌다.

미미하게 고개를 끄덕인 운진자가 말을 계속했다.

"덕분에 자운 사제의 성품과 무공을 어느 정도 파악할 수 있었기에 장담하네만, 만약 칠성원의 아이들이 사제에게 무공을 전수받았다면 그건 행운이라 할 만하네."

"행운이라심은?"

"자운 사제의 무공은 칠성원을 맡은 현청 사질보다 한참이나 위에 있다네. 그리고 본 파 무공에 대한 깨달음이 높을뿐더러, 다른 영역마저 스스로 개척한 상태야. 그러니, 그런 사제에게 무공을 전수받는 기연이 어찌 쉽겠는가?"

운진자는 비록 육대장로에는 들지 않았으나 무당제일의 무공 교두인 진무각주였다. 실제 무공만으로 논하자면 장문인인 운룡 진인 다음이라고 누구나 인정하는 터였다.

그런 그가 진자운의 무공 실력을 격찬하자 주변에 모여 있던 노도들 사이로 작은 웅성거림이 일었다. 그만큼 운진자의 진자운에 대한 평은 놀라운 것이었다.

그러나 그들 중 어느 누구도 운진자와 무공을 논할 만한 실력을 가지고 있지 못했다. 마음속에 승복하지 못하고 불만이 일었으나 누구

하나 감히 먼저 나서지 못했다.

해서 주변의 바뀐 분위기에 눈살을 가볍게 찌푸려 보인 운현자가 다시 반박하고 나섰다.

"운진 사형, 하지만 칠성원의 아이들은 무공 수련이란 명목만으로 천둥벌거숭이 같은 자운 사제에게 맡기기에는 문제가 있습니다. 만약 그들 중 너무 심하게 무공을 수련하다 다치거나 목숨을 잃는 아이가 나오기라도 한다면……."

"물론 나도 알고 있네, 칠성원에 들어간 아이들이 본 파에 끼치는 영향을."

"그렇다면 지금 자운 사제가 취하는 행동이 매우 위험하다는 것 또한 아실 테지요?"

운현자의 얼굴에 다소 도전적인 표정이 떠오르자 운진자가 고개를 끄덕여 보였다.

"그래, 내 알고 있네. 그래서 여태까지 하원의 일은 운현 사제와 현청 사질에게 모두 일임하고 모른 척했었지. 하지만 우리 무당파가 무당파로 있기 위해선 이제 개혁이 필요할 시점이라고 생각되네."

"개혁이시라면?"

"그동안 우리 무당파의 내외는 지나치게 평안했어. 천하제일인으로 마교와의 정마대전을 승리로 이끌었던 허공 사백의 덕으로 얻은 명성에 의존한 채 너무 안이했단 말일세. 때문에 무도한 마교 녀석들이 본파의 상징인 자소궁에 불을 지를 생각을 했던 것이고."

운진자의 말을 듣고 있던 노도들의 고개가 미미하게 끄덕여졌다. 그들 또한 얼마 전 있었던 마교의 자소궁 습격 사건에 큰 충격을 받은 터였다. 여태까지 가지고 있던 자부심에 상처를 입은 것과 동시에 나름대로 깨우친 바가 컸다.

결국 사형제들의 면면을 살피고 심중을 드러낼 때가 됐음을 직감한 운진자가 말했다.

"여러 사형제들, 그래서 나, 운진은 한동안 깊이 고민한 끝에 본 무당파의 내외를 일신해야겠다고 생각했소이다."

"일신이라면?"

"자소궁의 진무각과 하원의 칠성원을 중심으로 좀 더 본 파 무공의 기본을 중시하는 기풍을 확립하고, 세속적인 일을 배제하고자 하는 것이오."

"운진 사형, 그건 너무 극단적인……."

눈살을 찌푸리는 운현자의 말을 운진자가 단호하게 끊었다.

"아니, 운현 사제, 지금이 딱 좋을 때라고 생각하네. 이번에 무림맹에서 본 파에 다시 인원 차출을 요구해 왔으니까."

여태껏 침묵하고 있던 육대장로의 으뜸, 운학자가 조금 놀란 표정으로 물었다.

"운진 사제, 무림맹에는 이미 본 파의 핵심이라 할 수 있는 칠성검수 중 반수인 열네 명과 운엽(雲葉) 사제가 가 있지 않은가! 그들만으로도 이미 웬만한 중소문파와 겨룰 수 있는 전력이거늘, 어찌 또 차출을 요구한단 말인가?"

운진자가 운학자에게 슬쩍 고개를 숙여 보이고 대답했다.

"운학 사형의 말이 맞습니다. 이미 무림맹에 본 파는 꽤나 많은 전력을 보내놓은 상태이지요. 하지만 지난 정마대전 이후 평온했던 무림에 슬슬 전운이 감돌기 시작한 것 같습니다."

"전운?"

"예, 한동안 잠잠했던 묘강(苗疆) 만독문(萬毒門)의 독조(毒祖) 갈홍경이 활동을 재개했다고 합니다."

"허어, 독조 갈홍경이!"

장탄성을 토해낸 건 운학자뿐이 아니었다. 주변에 모여 있던 모든 노도들의 얼굴에 우려와 염려의 기색이 가득 떠올랐다.

만독문의 독조 갈홍경!

구주 이십오성 중에서도 이선 바로 아래인 삼패에 속한 인물로, 변황 무림인 중에선 최강 중 한 명으로 손꼽히는 자였다.

한때 마교의 교주였던 마선 담천위에게 도전했던 절대강자!

그동안 담천위에게 패해 은둔한 상태였는데, 그가 다시 활동을 재개했다면 무림에 거센 폭풍이 몰아칠 건 자명한 사실이었다. 이선이 세상을 떠난 현 무림에서 삼패에 속한 그를 압도할 만한 고수는 아무도 없었기 때문이다.

좌중이 진정되기를 기다려 운진자가 말을 이었다.

"그래서 현 무림맹의 맹주를 맡고 있는 불패신권(不敗神拳) 각원 대사(覺遠大師)께서 각 문파에 협조 공문을 보냈는데, 우리 무당파도 이에 응하지 않을 수 없을 것 같습니다."

"하면, 누굴 보내면 되겠는가?"

"마침 적임자가 생겼지 않습니까?"

"적임자?"

입가에 슬그머니 미소를 머금은 운진자가 말했다.

"본 파에서 자운 사제와 일대제자 두어 명을 보내고 한동안 문파 내외의 정리를 위해 활동을 중지한다면, 각원 대사나 다른 무림동도들도 뭐라 하진 못할 것입니다."

"허어!"

"그거 정말 묘수로군요!"

"역시 운진 사형!"

운학자가 탄성을 터뜨리자 주변의 다른 노도들 역시 언제 설왕설래했냐는 듯 흔쾌한 표정으로 고개를 끄덕이기 시작했다. 여태까지 운진자가 내세운 개혁 방안은 부정적인 의견이 많았으나 만독문과 독조 갈홍경이 준동을 시작했다면 사정이 달라졌다.

과거 무당파는 정마대전에서 천하제일이란 이름을 얻는 대신 엄청난 피해를 입은 바 있었다. 일단 전시에는 문파 내 내실을 다지는 것만큼 남는 장사가 없다는 걸 모를 노도는 이곳에 아무도 없었다.

"무림맹으로 가라고… 요?"

진자운이 별로 기껍지 않은 표정으로 되묻자 운진자가 평소의 위엄 있는 표정을 살짝 허물었다.

"왜, 싫은가?"

"뭐, 특별히 싫은 건 아니지만……."

진자운은 말끝을 흐리며 입맛을 다셨다.

요즘 들어 칠성원에서 기재들을 굴리는 재미가 쏠쏠한 터였다. 본래의 의도가 호도되어 이젠 그들과 함께 하루 종일 땀을 흘리는 게 커다란 낙으로 자리잡고 있었다.

그런데 갑자기 무당파를 떠나 무림맹으로 가라고 한다. 사실 마음한 켠에 아쉬움이 없다면 거짓말일 터였다.

그런 진자운의 내심을 읽은 운진자가 슬그머니 목소리를 낮춰 말했다.

"무림맹으로 떠나긴 하되, 사제는 될 수 있으면 그곳에 늦게 도착하는 편이 좋다네."

"예?"

"무당산을 내려가 좀 떠돌아다녀도 된다는 뜻일세. 무림맹에서 군웅대회를 여는 건 아직 삼, 사 개월 정도는 여유가 있으니까."

순간 진자운의 눈에 이채가 떠올랐다. 운진자가 하는 말속에 숨은 뜻이 있음을 직감한 것이다.

"운진 사형, 제게 뭔가 따로 해줄 말이 있는 게 아닙니까?"

운진자의 입가에 가는 미소가 떠올랐다.

"허허, 역시 사제의 깨달음은 범인과 같지 않구만. 말하기가 편해."

'역시 뭔가 힘든 일을 시키려고 하는구나!'

경각심을 느낀 진자운은 내심 긴장했다. 무당파의 노도들 중에서도 장문인인 운룡 진인과 운진자는 꽤나 강적에 속했다. 쉽게 볼 수 없는 것이다.

미소를 멈춘 운진자가 말을 이었다.

"이번에 본 파에서 무림맹에 사람을 보내는 건 대외적으로는 지난번 마교의 자소궁 습격 사건을 보고하는 게 첫 번째고, 두 번째로는 묘강 만독문의 발호에 대비하기 위한 군웅대회에 참가하는 것일세. 하지만 지난 정마대전 시 우리 무당파는 너무 큰 피해를 입었다네. 그래서 지난번 마교의 자소궁 습격 사건에도 불구하고 장문 사형께서는 침묵을 선택하신 것이고."

"장문 사형께 말은 들었습니다."

"그래, 그렇기 때문에 이번에 본 파는 자네를 무림맹에 무당파의 대표로 보내는 걸세. 배분이 높고 무공이 고강한 자네가 파견된다면 무림맹의 다른 문파들도 뭐라 하지 않을 테고…….”

“게다가 고작해야 속가제자인데다, 나이도 어리니 설혹 좀 실수를 한다 쳐도 무당파의 명예가 손상되는 일은 없다는 게지요?”

“그것도 한 가지 이유는 된다네. 하지만 더욱 중요한 점은 현재 무림맹에 파견되어 있는 본 파의 칠성검수들의 안전을 책임져 줄 사람이 필요하다는 걸세.”

“운엽 사형이 있잖습니까?”

“운엽 사제는 무공이 고강하지만 심약한 사람이네. 만약 만독문과의 분쟁이 있게 되면 칠성검수들을 무사히 구해올 수 없을 거야.”

결국 운진자의 말속에 담긴 뜻은 무당파의 미래인 칠성검수의 목숨을 진자운에게 맡기겠다는 것이었다. 그리고 반드시 그들의 목숨을 구해 오라는.

‘그러니 중간에 잠깐 노는 것은 눈감아주겠다?’

내심 운진자가 내건 조건과 대가를 잠시 동안 가늠해 본 진자운이 천천히 고개를 끄덕였다.

“운진 사형이 이처럼 부탁하시니, 무림맹에 가보도록 하지요.”

“고맙네!”

“하지만 한 가지 조건이 있습니다.”

“조건?”

“예, 제가 운진 사형의 부탁을 들어주는 거니까 사형도 제가 내건 조건 하나쯤은 들어주는 게 옳지 않겠어요?”

진자운이 히죽거리며 웃었다.

도(道)는 하나를 낳고, 둘은 셋을 낳고, 셋은 만물을 낳는다.

만물은 음(陰)을 지고 양(陽)을 안아 충기로써 화를 삼는다.

사람이 미워하는 바는 오직 고와 과와 불곡이다.

그러나 왕공(王公)은 그로써 일컬음을 삼는다.

그러므로 만물은 항상 덜어서 더하고 항상 더하여 던다.

사람이 가르치는 바는 나도 또한 가르친다.

강량한 자는 그 죽음을 얻지 못한다.

내 장차 그로써 교부(敎父)로 하리라.

자소봉을 내려가는 길목에 아무렇게나 털석 주저앉아 도덕경 중 한 구절을 흥얼거리던 현음이 나직이 한숨을 토해냈다. 갑작스레 사숙이 된 진자운과 함께 무림맹으로 떠나게 된 자신의 처지가 한심한 것이다.

'허어, 이럴 줄 알았으면 칠 년 전 녀석을 달아나게 냅두는 건데, 어쩌다가 음풍농월(吟風弄月)하며 살던 나 현음의 신세가 이리 됐더란 말이냐!'

현음은 내심 혀를 차다 갑자기 눈앞에 혈도를 짚힌 채 앉아 있는 마교 천살혈영대 부대주인 귀신수 장진구를 발로 걷어찼다. 그가 진자운과 함께 무림맹에 가지 않으면 안 되게 된 원인 제공자 중 하나가 장진구였기 때문이다.

픽!

절정에 근접한 일류고수답지 않게 한차례 발길질에 힘없이 옆으로 쓰러진 장진구의 얼굴에 노기가 서렸다.

"이놈! 도사란 녀석이 어찌 혈도가 제압되어 아무런 힘도 쓰지 못하는 사람을 이리 대한단 말이냐! 하늘이 두렵지도 않느냐!"

"하늘? 그런 게 어딨는데?"

현음은 아예 자리에서 일어나 장진구를 몇 번이나 발로 짓밟았다. 그렇게라도 하지 않고선 마음속의 울화가 풀리지 않는 것이다.

'이놈은 도사가 아니다!'

마음속 깊이 현음에게 반항한 것에 대한 깊은 반성을 한 장진구가 얼른 얼굴에 간교한 웃음을 만들어냈다.

"헤헤, 말로 하시죠?"

현음이 여전히 발로 장진구의 복부를 걷어차며 말했다.

"난 말로 하기 싫다. 네 녀석의 창자가 터져서 밖으로 비져 나올 때까지 발로 걷어찰 테다."

'더러운 놈!'

내심 욕설을 퍼부으며 장진구가 애걸했다.

"도장, 아니, 진인! 용서해 주십시오! 제가 잘못했습니다! 다시는 진인께서 하시는 일에 나서지 않겠습니다요!"

"그래, 앞으론 그러지 않는 편이 좋을 거다."

"예예, 그러겠습니다요!"

"일단 좀 맞구!"

현음은 여전히 발길질을 해댔고, 장진구는 잔뜩 울상을 한 채 연신 손바닥을 비벼댔다. 과거 마교의 천살혈영대를 호령하던 부대주의 자존심을 땅바닥에 내동댕이친 채.

그 시각, 현음과 장진구에게 기다리라 말해 놓고 장가촌으로 신형을 날리던 진자운의 눈에 이채가 떠올랐다. 장가촌으로 향하는 산길을 따라 낑낑거리며 걸어오는 지팡이 쥔 노파를 발견했기 때문이다.

'헤에, 저 할망구는……'

한눈에 노파의 정체를 알아챈 진자운의 입가에 히죽 미소가 떠올랐다.

"할매! 아직도 안 죽고 살아 계셨소!"

진자운이 한걸음에 다가서자 무당산 일대의 아이들 중 태반을 받아 냈다고 알려진 유달숙 파파의 잔뜩 주름진 얼굴이 찡그려졌다. 야수처럼 빠른 진자운의 움직임에 놀란 탓도 있으나 그의 말투가 귀에 익었기 때문이다.

"네가 누구여?"

진자운이 대답 대신 얼굴을 가린 머리를 뒤로 넘겼다. 똑똑히 얼굴을 보여주려는 의도였다.

그러자 잠시 진물 흐르는 눈을 몇 번 꿈뻑인 유달숙 파파가 지팡이를 들어 진자운의 머리를 후려쳤다.

퍽!

"아야, 이놈의 할매가 미쳤나!"

"이 빌어먹을 놈! 할매보고 말버릇 봐라! 지 애미는 지난 십 년간 속이 시커멓게 썩어 문드러졌는데, 이제 와 나타나선 뭐, 할매, 아직도 안 죽고 살아 계셨소?"

"울 어매가 또 다 일러바쳤소?"

"그 성질 더러운 년이 하루는 날 붙잡고 울더라, 이놈아!"

"쳇! 새시집을 갔으니, 지금쯤 나 따윈 까맣게 잊고 소도둑 같은 남편이랑 시커먼 얼라 낳고 잘만 살 텐데 뭐."

"이놈이 그래도!"

유달숙 파파는 다시 지팡이를 휘두르려다 힘에 부치는지 바닥에 털썩 주저앉았다. 늙은이가 갑자기 흥분해서 잔뜩 기운을 뺐으니 당연한 일이었다.

그 모습에 뒤통수를 한차례 긁적인 진자운이 말했다.

"할매, 오늘은 장가촌에 애 받으러 가시오?"

"헥헥, 그래, 이 우라질 놈아! 지금쯤 장가촌에 도착했어야 하는데, 네 녀석을 만나서 이리 시간을 지체했으니 어쩐단 말이냐! 얼라가 거꾸로 섰다고 난리가 났던데……."

"핑계도 좋소. 그 걸음으로 어느 세월에 장가촌에 간다고……."

"이눔아! 아직 이 할매는 한창때다!"

"아, 그랬소?"

피식 웃은 진자운이 바닥에 주저앉은 유달숙 파파를 등에 업었다. 어차피 장가촌에 가는 길이니 좀 업어준 들 손해 볼 일은 아니라 생각한 것이다.

진자운 등에 업힌 유달숙 파파가 호령하듯 외쳤다.

"이눔아! 빨리 가자! 산모와 얼라는 시간을 기다려 주지 않는 법이여!"

"알았소. 할매는 내 등에서 떨어지지 않게 조심이나 하쇼."

"엥? 그게 무슨… 흐에엑!"

진자운이 신형을 날린 순간, 유달숙 파파의 입에서 숨넘어가는 비명이 연신 터져 나왔다.

주변의 배경들이 쏜살같이 그녀의 등 뒤로 넘어가고 있었다.

그렇게 한 식경쯤 지났을까?

진자운은 장가촌 입구에서 유달숙 파파를 내려준 뒤 하릴없이 걸어가다 문득 발길을 멈췄다. 집으로 향하던 길목에서 싸움박질하는 애들 중 한 녀석이 그의 눈길을 끌었다.

'시커먼 얼굴에 멍청해 보이는 얼굴. 나이는 대충 예닐곱 살 정도인가?'

진자운은 바닥에 뉘인 채 연신 얻어맞고 있는 시커먼 얼굴의 소년에게서 양부로 삼은 장철용을 떠올리고 쓰게 웃었다. 모친인 진가영의 피를 이었다면 저렇게 얻어맞는 바보 짓은 안 할 터인데, 장철용의 피가 꽤나 진하다는 생각이 들었다.

'흠, 어쩔까?'

애들 싸움에 끼어드는 것이었다. 잠시 고민하던 진자운이 성큼성큼 걸어가서 열심히 주먹을 휘두르고 있던 놈과 주변의 애들을 집어 던졌다.

"억울하면 부친이나 형을 불러 와라! 난 떠나지 않고 이 자리에 있을 테니까!"

"우와앙!"

아이들은 잔뜩 울부짖으면서도 감히 진자운에게 덤벼들지 못하고 달아났다.

"자식들!"

히죽거리며 웃은 진자운이 바닥에 대자로 뻗은 소년의 얼굴을 살피다 눈살을 가볍게 찌푸렸다. 코피가 흐르고 멍투성이 얼굴을 한 주제에 눈가에 한 방울의 눈물도 맺혀 있지 않은 걸 발견한 것이다.

"임마, 왜 맞고만 있었냐?"

진자운이 옆에 쭈그려 앉자 검은 얼굴의 소년이 역시 자리에서 일어나 앉았다. 그리고 엉망이 된 얼굴을 소매로 슥슥 훔치고 다부진 목소리로 말한다.

"울 어매가 싸우지 말라고 그랬어."

"네 어매가?"

"응, 싸움질이나 하고 다니면 울 형아처럼 집 나간다고 그랬어."

진자운의 얼굴이 가볍게 일그러졌다.

"너한테 형이 있냐?"

"응."

크게 고개를 끄덕여 보인 소년이 말했다.

"내 이름은 장자경인데, 울 형아 이름은 자운이야. 어매가 언젠가 장가촌으로 날 만나러 올 테니까 꼭 잊지 말고 있으라고 했어."

"그러냐?"

"응, 형아는 장가촌의 골목대장이었거든. 그러니까 밖에서도 대장을 하고 있을 거라고 울 어매가 말했어."

'쳇, 이 자식, 완전히 어매라면 꿈뻑 죽을 놈일세. 아주 자식을 꼭 잡았구나, 잡았어.'

내심 혀를 찬 진자운이 장자경에게 몇 가지 질문을 던졌다. 사소한 가정사와 장철용, 진가영의 건강을 비롯한 자질구레한 것들이었다.

꼬박꼬박 진자운의 질문에 대답하던 장자경이 눈을 몇 차례 깜빡이더니 물었다.

"형아, 근데 왜 우리 집에 대해선 그렇게 잔뜩 묻는 거야?"

"그건 왜 궁금한데?"

"그냥, 좀 이상해서."

"네 어매가 모르는 사람을 만나면 조심하라고 했냐?"

"으응, 그게 아니라……."

'했구나!'

내심 피식 웃은 진자운이 갑자기 생각났다는 듯 장자경에게 손을 내밀었다.

"너, 누룽지 가지고 있지?"

"누룽지?"

"어, 그거 좀 내놔봐라!"

"……."

잠시 망설이는 기색을 지어 보이던 장자경이 품을 뒤지더니, 누룽지 한 움큼을 꺼내 들었다. 어렸을 때부터 밖으로 나돌기를 좋아하던 진자운이 밥 때를 거를까 봐 진가영이 종종 챙겨주곤 하던 바로 그것이었다.

'어매도 여전히 밥을 잘 태우는군.'

진자운은 장자경에게서 받아 든 누룽지를 입에 넣고 천천히 씹었다. 혀끝으로 구수하면서도 진득한 단맛이 은은하게 퍼져 나갔다. 집을 떠난 지 십 년이 지났으나 여전히 누룽지 맛은 변함이 없었다.

"형아?"

잠시 눈을 감은 채 오랜만에 맛보는 누룽지 맛 속에 빠져 있던 진자운이 장자경의 부름에 정신을 차렸다. 어느새 입 안을 가득 메우고 있던 누룽지에선 씁쓰레한 탄 맛이 났다. 삼킬 때가 지난 것이다.

꿀꺽!

입 안의 누룽지를 한꺼번에 삼킨 진자운이 품을 뒤져 미리 마련해 뒀던 꾸러미 하나를 끄집어냈다. 무당파를 떠나기 전 운진자와 함께 밝혀낸 지객원주 현학이 몰래 부정축재했던 것들 중 일부였다.

'뭐, 무림맹까지의 여비는 충분하니까.'

평생 뒤로 빼돌렸던 재물, 일체를 압수당한 채 운진자 앞에서 통곡하던 현학을 떠올리며 내심 흐뭇하게 미소 지은 진자운이 꾸러미를 장자경에게 내밀었다.

"옛다! 누룽지 값이다!"

"웅?"

얼떨결에 꾸러미를 받아 든 장자경에게 진자운에 씨익 웃으며 말했다.

"그거 가지고 지금 당장 어매한테 달려가는 거다. 뒤도 돌아보지 말고."

"이게 뭔데?"

"좋은 거."

"좋은 거?"

"그래, 좋은 거야. 음, 그리고……."

잠시 말끝을 흐리고 장자경과 눈을 맞춘 진자운이 주먹을 불끈 쥐어 보이며 말했다.

"어매 말을 잘 듣는 것도 좋지만, 사내는 가끔 주먹을 쥐어야 할 때가 있는 거다."

"주먹을 쥐어야 할 때?"

"그래, 이렇게 주먹을 쥐고 힘차게 휘둘러야 할 때! 그때 그걸 하지 못하면 평생 후회할뿐더러, 네 어매도 슬퍼하게 되는 거야. 내 말 이해하겠냐?"

"……."

장자경이 고개를 흔들어 보였다.

그러나 진자운은 굳이 탓하지 않고 장자경의 머리를 손으로 강하게 쓰다듬고 말했다.

"뭐, 시간이 해결해 주겠지. 그만 가봐라."

“응.”

다시 크게 고개를 끄덕여 보인 장자경이 꾸러미를 품에 안고 뛰어가려다 잠시 걸음을 멈췄다.

“왜?”

진자운이 묻자 장자경이 머뭇거리다 소리쳤다.

“형아, 앞으로 내 형아가 돼주면 안 돼?”

“벌써 형이라고 부르고 있잖아.”

“아! 정말이네?”

“그래, 정말이다.”

장자경이 쑥스럽다는 듯 웃더니 소리쳤다.

“그럼, 형아는 앞으로 내 형아인 거야!”

“그래.”

“이얏호!”

크게 소리 지른 장자경이 집 쪽으로 뛰어갔다. 아마도 모친인 진가영에게 달려들어 오늘 만난 맘씨 좋은 형에 대해 잔뜩 떠들어대리라.

'쳇, 성질 사나운 울 진가댁이 달려오면 큰일이니, 그만 떠나자!'

잠시 장자경이 뛰어간 방향을 바라보던 진자운이 미련없이 발길을 돌렸다.

누룽지 맛은 변함이 없었다.

그러니 굳이 모친 진가영을 만나볼 필요는 없었다. 사실 이번에 붙잡히면 다시 떠나지 못하게 될 것이 걱정됐다. 다시 어매를 떨치고 떠날 자신이 없는 것이다.

“나 왔다!”

진자운이 히죽 웃어 보이자 현음이 시큰둥한 표정으로 고개를 까닥여 보였다.

"소사숙 오셨수."

"현음 사질, 여전히 건방진 말투구나."

"원래 내 말투가 이러니 신경 쓰지 마쇼."

"아니었던 거 같은데?"

"소사숙이 폐관수련동에서 열심히 기연을 얻고 있는 동안 이 사질 역시 많은 변화를 겪었소이다."

현음이 엉덩이를 털고 자리에서 일어서자 옆에 정자세로 엎드려 있던 장진구가 얼른 뒤에 섰다. 무당파의 금마옥을 나설 때만 해도 뻣뻣하기가 시퍼런 대나무 같던 것과는 완전히 딴판인 모습이었다.

'흠, 역시 저 현음이란 말코 녀석은 꼬장꼬장한 무당파의 다른 도사들과는 다르단 말야!'

내심 흐뭇하게 웃은 진자운이 장진구의 잔뜩 겁에 질린 얼굴을 살피곤 슬쩍 물었다.

"팼냐?"

"소사숙이 하도 늦게 와서……."

"심심해서 팼다는 거냐?"

"어찌 도가의 제자가 심심해서 사람을 팰 수 있겠소이까."

"그럼?"

"사악한 마도의 무리를 잠시 교화시켰을 뿐이외다."

'빌어먹을 도사새끼! 교화 두 번 시켰다간 아예 사람을 잡겠구나!'

순간적으로 장진구의 입꼬리로 살기가 흘렀으나 금세 흔적도 없이 사라졌다. 눈앞의 진자운에겐 이미 태극동 앞에서 죽도록 얻어맞은 적이 있었고, 현음에겐 방금 전까지 두들겨 맞았다. 마도에 속한 자신보다 훨씬 사마외도 같은 두 숙질이 앞에서 다정하게 담소를 나누니 숨조차 제대로 쉴 수가 없었다.

그때 계속 불퉁거리는 현음에게 이를 드러내며 웃어 보인 진자운이 품에서 꺼낸 묵직한 전낭을 매만지며 말했다.

"내가 군이 무림맹에 같이 갈 상대로 현음 사질을 선택한 까닭을 알겠는가?"

"그야 이 사질이 워낙 탁월한 능력을 지녀서가 아니오?"

"그건 아니고……."

바로 잘라 말한 진자운이 슬며시 목소리를 낮췄다.

"무림맹에는 넉 달 뒤에만 도착하면 된다."

"넉 달?"

"그래, 그래서 말인데… 주머니 두둑하고, 시간이 남는 우리 두 숙질이 무당산을 내려가서 뭘 하면 좋겠나?"

"그야……."

현음이 잠시 고민하는 척하다 꿀꺽 마른침을 삼키곤 입가에 미소를 띠었다.

"소사숙, 자고로 상유천당(上有天堂), 하유소항(下有蘇杭)이라지 않소이까. 그래서 천하의 가인재사(佳人才士)들이 소주와 항주에 모인다고 합니다. 항주야 어차피 무림맹이 있는 곳이니, 소주로 먼저 놀러 가 보는 게 어떻겠습니까?"

"소주(蘇州)?"

"예, 그곳에 제가 아는 사람이 있으니 화끈하게 놀 수 있을 겁니다."

"화끈하게 논다? 그거 괜찮군."

진자운이 흐뭇한 표정으로 고개를 끄덕이자 현음이 언제 불퉁거렸
냐는 듯 껄껄거리며 웃었다. 뒤에서 장진구가 어이없다는 표정으로 바
라보고 있다는 걸 아는지 모르는지.

『태극검해』 2권에 계속…